蜕变、生存与发展

THE SONG OF PIONEER

拓荒者之歌

蔡子芳◎著

山西出版传媒集团

山西人民出版社

图书在版编目（CIP）数据

蜕变、生存与发展：拓荒者之歌 / 蔡子芳著. —
太原：山西人民出版社，2012.10
ISBN 978-7-203-07885-2

Ⅰ.①蜕… Ⅱ.①蔡… Ⅲ.①纪实文学－中国－当代
Ⅳ.① I25

中国版本图书馆 CIP 数据核字（2012）第 201785 号

蜕变、生存与发展：拓荒者之歌

著　　者：蔡子芳
策　　划：亨通堂
责任编辑：魏美荣
出 版 者：山西出版集团·山西人民出版社
地　　址：太原市建设南路 21 号
邮　　编：030012
发行营销：0351-4922220　4955996　4956039
　　　　　0351-4922127　（传真）　4956038（邮购）
E-mail：　sxskcb@163.com　发行部
　　　　　sxskcb@126.com　总编室
网　　址：www.sxskcb.com
经 销 者：山西出版集团·山西人民出版社
承 印 者：三河市南阳印刷有限公司
开　　本：710mm×1000mm　1/16
印　　张：20
字　　数：277 千字
版　　次：2012 年 10 月　第 1 版
印　　次：2012 年 10 月　第 1 次印刷
书　　号：ISBN 978-7-203-07885-2
定　　价：39.80 元

如有印装质量问题请与本社联系调换

作者简介

蔡子芳，现任顺景园精密铸造深圳有限公司董事长，香港压铸及铸造业总会副会长，香港中小企业经贸促进会常务副会长以及中国铸造学会委员；1984年移居香港，1989年创办模具厂，1991年模具厂搬迁至深圳。

他创办的模具厂，最早从事专业的压铸模具制作，后于1993年逐步转型成为集模具制造、压铸、精密CNC深加工及产品制造的制品厂。

拥有"顺景牌模具"著名品牌，获得"洒点式任意点浇口"、"铝合金乒乓球拍"、"顺景离合器"三项突破性技术专利，在北京铸造论坛公开发表的《洒点式任意点浇口》一文更获得国家权威的中国铸造协会的论文证书。

公司自1989年创建至今，服务水平得到跳跃式提升，已成功跻身为世界五百强企业，如"松下"、"东芝"、"三洋"、"富士通"、"欧姆龙"、"比亚乔"、"艾默生"、"斑马"等的供应商，并率先于2005年引入职业经理人，对企业进行了大刀阔斧的变革，成功冲破企业发展的管理瓶颈，以前瞻性思维开创性地成功组建了"顺景团队模式"，还成功植入了"共富共荣"的企业文化管理理念，使企业朝着更高层次快速迈进。

此外，"触点及面成三维"的天马行空式设计思维，乃其一贯的不羁作风及独特之处。

目
CONTENTS
录

转型之道的指路明灯

2008 年，"金融海啸"爆发，风暴迅速波及全球，世界经济开始衰退。这期间，由于美国经济复苏缓慢，欧洲主权债务危机恶化，全球经济总体上陷入下行轨道，而传统的出口市场（北美和欧洲国家）的消费下降，使其进口需求出现萎缩。

另一方面，近年内地生产成本持续上升。虽然过去几年工资已攀升至颇高水平，但现在仍处于继续上升趋势；原材料及能源价格居高不下，将会继续推高成本，使制造商面临较大压力。

然而，中国内地作为亚洲地区最强的经济增长推动力，仍为企业提供了大量商机。"金融海啸"爆发后，中国率先复苏，并带动周边地区走出阴霾。国家"十二五"规划重点在于转变经济发展方式，力图在未来五年内将经济增长从出口拉动转变为内需为主。除消费增加外，内地亦加快推进城镇化和服务业的发展，对制造业进行重组与转型升级，并提出发展战略型新兴产业。在这种情形下，企业若能够配合"十二五"规划，必可从中获益。

面对上述种种挑战与机遇，企业必须冲破眼前的艰难险阻。可以说，转型升级是企业的根本出路，企业作出抉择刻不容缓。如果不变革不转型，企业经营只能维持，但若进行升级转型，熬过危机，企业在两三年后可能会越做越大。至于如何升级转型，蔡子芳的《蜕变、生存与发展——拓荒者之歌》提供了不少宝贵经验，是极具参考价值的著作。

蔡子芳管理的顺景公司曾遇到过不少困难，但他表现出在逆境中求生的战士精神，最终排除万难。公司的起伏，对管理层决策的考虑和选择，书中都一一详尽记载，仔细分析，这些能让读者对顺景公司有透澈的了解，是对企业管理进行深入研究的一个优秀个案。

书中总结了十条制胜经验，既实用也具启发性。蔡子芳重视创造差异化价值，长期坚持筛选优化业务及走高端路线的策略，缔造企业的优势，并成功变革创新，促使其产品（模具）更廉价，而性能却领先于同行。总的来说，这十条制胜经验，正是当下企业走创新及转型之路的指路明灯。

蔡子芳细说其创业经过，从中整理出他的企业管理哲学。他强调创意、创新、更迭、求变，紧贴时代脉搏，以及刻苦耐劳，简介明了地阐述了创业与变革的精粹。无论是面临未来抉择的企业决策人，还是打算创业的年轻人，此书都值得好好细读，以他的经历为仿效的范例。

蔡子芳在企业管理上的独到眼光及过人智慧，令人叹服。细看此书，其中大部分的分析都是精华，都是他最诚恳的实战分享。他说："我天生有一种不想让别人步自己后尘、重蹈覆辙的心态……我宣扬的是共富共荣的世界大同理念和价值观。"另外，蔡子芳的观察细腻，笔触生动，这让我从中获益不少。

香港工业总会主席、
香港蓝筹股上市公司创科集团创办人、
香港太平绅士
钟志平博士

惊醒之作

余与蔡子芳先生相交多年，素知先生儒雅，急公好义。今又拨冗著书，意在以己经历，诲人上进，同时也资业界同人借鉴，此实乃后生之幸，亦是业界之幸事。承蒙先生错爱，托余书序，深感荣幸。

蔡子芳先生不仅是一位成功的企业家，还是一位好父亲、好丈夫，真正做到了家和子孝事业旺。同时，在忙碌公司业务之余，作为香港压铸及铸造业总会的副会长，蔡先生还全情投入会务，牵头组织各种会展，协助会员拓展业务，在政府和企业间奔走协调，用行动诠释了兼济天下之志，实乃吾辈之楷模。

拜读书稿，忆及往昔，感慨良多。

此书开篇，坦然直叙，如老人说古，娓娓道来。间中细品，吾辈港人之创业经历活现眼前，个中艰辛，唯身历之人才能体会。当今社会人心浮躁，年轻人尤甚，多不愿脚踏实地做事，此书实乃惊醒之作。

中段开始，跌宕起伏。面对社会发展，企业必须转型，适者生存。同为企业管理者，其中面临的风险、经历的挫折、每一步改革成功的喜悦，吾感同身受，个中经验，颇多借鉴。

此书平易简洁，然读后令人不忍释卷，一气读完，意犹未尽……

特推介本书于初踏足社会之青年赤子及我辈工商同人，共勉之。

香港压铸及铸造业总会永远名誉主席、

香港关键性零部件制造业协会荣誉主席

姜永正　博士

开创事业的曲折故事

《蜕变、生存与发展》乃子芳兄用数年之功，成十八万言，呕心沥血之作，鸿篇伟论终于面世。

一介儒商，事业、家庭、学习、运动日均排满，尚借余暇挥笔撰文，环顾业界翘楚无出其右。书中叙述了主人公的艰辛岁月和人生经历的腾挪跌宕，事业发展的风云际会，及其对幸福家庭美满婚姻的真知灼见，对自我理想和个人愿景的透彻描述，坚毅不屈、勇往直前地建立一片顺景天地的曲折故事。

格物致知，意诚而心正，继而修身齐家治厂，再放眼世界。

捧卷拜读，几许情节感人肺腑，如睹其事如历其境——命运孰其无常、创业孰其不挠、爱情孰其专一、孝子孰其待父、为人孰其侍母、教女孰其义方、交友孰其诚信、用人孰其细致、技艺孰其独尊、健体孰其坚持、行文孰其熟练、下属孰其表率、同侪孰其忠义。

古人谓"立德"、"立功"、"立言"为"三不朽"。子芳道德楷模乃立德，事业有成乃立功，巨著面世乃立言，为兄无憾矣。

与蔡兄共事"香港压铸及铸造业总会"多年，其奉献会务，广结善缘深孚众望，其文笔斐然更是有口皆碑。

与子芳交，如饮醇酒淡而久远，历久而常新。

与子芳聚，其情似漆惺惺相惜，伯牙与子期。

不以物欲论富贵，承儒志于血脉，展鸿商于当下。自我实现之理想追求，以鼓动发奋向上之雄心。珠玉在前不敢为序，以略表心迹共勉。

中国《孙子兵法》研究专家、

香港压铸及铸造业总会名誉会长

温昭文　博士

中小企业家该如何面对困局?

当你翻开这本书,意味着你将以一个中小企业家的视角来看这个变幻风云的商界! 本书并不是热闹的快餐式读物,而是一本讲述如何运营企业的实用读本。在此处,我认为有必要言明本书的内容及适读人群,这有助于让大家进行筛选,以免浪费不需要本书的朋友们的时间。那么,什么人会从本书中得到收获呢? 我想会是这四类人: 一是各类事业发展中的创业者; 二是有志于闯一番事业的新生创业者; 三是中小企业的老板及高层; 四是众多的职业经理人。

与明星企业家、明星企业相比,本书的主角蔡子芳鲜为人知,其企业顺景铝合金模制造厂的产品也较远离我们的日常生活,但在其所在的行业里,蔡子芳着实是赫赫有名之人。

每次我去深圳出差,蔡子芳都会专门找我交流经验,探讨经营中遇到的困惑和难题,常常从下午聊到晚上。他的经历和追求提升之激情让我印象深刻。更有意思的是,他 20 年来坚持每天写日记,至今从不间断! 本书就是在其日记基础上重新梳理、总结而成的,它不是点点滴滴的回忆版,也不加什么歌功颂德的修饰,如白开水般的真实,这非常难得,也是本书的亮点。

看完本书后，让我惊讶的是，蔡子芳还主导了一系列的管理变革与转型，而且最终让企业上升到更高的层次。变革成功的背后是种种煎熬和艰辛：开弓没有回头箭，因而三年之间不得不连换三任总经理，现在，变革还在继续。到目前为止，这样的案例少之又少，那些看起来非常光鲜的大企业的案例，中小企业虽然可借以开阔视野，但基本上很难去复制，如果非要仿照操作，说不定这家企业离没落之日就不远了。所以，蔡子芳的变革与转型经验对许多中小企业很有借鉴意义。

读者们非常关注的是变革过程中的细节和故事，蔡子芳没有作详细描述，这是非常遗憾之处，否则本书的价值更大。而他提供的更多的是分析、回顾和总结，倘若你是一位中小企业的老板或者高管，你完全可以从中读出很多东西，而没有这种经营管理经验的人，要想领悟背后的含义就需多费点工夫了。

本书真实再现了中小企业所经历的种种艰辛，许多要素齐备：打工、白手起家、合作经营、产品技术、资金困难、被供应商逼债、被恶势力欺诈、去家族化、壮大遇到瓶颈、管理变革、职业经理人操盘、升级转型的冲击、营商环境的急剧恶化等，这些方面的问题蔡子芳都毫无例外地遇到并克服了，相信他的一些经验对众多如履薄冰的中小企业能起到借鉴作用。

在这本真实写照的自传中，为了避免对一些当事人造成不必要的伤害，蔡子芳对涉及的部分人名作了化名处理。书中也收录了蔡子芳的一些诗词作品，这些诗词并非企图展示什么，只是他真性情的体现，我们可以从中了解这位企业家的情感、人性，以及他的部分行为和价值取向，但你若没兴趣则完全可以略过，而不影响阅读主体内容。

转型变革，最好是在企业发展状况最好之时来进行，而不是等到企业已全面走下坡路之后。蔡子芳恰好在订单量大增但管理跟不上之时开始变革，时机刚好。对此，我深有同感，因为我也是在经理人传媒集团发展最好之时，开始了转型变革之旅。传统媒体正遭受新媒体、新技术的冲击和挑战，我们必须去探讨和拓展新业务、新模式。案例研究一直是我研究企业的重要手段之一，经理人行知格案例研究院就是一个案例研究、培训和互动传播的平台，蔡子芳和顺景就是其中的案例研究样本之一，以后案例研究院会提供这个案例的客观研究成果，当然也少不了其他企业的案例。

　　本书从 2008 年开始至成稿，用了 3 年多的时间。全书都由蔡子芳自己书写，至今还没有写完，他会继续书写下去，因为新故事才刚开始，未来更精彩！

经理人行知格案例研究院院长、

《经理人》前总编辑、

谊居网 COO 兼总编辑

杨俊杰

自序

我不加修饰的创业人生

鉴于我的亲朋好友，甚至身边的太太，均未能全面了解我奋斗的一生，而我的经历，又可供当下常常迷失方向的年轻一代借鉴。因此，我萌生了撰写《蜕变、生存与发展——拓荒者之歌》的念头，并借此公开我的心路历程。

我在长期"孤身找我路"的过程中锻炼出来的自省及自我纠错的心得，亦将借此公诸于众，与众多艰苦创业的"同道中人"共同探讨与分享。

毫不遮掩以及不加任何修饰、坦荡荡的真人真事构成的《蜕变、生存与发展——拓荒者之歌》，谈不上是一本书，而更像是一份白如开水的简历、一幅真实刻画生命轨迹的画卷。

《蜕变、生存与发展——拓荒者之歌》除了再现"拓荒者"自小便怀抱负、逆境自强、拒绝随波逐流的心路历程外，更生动讲述了一位新移民历尽艰辛而闯出一片天地的"香港故事"。

文中真实地描述了"拓荒者"少壮"自"努力，老大"无"伤悲的前瞻性思维和远大抱负，以及埋头苦干、付诸行动的具体行为。

天赋加上刻苦用功，使"拓荒者"独创的天马行空式专业技术屡屡突破禁区，达至傲视群雄的顶峰，更成为"攻城掠地"的锐利武器。

文中更展现出"拓荒者"移居香港后，艰苦创业的过程。"拓荒者"几番浮沉、迷茫与醒觉，最终带领一班精英旧部在生死关头，以破釜沉舟的勇气历经几番痛苦探索，对企业进行了革命性的变革，从而成功突破"宿命论"的魔咒，浴火重生，振翅高飞。

付出高昂代价换取的宝贵的变革经验，对当下占中国60% GDP 但仍在虚耗着最少30%价值的中小企业，颇有借鉴意义。我们知道，他们中许多已经面临非变革无以为继的状况。

强烈的使命感更驱使"拓荒者"活跃于商会组织，在存亡关头为珠江三角洲的中小企业奔波呐喊，对当政者以官为本、错判形势的连番"政策失误"造成众多企业无辜倒闭的"血"的代价，予以尖锐批评。

"拓荒者"并非写诗的专业户，文中谈不上严谨的诗词难免存在纰漏，尤其还存在与诗的"平仄"律调"不和谐"之处，但这至少是"拓荒者"的真实感言。

在"拓荒者"的思维世界里，没有敌人，只有朋友，两条生命线能在茫茫人海中交汇已属缘分，无论结果如何都丰富了自己的人生。

因此《蜕变、生存与发展——拓荒者之歌》里提到的企业或个人，无论是在"拓荒者"人生戏剧里扮演了什么角色，均在此由衷地表示谢意！

"拓荒者"自懂事以来，便在表扬、赞赏和掌声中一路成长，但现在回首反思，"拓荒者"力求完美的作风以及过于主观的固执、心急浮躁、我行我素的性格，不仅让自己吃尽了苦头，而且给身边的同事、太太以及亲人带来了无数的误解和委屈，虽最终获得谅解，但夜阑人静时常常心存内疚与自责，在深陷"管理泥淖"而情绪最不稳定的那段岁月里尤其如此。

"拓荒者"不敢言成功，但在奋斗过程中对人生"中轴线"及方向、目标的制订要比同辈更清晰、更有远见一些。在几乎无可选择的年代里，"拓荒者"珍惜并捕捉到仅有的机会，钻研并灵活掌握机械技术，从而突围而出，为之后的出人头地赢得了本钱，即置身于社会的价值。有了技术筹码，重头再来、从零做起也能活得自在。

　　在丰富多彩，可供选择的人生道路数不胜数的当今社会，充实自己、创造存在于商业社会的可供利用的价值，尤其是独树一帜的差异化价值，先将自己武装起来，置身于不败之地，如此才能海阔天空任我飞翔。

蔡子芳

2012 年 9 月

第一章
变革之心

第一节　特别的对话

　　我和我的企业——深圳顺景压铸制造厂（2012 年升级转型为顺景园精密铸造深圳有限公司），都没有如雷贯耳的名气，因此，有必要先说说我是谁。

　　顺景是一个很特别的企业，一直在行业里有着不错的口碑，同行中管理层次比顺景更好的公司不少，赞美自己的话不必多说，但以技术而言顺景则毫无疑问处于傲视群雄的最前列。这些从外部对我们技术能力的评价即可以看出：

　　第一个，台湾荣和公司工程部专家，认为我们做不出业界公认是禁区的模具结构，就"拿脑袋打赌"，结果输了，最终道歉服输。

　　第二个，日本的欧姆龙、松下等公司的有几十年经验的老专家，给了我们由衷的评价："突破日本业界的技术禁区。"

　　第三个，香港行业巨头 TTI 众多的技术工程专家对一群国内外最顶尖的技术师傅都不屑一顾，唯独对我当面表示："心服口服。"

　　第四个，比利时的 PEC 客户特意给我们全球供应商技术最佳证书。

　　第五个，第三方评审的客户给我们打分，除了松下评价 95 分外，其余的欧美日本客户对我们技术的评价均为满分。

　　然而，许多人并不了解我，更不了解我是如何经营顺景这个企业的。

顺景的发展史，正是众多中小企业白手起家的艰辛历程的一个缩影。我称自己为"拓荒者"，是有很多原因的：

第一，我不喜欢用第一人称"我"，即使在我的日记中也很少使用"我"。

第二，"拓荒"代表开辟、创新、不落俗套、勤奋及承担等，这和我的性格比较一致。

第三，另辟蹊径是我的性格使然，这是我白如开水的简介与生命心路历程的真实记录，与写故事的手法不同，我试图作出一个与众不同的反传统形式的传记。

第四，我本身对"拓荒"两个字也确实是情有独钟，非常喜欢，它与一位马来西亚作家、电影创作者的作品不谋而合。

现代电脑科技与网络的巨大模拟威力，极大地减少了我们构造未来时为成功所需付出的代价。因此，我同样期待这浓缩了本人成长历程和艰辛创业点点滴滴的"拓荒者之歌"，能做一名"先驱"与"模拟者"，让尚在创业中的同道中人，在发展的道路上"裁弯取直"；让准备踏入征途的有志于创业的勇士们，从中得到启迪与警示，避免重蹈前人的覆辙，借此点亮成功的灯塔，以最低的代价驶向成功的彼岸。

把顺景的变革过程和得失整理成文的事情我们一直在做，但那仅仅是作为企业文化的教材在顺景内部传阅。前不久，《经理人》杂志前总编杨俊杰先生的一句"历经全球金融海啸的摧残，面对着中小企业哀鸿遍野的困局，很想实实在在地为广大中小企业做点事"的感叹，让我深深触动并产生了共鸣，这便是"拓荒者之歌"一书从3万多字的简述一发难收，最后写到18万多字的动力所在。

在开始我的创业和管理变革历程自述之前，我把与朋友杨俊杰先生的一段对话放在前面。之所以能完成这本对我而言堪称"巨著"的书，离不开杨俊杰先生的具体操作指导和协助，他的专业与敬业精神让我非常敬佩。

杨俊杰先生卸下《经理人》总编辑的重担之后，摆脱了日常烦琐的内容采编及运作事务，将工作重心放在新的创业项目以及运营经理人传媒旗下业务之一"经理人行知格"上面。在他的启发引导和协助下，我对日记重新进行了梳理和总结，最终形成了这本书。这本书没有让任何人代笔，是我亲自完成的。

杨俊杰先生是知名的媒体人和运营者，《经理人》从白手创业到成长为中国发行量第一的商业管理期刊与他的努力是分不开的。同时，他又是领导力领域、企业文化和成长战略方面的资深专家，帮助诸多企业升级管理并持续成长。我把和他的对话放在前面，有利于大家了解我和顺景。

杨俊杰： 到目前为止，我还没有碰到过像顺景这样"连续四年一年一换总经理，有着惊心动魄的变革历程"的中小企业，这对企业家来说无疑是痛苦的内心煎熬，是什么支撑您走过来的？这个过程中让您感到最痛苦的是什么？

蔡子芳： 为什么会频频更换总经理？我认为，总经理最基本的职责和底线是：他领导企业产生的效益，必须优于原有老团队所能产生的效益，他还要为企业带来新的先进的管理理念，否则就没有存在的价值！

自2005年进行变革以来，老顺景人的辨析能力和层次得到大幅提高，他们的监督把关、业绩考核是频频更换总经理的原因之一，而不仅仅是出于我个人的判断。

我敢于变革的筹码，在于我绝对掌控了公司的生存命脉——技术、资金、业务，加上有一班层次不高但忠心耿耿的"兄弟连"，以及一群对我们有深切期待的、稳定的客户，这些都大大减少了变革所带来的风险。

变革中，让我感到最痛苦的，是一些客户从善意的投诉演变为失去耐性而"壮士断臂"的离去。2008年3月至5月是公司最危急的时刻，当时公司连续亏损，且因补偿第三任总经理的一大笔开除费导致资金紧张，经营遇到困境。我对流泪的太太说："冷静！只有冷静我们才能'破局'，要相信天无绝人之路！"

杨俊杰： 面对这么大的压力，您是如何排解的？晚上睡得着觉吗？

蔡子芳： 我是用运动化解压力的。许多专家都提倡运动减压，比如我国著名的中医专家林芝心教授曾说："长期的、大量的运动和饮水能在大量排毒的情况下让身体机能处于最佳状态，大量流汗和大量喝水让大脑的精力异常充沛。"我一般每天晚上打三个小时左右的乒乓球，大量运动后很容易入睡，就算有一两天没睡觉，在运动过后也会感到精神饱满。所以说，大量的运动是减轻工作压力的最佳方法。

一般来说，人们从中午到晚上，身体机能是在逐步下降的。我却发现，我时常因通宵没有睡好觉而早上精神欠佳，但过了中午身体机能却开始迅速恢复，到晚上则特别地精神。同时，每天晚上看看《亚洲商业周刊》，对入睡也有很大帮助。

杨俊杰：您觉得自己创业能够成功，主要靠的是什么？有哪些秘诀及教训呢？

蔡子芳：不谦虚地说，我认为自己算是个儒商吧，以我的性格，并不适合充斥着酒肉的交际生活。事实上，顺景的业务绝少靠关系和应酬取得，完全靠的是差异化的技术力量、高质量的控制水平，以及优异的服务。另外，顺景"兄弟连"的奉献和团队精神也是成功的必备条件之一，因此，企业领导不能盲目相信那些所谓职业经理人对"兄弟连"的恶意贬低和排斥。

我认为，变革"革"的是"思维"，绝对不是"人"，变革的目的是让旧有的"兄弟连"蜕变为现代化的管理精英，而不是要完全遗弃他们。那些好高骛远的职业经理人大多是企业的"匆匆过客"，他们绝对比不上蜕变之后的"兄弟连"来得可靠和务实。

杨俊杰：俗话说"一朝天子一朝臣"，新任总经理对"旧臣"难免会贬低甚至排斥，您对他们中的中坚力量是如何保护的？

蔡子芳：在2005年进行变革时，我采取了完全放手的方式，让第一任总经理主宰人事变动（除了当时的副总经理之外）。到了2005年以后，因为公司有了清晰的职权划分，而职权分明又意外地演变成了制约总经理的有效机制，即让总经理不能不公平地对待顺景的"旧臣"。

杨俊杰：顺景在订单大增、市场大好的情形下，却出现了效益下降甚至亏损的反常现象，您当时是什么感受？这也是您决定聘请总经理的原因之一吗？

蔡子芳：开始，当面对并不饱和的订单时，机器设备和员工虽然也是混战式的忙碌，但基本上足以应付各方面的工作。可是，一旦订单大量增加，那些无序的忙碌、无计划的赶货、参差不齐的产量、疲于奔命的扑火、不惜工本的交货等所带来的损耗剧增，亏损自然难以避免了。

那时，我认识到技术、工艺流程、管理制度等都存在问题，我这个技术专家有些束手无策了，这也是大多数技术官僚的软肋，所以，除了外聘管理精英之外我们别无良策。

杨俊杰：您要求第一任总经理解决企业的什么问题？有没有考虑过如果变革失败怎么去收场呢？

蔡子芳：主要是想让公司在生产制造方面变得和技术一样出色，即不论遭遇任何技术难题，都能从容不迫地面对并解决！第一任总经理的核心任务是杜绝无序的生产和混战式的灭火情景，以满足客户的要求。

顺景的技术早已受到包括日资等客户的青睐，当时我想，万一失败的话就考虑接受外来投资或收购，借此引进外部管理精英提高管理层次。只要顺景永在，谁当老板则无关紧要，能者居之嘛。

杨俊杰：通常来说，私营企业的变革所遇到的最大阻力常常来自家族及创业功臣的干扰，顺景在开始变革时，遇到了什么样的阻力？您是如何处理的？

蔡子芳：2004 年，企业的混乱情况让我们所有人都很痛苦，而我们在2004 年之前就已经结束了家族经营的色彩，加上我长期对大家灌输"管理要非变不可"的思想，整个团队都有愧疚之心，没有任何人反对变革，不能适应的人意味着必须离开顺景。如果说有阻力，充其量也只是人们对第一任总经理的过激手段有些不满而已。例如，当时的副总经理就有过严重不满，但在以大局为重的考虑下，我坚决支持总经理而对副总进行了压制，在压制的同时又给予安抚。

杨俊杰：请来总经理后，您的角色有什么变化？您与总经理是如何分工的？您如何监控总经理，又是如何考核他的？

蔡子芳：我卸去了一直担任的总经理职务，完全放开对运营和生产的管理，只保留对技术的指导。监控总经理的任务则交给了副总经理和一班老顺景人，说实在的，当时我和大家对管理都很外行，谈不上如何去考核总经理，无人懂得制定考核标准，而新总经理更不可能主动制定考核自己的办法。

杨俊杰：第一任总经理的变革以失败告终，您认为问题出在哪里？您得到了什么收获及教训？

蔡子芳：第一次变革不能简单地说失败，应理解为走错了方向，并有着太多的缺陷，因为公司过于重视"政治洗脑"式的意识形态的批斗，而严重忽视了技能培训、生产工艺改善，尤其是严重缺乏对成本的有效控制。收获是管理思维得到了长足的进步，抛弃了山寨的落后观念，教训是因本末倒置地采取"先政治后经济"的路线而蒙受了沉重的代价。

杨俊杰：有了第一任总经理进行变革的经验教训，您找来第二任总经理是想达到什么目的，想解决什么问题？结果达到了吗？

蔡子芳：经过第一轮变革中激进"政治"洗脑后，企业出现了技能培训缺失，工艺改进、成本控制毫无章法，人员编制臃肿、生产控制失效的不利局面。我本想采取较为温和的手段继续变革之路，利用管理意识及层次的提高，增强生产控制能力，但第二任总经理推翻了前任总经理的偏激路线后，却矫枉过正地走向了另一个极端，在废除了洗脑培训的同时，也停止了技能培训及管理培训，导致生产重新回到没有计划的年代，即重新走回打混战、到处扑火的老路上。当然，这次变革的最终目的虽然没有达到，但也提高了扑火的能力，效率确实高于2004年甚至2005年，因此2006年的盈利要高于2005年。

杨俊杰：第二任总经理也不能解决所有的问题，公司员工对外聘总经理的做法还有信心吗？您为什么还要继续外聘呢？

蔡子芳：第二任总经理不尽如人意的表现，的确让本来充满期望的顺景人产生了疑惑和动摇，但我的观点很明确：变革没有回头箭，半途而废肯定比继续变革的代价大得多，效率欠佳不是变革的错，不历经"变"的阵痛，肯定死路一条，只有"变"才有一线生机。当时的高层管理人员也都认同我的看法，尤其是当时的副总经理感受最深，因为他历经变革的洗礼后更强烈地意识到自己难以继续带领已提高层次的整个团队了。

杨俊杰：经历连续变革和两任总经理的更换，顺景当时在各项经营指标上与2004年相比有什么变化？高层管理团队有什么变化？管理干部及员工呢？

蔡子芳：经过2005年和2006年的变革洗礼，顺景人无论在制度流程、生产计划、技术沉淀，还是在组织团队意识、成本目标的制定上等均大幅优于2004年，但是生产成本却逐年急速上涨，管理成本也大幅增加。面对成本的急速上涨，仅靠常规的"进步"很难适应和生存，我们面对如何彻底而快速解决成本的有效控制的难题一直束手无策。

杨俊杰：所以，是不是第三任总经理清华大学毕业和精通六西格玛等管理手段的背景，让您产生了迷恋？而结果却让您大跌眼镜，您认为选择总经理主要看什么？文凭、工作经历、证书等这些资质有没有用？

蔡子芳：有了资历是一回事，能不能精通、能不能发挥好又是另外一回事。中国职场的虚虚实实真的令人眼花缭乱，那些专门教人所谓面试技巧的公司更是令人叹服。在滥竽充数的职场里，文凭、证书、工作经历几乎成了不可或缺的象征，我当时还没有意识到顺景的最大问题并不是管理手段先不先进、执行力到不到位，所以才把焦点都放在怎样提升整个管理体系上，对来自清华大学的第三任总经理寄予了厚望。

杨俊杰：有意思的是，您在创业阶段，也经历过三次与别人合作经营的失败，请您分别讲讲那段经历。

蔡子芳：三次合作的失败，其实在深层次上反映出像我这样的白手起家的老板们，普遍欠缺团队意识的管理思维，有着难以兼容的独断专行的个性。当然，在创业初期必须具备这种高效率的独断特质，优柔寡断肯定会失去成功的机会。依靠创业时的艰难累积，只有一点微薄的资金，我们草根阶层只能无奈地把原本割据山头的"绿林好汉"们绑在一起，这种权宜之计的凑合，随着合作时的分歧加深与各自亲朋之间不断摩擦，最后往往是"劳燕分飞"的局面。

第一次合作失败虽然没有亲朋的因素，但原因在于不能融合合作伙伴间的分歧；第二次合作失败的主要原因是另外两个股东的亲朋之间不断摩擦，也导致分道扬镳；第三次合作失败的原因，除了欠缺包容外，还有双方的互不信任，以及亚洲金融危机的冲击。

杨俊杰：您在经历了三次失败后终于创业成功，而在变革上也经历了三次更换总经理的痛苦，这是不是很巧合？您信风水之类的说法吗？

蔡子芳：哈哈哈，三次合作失败，三换总经理，再加上三次与死神擦肩而过。按照奇门遁甲的周易推理，天地之间的阴阳规则，人与自然的互动早已存在着既定的轨迹。我原本不懂亦不信风水，在认识了风水大师孟离九老师后，对自然界的理解产生了根本性的变化，不是信不信的问题，这是客观存在的事实，信不信是唯心，客观存在的却是唯物，与宇宙万物相比，人的智慧显得极端渺小啊。

杨俊杰：毕业于名牌大学的第三任总经理却是让您失望最大的总经理，为什么？

蔡子芳：清华大学标榜的是"厚德载物"，是代表着中国人中最高层次的优秀群体，但面对第三任总经理的过了试用期后"老板拿我没办法"的不负责任心态、对汶川地震麻木不仁的冷漠，以及"宁取银子不要面子"的恶劣品德，其反差之大怎么不让人失望呢?!

杨俊杰：外界对私营企业有很多误解，认为除高科技企业外，其他类别的私营企业的老板，绝大多数只会盯着钱，文化水平低又根本不懂管理等，对这样的说法您是怎样看的？如果您给自己一个描述，您会怎么说？

蔡子芳：我只能说私营企业良莠不齐，先富起来的部分人的不良行为让私营企业老板被贴上了唯利是图的标签。历史上，能够从一穷二白的共同起跑线上突围而出的，往往是不怕艰难险阻、刻苦耐劳的一群人，而"突围"的艰苦岁月让他们同时牺牲了接受高等教育的机会。部分私营企业老板不懂管理是天经地义的，一些人一边享受着改革开放带来的成果，一边在贬低着私营企业的老板们，我觉得这些人本身就是数典忘祖啊。

我从小养成的洁身自爱、自成一格的习惯，以及对家庭无私奉献的理念，对唯利是图的行为向来不齿，但是，只要私营企业老板们的财富是取之有道我都非常敬重。如果要描述自己的话，我会这样形容：地平线起家、醉心于技术、迷茫于管理、摸石头过河；淡泊私欲、执著自负、自省自觉、勇于面对。

杨俊杰：我了解到第一任总经理离职后曾把他变革的这段历程写成了一本书，我专门看了此书，但是把它当作文艺作品，而不是记录写实来看的。您是怎么看书中所写内容的？内容真实性有多少？有没有哪些内容让您很恼火？顺景各层人员是什么反应？

蔡子芳：说实在的，这本书我并没有全部看完，我对行文婆婆妈妈的书通常缺乏兴趣，尤其对序言中所谓转亏为盈的说法反感，作者自吹自擂、掩饰个人致命缺陷的论述更让我难以全部看完。我着重看了由太太帮我折起来的对我及对公司管理状况的描述，就我看的部分来说只有二到三成是真实的，比如对企业存在的通病的分析等。我的性格是非常自信那种，本不欲辩解，只是当我太太感到愤慨时我才劝慰道：这是一种自卑而无知的表现！所以，我谈不上什么恼火。当第一任总经理特别致电向我解释道歉时，我也只是一笑置之。至于员工的反应，我了解的就只有朱振时副总因为遭到人身攻击而非常愤怒，至于其他人，因没有深入了解而不太清楚。

杨俊杰：您又不是那种想要出名的人，为什么把自己的创业经历、变革历程和经验教训披露出来呢？甚至还计划把一些技术资料公开发表？您秉持的是什么样的价值观呢？

蔡子芳：我一直有一种不想让别人也步自己后尘而重蹈覆辙的想法，也想让我的孩子知道我们这一代的艰苦奋斗历程，让它成为孩子成长中的一本生动的教材。我一直赞同的是"共富共荣"的世界大同理念和价值观。

杨俊杰：经过三年的变革，从正面效应来说，公司的管理体系提升了，团队整体水平提升了，您个人的领导水平提升了，公司的效益也基本稳定，但是许多人并不是这么看的，您是如何评估三年来的变革的？多次折腾之下，又主要产生了哪些负面效应？

蔡子芳：顺景的变革是手术式的革命式变革，痛彻心腑的过程不可避免，遗留的负面效应是：管理队伍非常臃肿、管理成本大幅上涨，人均产值下降。这是变革三年未能对症下药的结果，与是否需要变革无关，起码可以说，以顺景 2004 年的状况来看如果不变革是没有出路的，如果一开始就找对变革方向的话，所付出的代价必将大幅减少。

杨俊杰：老板与职业经理人之间常发生矛盾，您与三任总经理之间各有哪些很难调和的矛盾？比如有没有因总经理清洗各层级功臣导致冲突的情况？

蔡子芳：老板与经理人不应该是矛盾的，更不应是绝对对立的，严格来说应是互动的，因为他们之间是承诺与兑现的契约关系，利益的结合让他们走到了一起：老板提供了菜谱中的所有材料，总经理发挥自己的厨艺下厨烹饪，用他高超的调和技术和合理的配搭做出一手好菜，这其中，聪明的总经理要切除的是变质甚至有毒的废料，而不是不同味道的菜品。

第一任总经理在切除变质和有毒的材料的同时，对不同品种的高档材料也想通过烹炒将它们去除。

第二任总经理和第三任总经理做的就像是客家人著名的大盘菜，不分品种、不分优次来个一锅煮。

因此，第一任总经理与老顺景人产生了非常猛烈的冲突，如果不是我的袒护总经理早已变成了刺猬。

杨俊杰：外来的职业经理人与各级打拼出来的管理干部之间，经常因为做法不同而产生些矛盾，三年来您是如何进行协调和处理的？

蔡子芳：处理这些产生了矛盾的协调工作绝大多数都在我的授权之下，用不着我参与，因此放手让总经理按照制度流程秉公处理即可。公司的经理层通过变革的洗礼之后，对是非曲直的评审标准已非常清晰，对总经理既制衡也起到协助作用。在人事的变更上，除非总经理自己违反程序否则我都不予干预，因为我不可能凭一己之见绕过程序干预工作，那就是搬石头砸自己的脚了。

杨俊杰：请您谈一谈同行主要标杆企业及他们遇到的问题。

蔡子芳：我简单地比较一下优劣势。主要标杆企业都是老牌企业，他们在海外均有营销团队，获得的是大单长单，这样产品品质比较容易控制，而且因为都是世界级企业的订单，产品的价格较高且稳定。

顺景的产品质量与同行同处于最高行列，但顺景的问题在于不稳定，同行是合格的稳定，顺景是质量或高或低的不稳定。但随着 TS16949 质量控制系统的导入，以及长单的不断增加，不稳定的状况已大幅改善，随着大单长单的快速增加，顺景即将迎来新的时代。

另外，早已"本土化"了的顺景，优点在于管理成本较低。所以，作为同行中唯一"完全本土化"及完全摆脱了家族经营状态的顺景，在管理能力跟上来后，迎来了低管理成本但又优质稳定的年代，这是我们许多仍深陷家族经营泥潭的同行望尘莫及的优势。

杨俊杰：想创业，一定要先看别人创业是怎样失败的，这个年代的创业环境与您那个年代差别很大，从您的创业和您看到的创业失败故事中，您认为当代创业者一定要注意哪些本质的问题？

蔡子芳：在非信息化的年代如 20 世纪 80 年代，创业的门槛和起点非常低，对学历要求也很低，靠的是打拼搏杀的冲劲和刻苦耐劳的精神。但是，随着信息化时代的到来，创业的门槛已经大幅提高。高起点、高学历、智慧型创业已经成为主流，创意、创新、更迭、求变、紧贴时代脉搏、抢占市场先机……这一切都需要学历与智慧、与时俱进的思维的支撑。高门槛、高起点能带来高而快的回报，问题是你具备创业所需要的条件吗？无论是高起点还是低起点、高门槛还是低门槛，刻苦耐劳都是不可或缺的。

杨俊杰：您看到在内地的许多港资企业、台资企业中存在着各种问题，也深为他们未来的发展前景而担忧，您觉得他们需要作哪些变革才能更好地发展？

蔡子芳：需要在三个方面作出变革：本土化、摆脱家族经营模式实现团队精英化，以及劳资关系协作和谐化。但是，这些变革不可能是一蹴而就的，所谓冰冻三尺非一日之寒，这些企业即使不采用激烈的变革，也需要采取渐进的改革才能跟上时代的步伐，永续经营。

杨俊杰：在内地的一些港资企业、台资企业的劳资关系往往很紧张，而您的公司却处理得不错，您是如何做的？

蔡子芳：沟通，不分种族地平等对待，以互信作基础建立互动的沟通平台。其中，"本土化"体现了对国内人才的尊重和重视及平等相处，因此"本土化"是我们长治久安的必由之路。近几年来，随着国内人才突飞猛进的进步，港台精英已不知不觉地被抛到了后面，尤其是在创新创意、与时俱进的思维和先进的管理系统的导入能力等方面，双方的差距在加大。

杨俊杰：假设一下，如果变革就只是从降成本开始，钱是会多赚点，但您觉得这样下去顺景会有现在这样的好体质吗？有可能会变成什么样子？

蔡子芳：倘若采取先直接降低生产成本的方法，代价自会小很多，但管理层次尤其是思维意识的进步必定会慢很多，正如中医医病，复元慢但副作用小得多，同样会带来好的体质，只是时间、风险和代价不同而已。

杨俊杰：自开始变革以来，顺景一直保持着技术优势并借此赢来客户甚至是大单，是不是可以这么理解：若没有技术，顺景根本经不起一点折腾，甚至前景难测？

蔡子芳：是的，可以这么说。顺景如果没有赖以生存的差异化技术，肯定难以进行资源的累积，我肯定不会也不敢轻易做出变革，因为实在折腾不起。

杨俊杰：为什么2008年的变革有明显的成效？

蔡子芳：2008年之后，主导变革的是外请的顾问，他看到变革以来还没有解决的一个大问题，就是顺景的管理队伍过于臃肿、生产流程严重浪费和落后，从而一举击中要害并指导公司去改变，可以说是居功至伟，起了关键的推动作用。但是，变革的成功绝非一时之举，而是一种积累，绝不能说全都靠他解决的。一来顺景的问题不是简单的成本控制问题，事实证明精益控制（JIT）办法在管理基础薄弱的中小企业中实施，绝大部分都难以奏效，不是说就这个办法让变革成功，它只是"东风"，之前已经是"万事俱备"；二是这时候也恰逢我在模具技术方面找到了突破口，从而破解了业界普遍存在的配制模具的误区，这让生产损耗从原来的接近12%直接减少至6%以下，成本下降非常可观；三是与同行标杆企业相比，顺景的管理团队有着更为出色的凝聚力和服从力。

在成本的降低上，模具质量大幅提高的功劳最大，接着是精益控制下的人员编制精简和流程优化，而薪资挂钩及计件制产生的功效也不可忽视。

杨俊杰: 您一直说让您最欣慰的是一班骨干和中层成长起来了,为什么这么说?您又是如何对他们进行激励,如何培养及使用的?

蔡子芳: 变革最大的贡献在于让一班"兄弟连"骨干快速成长。目前,在激励机制上只有"薪资挂钩制度",虽然"股份化"我早已提出,但在建立绩效考核制度之前难以量化,因此仍未落实。

上下一心的人性化管理是我的用人方式,前段时期面对大量订单却又出现招工困难的情况,所有管理团队包括副总经理在晚上都自觉到生产线上帮工赶货。另外,我还一直要求公司经常安排大家外出接受培训,以促使管理团队与时俱进。

杨俊杰: 如果离开您,企业能正常运转下去吗?对企业的发展您有什么计划?

蔡子芳: 长期以来,由于出差和其他需要我经常会暂时离开公司,但对企业的运作不构成任何影响。事实上,我的出差都是没有事先知会大家的,因为这个团队早已习惯了我不在公司的日子。

值得一提的是,我现在已有6个做模具的徒弟自己创业开厂,他们均在我们的协助下成为顺景的战略供应商,一方面形成了很好的互补关系,而我也一如既往地给予支持扶助,包括管理体系的培训;另一方面也符合我的发展策略:做精做强不做大,在做强的条件下另辟发展蹊径。当然,做强不做大的前提是必须有稳定而可靠的战略供应商支持。这是我目前的构思和计划。

杨俊杰: 如今,在顺景还有什么事会让您感到坐立不安呢?

蔡子芳: 现在,"兄弟连"团队虽然有长足的进步,但因学历不足等客观条件的局限,他们的进步速度仍难以让他们应对未来的挑战。这虽然不至于让我坐立不安,但也算是需要认真对待的头等大事了。

杨俊杰: 您觉得顺景在以后的发展道路上会面临哪些棘手的挑战呢?

蔡子芳: 在最低工资不断上涨、人民币不断升值、政府提升第三产业带来转型压力等大背景下,未来所有的企业都会面临如何提高附加增值能力以抵御外部与日俱增的挑战问题,同样,顺景也面临着这一棘手难题的挑战。

杨俊杰：您个人又会遇到什么挑战呢？您是如何提升自我的？如何平衡好工作与家庭呢？

蔡子芳：我认为，我个人将会遇到如何带领企业提升层次的挑战：从做"本田汽车"零件提升到做"奔驰汽车"零件，从低端的加工和代加工的层次转型提升到做自己品牌产品的层次。

企业老板除了要不断地自我增值外，更重要的是要提升自己运筹帷幄的"战略高度"，而非囿于职场经理人所必须具备的驰骋疆场的"战术层次"，因此，我的提升焦点应放在如何搭建和优化"海纳"精英人才并让他们能尽情地一展所长的舞台，让顶尖的管理精英在健康优秀的企业文化氛围中，以共富和谐的理念带领企业在减耗、增效、增值、创新等领域再求突破。

说到工作与家庭的平衡，我自认为比别人做得更好，我在家庭、健康、事业、财富、朋友五大方面的平衡能力是亲朋好友所公认的。我的原则是"一切以家庭为轴心"，几个孩子的上下学及寄宿从来都是我亲自接送的，所有的亲友都知道我的周末是属于孩子的。我认为工作的目的是为了家庭，牺牲家庭成就事业是典型的本末倒置。

第二节　顺景往事

　　2000 年 7 月 2 日，时任副总经理、跟随"拓荒者"近十年的胞弟蔡子增（老四）执意回家开厂创业。于是，"拓荒者"找来了大姐夫黄辉煌接任副总的岗位，大姐夫也曾经从事过模具制造工作，此前一直在澳门发展。工作交接后，子增于 7 月 5 日在管理层的欢送下正式离职。

　　和无偿资助老大、老三开厂创业一样，对跟随"拓荒者"近十年的老四"拓荒者"更是给予大力的扶持。

　　此前，根深蒂固的"家天下"管理思维仍厚厚地笼罩在顺景公司的身上，并因惯性而长期合理化。

　　当时，我们基本没有企业管理的概念，尽管意识到必须提升管理层次并引进了 ISO9001 管理体系，但仍不懂得吸纳社会精英是企业发展的必由之路，除总经理的职位由我自己担任外，副总经理一职在老四离开后，我让同属技术型人才、对管理外行的大姐夫继任，生产控制方面仍完全沿用落后的凭感觉的粗放式经验型管理。因此，顺景一直深陷于打混仗式的高损耗、低效率的泥潭之中，为后来精加工设备引入所带来的高精度且更讲究高稳定性的标准化工作流程埋下了管理上的危机。后来，我在客户及好友们的提醒下，才意识到可以通过网络聘请社会精英帮助顺景克服困难。

　　2001 年 3 月 31 日，"拓荒者"在当天的日记中用大字号写下了这样一段话：

本年度（2000年3月31日—2001年3月31日）顺景的营业额首次突破千万大关，比上年度的700万多出400万，成绩辉煌，更获得了丰厚的利润。为此，我们曾大量进口先进机器，使本厂设备增加了一倍多，CNC电脑部的建立也令本厂的档次再次跃升，于是公司获得了中外客户空前的青睐，这证明顺景是具有前瞻性的，而且眼光非常独到。先进的设备、持续增长的业务、良好的环境和资金条件，都为下年度营业额的增加及公司的发展壮大奠定了基石，倘若还能在成功招揽管理人才方面更上一层楼，乃至取得ISO9001，那么公司的前途将无可限量。

同年，顺景又以无敌的姿态接下乐扬公司的"本田公司"铝框长单。"拓荒者"的一句"在顺景的字典里没有修不了的模具"，让因找错了加工商开出存在严重缺陷的模具的客户格外惊喜、如释重负。

2001年12月21日，随着区域性经济模式因全球一体化而逐步消亡，"拓荒者"首次预见性地为公司制定了发展策略：

> 广纳精英，增强实力，锐意创新，提升层次，
> 培训人才，优化管理。俯瞰大局，洞察先机。
> 囤储粮草，厉兵秣马，泰然处变，居危勇往，
> 全员运动，蓬勃朝气。顺景之舟，和衷共济。

当时的顺景严重缺乏系统管理意识，所以制定策略时并没有为公司发展确定比较明确的具体指标。从根本上讲，那时我们仍然是沿着行业老前辈的足迹发展的，一心只想扩大规模，把企业不断做大。

至此，顺景创业第一阶段的任务已基本完成，并走上发展壮大之路。回顾其发展的轨迹，我们能非常明显地感觉到，企业技术力量的畸形拔尖，与管理能力的落后，已形成严重的不平衡态势。当时，我们并未意识到，在引进精加工设备的同时，应同步或者提前提升管理模式，没有意识

到只有均衡发展才能让技术与管理良性地互动，并使企业绕过痛苦的管理瓶颈，将价值最大化。

虽然"拓荒者"看到了管理上的严重不足及精英人才缺乏，并为企业制定发展策略，但由于自己在管理方面也是"门外汉"，加上当时仍未接触网络，所以还不懂在网上聘请管理精英。

从粗加工转型为精加工模式

顺景所拥有的傲视业界的技术，深受客户推崇及折服。同时，顺景自身亦空前自信，2000 年 4 月 30 日，在面对客户的技术专家的质询时，"拓荒者"再次作出如下回答：

"不可能"的传统里，其实已蕴藏着"可能"的种子，而顺景的创造能量足以催之萌芽！

2001 年，顺景以一年鞋扣制造的可观盈利大量购置了先进的 CNC 精加工设备及 CMM 精密检测设备，并大量增购压铸机等加工设备。新增的设备中，不仅有替换旧压铸机的新压铸机，还有提前购买的电脑加工中心及检测设备。从 2001 年到 2003 年，顺景用于引进先进设备的总资金累计已达 1700 万元以上，所以这段时间正是顺景的高速发展期，除了结束粗加工的原始状况外，还促使管理系统全面升级。

这一系列举措让顺景成功转型，使其结束了粗加工低增值的落后模式，即加工增值模式完成了从粗加工到精加工模式的转型。

顺景从单纯做模具到从事压铸生产，是从"做印刷模到用印刷模印钞票"的跨越，而压铸生产分粗加工和精加工，粗加工是指压铸后只作打磨、挫披锋，工艺简单，控制容易，但增值空间非常有限。

铝合金最大的增值空间在于精密的二次加工，即由电脑加工中心进行的精密铣削及精密的电脑检测设备量度，这是做世界级企业订单的最低门槛。但 2000 年以前的顺景刚从模具跨越到压铸生产，厂内只有模具制造设备及压铸机，处于粗加工阶段，缺的是精密的加工能力，所以可选择的客户不多，更无法接触到世界级的大企业。

以"啃骨头"作为筹码

2002 年 1 月，顺景取得 ISO9001：2000 国际质量体系认证证书，全厂士气如虹，这在整个顺景的光辉历程中留下了最为闪亮的一页：

昨天，

当一抹晚霞飘落之时，

我们风尘仆仆，

却不减意气风发，

越过了山冈。

今日，

虽幽岚缭绕，

但我们未敢稍息，

依旧抖擞精神，

继续征途。

明晨，

在一轮红日冉冉升起之前，

大地朦胧之际，

我们矫健的步伐，

将显得格外铿锵有力。

技术是"拓荒者"的立身之本，并且是顺景赖以生存的筹码。精加工设备的引进及客户层次的提升，对顺景的产品品质标准有了跳跃式的要求，而当时低精度的产品把控彻底暴露出企业控制能力的严重滞后。事实上，企业在技术方面完全能够达到并超越客户对产品精度的要求，但最致命的是因管理的滞后带来产品不稳定，这是客户最为不满的。所以，虽然高难度的订单（我们称之为"骨头"）占企业订单总数的70%以上，但其绝大部分属短单，它们毛利高（估计50%~60%）但损耗非常大且不稳定，所以利润很低，且投诉最多。相反，那些普通的非"骨头"订单多为大单，看起来毛利低（估计30%左右）但损耗低，因此利润反而较高且稳定。

可尽管如此，若非以"啃骨头"作为切入点，顺景将更难在行业中占一席之地。因此，"啃骨头"乃提高企业竞争力的战略需要，问题在于如何在管理档次提高后，以"啃骨头"作为筹码，争取后续的大订单，以达到最终目的——拔尖式技术力量成为顺景"攻城掠地"的唯一法宝。

顺景在2000年涉足鞋扣铝合金件领域，以一模12件甚至一模36件的不可思议的突破性技术（台资厂一贯只能做一模2件到4件，且需后加工），在价格上远廉于同行，而质量更优于意大利品质从而形同对客户采购部高层的"挟持下"，硬是以横空出世的、非做不可的非我莫属姿态，调动客户技术部、采购部、生产部、财务部及部分"台干"，联合对抗与固有的长期供应商有着千丝万缕关系的客户副总经理对顺景加入合理竞争的百般阻挠，最终在大老板专程自台湾赶来开会痛斥副总经理的主持公道下，成功从众多已供货十几年的供应商手中抢下全部鞋扣订单，并累积了可观的资金，为日后启用CNC加工设备铺设了一条康庄大道。

2000年对顺景来说是个转折年，当时荣和公司的无需电脑精密加工的全部鞋扣订单约占每月产值的近40%（也占全年产值的约40%），其利润贡献占总订单的60%以上。于是，从荣和公司的鞋扣订单中赚取的利润，大大丰富了顺景的原始累积，为企业摆脱粗加工模式，升级为精加工高增值模式奠定了重要基础。

首次与员工的实话实说

2002年6月8日，顺景有史以来第一次在全厂范围内召开"实话实说"座谈会，让下至班、组长，上至董事长的一班管理层直接与全厂所有员工在轻松的氛围中坦诚对话。

入夜后的对话一直进行到凌晨 1 点才在欲罢不休、情绪高涨的气氛中结束。"拓荒者"当场就下令行政部门对员工生活上朴实而切身的诉求在三天内作出回复，并在一周内解决；管理上的问题亦必须在三天内研究出解决的方法并及时汇报进度。

通过与员工的直接对话，"拓荒者"真切地体会到，劳资双方其实并不存在明显的矛盾。在这个过程中发现许多感人故事，包括来自全国各地的不同种族的兄弟姐妹，在顺景"共冶一炉"下的守望相助、和平共处，也让曾经同样经历过辛酸苦辣打工生涯的"拓荒者"深受感动。

"实话实说"座谈会空前成功，农民工姐妹兄弟的真情流露及对公司的真诚表白，是对"拓荒者"一贯倡导的"善待员工、关怀为主"的怀柔政策的最好回报。

"拓荒者"生来就有与人为善的性格，以及极强的家庭观念，加上本身亦来自内地，曾经也受尽歧视，因此一贯痛恨歧视。所以，怀柔政策是顺景要坚定不移地实行的政策：

不分种族，不分肤色，所有有缘进入顺景的员工都是兄弟姐妹，大家不分彼此，且一视同仁地受到公司应有的保护，享受公司各项既定的福利，在相互尊重的公平环境中律己守法，安心工作和生活。

"拓荒者"一再呼吁善待、关爱员工，事实证明，这份良苦用心并没有白费。

只有和谐才能长治久安，这样的理念在拍脑袋喊"兄弟们上"的经验管理阶段尤为有效。不仅如此，和谐的环境更是发展企业文化，达到"以人为本"这一管理最高境界的必备基础。

上与下的分野——蜕变前的痛苦选择

2003 年，尽管顺景的资金非常充足，但在管理能力上的自卑感和无力感，使来自澳门的大姐夫黄辉煌承受着挥之不去的越来越沉重的压力。最终，不堪压力的他不辞而别，副总经理一职因此悬空了很长一段时间。

当然，从另一面讲，他的离开非但不是坏事，反而加快了顺景结束

"家天下"原始状态的进程。

4月1日，原先任职于顺景、几年前离厂去协助老三创办"泉风散热风机公司"的朱振时，应邀再度回厂接任副总经理一职。

自创业以来，"拓荒者"所任用的高管基本上是亲朋好友或是老乡，这有利也有弊，利主要在于忠诚度较高，弊是让企业管理长期处于原地踏步、权力不外放的情况下，更遑论引进外部管理精英。这也是"拓荒者"作为管理领域"门外汉"使然。

当然，创业前期属于企业增强抵抗风险能力的初级阶段，一方面"池水太浅"难以让外人一展所长，另一方面微型的公司，经不起充满变数的折腾。这也是企业上与下的分野，不同的发展取向必将为企业带来不一样的面貌，也会使其付出截然不同的代价。

2003年6月5日，"拓荒者"的灵感突然涌现，遂在快乐活泼的长女茹芸的十岁生日卡上挥毫写下一首诗：

> 快乐云一朵，
>
> 聪颖又活泼。
>
> 星斗转十载，
>
> 趣事装满篓。

2003年6月，顺景成为深圳机械行业协会理事，同年又以精湛的技术赢得了"松下"评出的95的高分，并成功从宁波的竞争对手那里抢到了高技术难度的订单。

不向恶势力低头

2003年12月15日，沉寂了近十年的地痞流氓敲诈勒索外地民工事件又"借尸还魂"了，许多民工都遭受恐吓，被诈取保护费，这样的恶性事件导致人人自危。

人们忍气吞声、屈膝求和的结果，却使勒索者更加气焰嚣张，更加得寸进尺。当时，顺景加工部主管的胆怯无助，更加剧了基层员工的彷徨失措，使整个公司都人心惶惶，不仅平静的生活被打破了，正常的生产秩序也被扰乱。

于是，"拓荒者"立即召开动员大会，号召全体顺景人团结一致，共同维护企业及自身利益。众志成城的凝聚力所产生的热血效应，顿时将困扰大家许久的阴霾一扫而空。

大会期间，"拓荒者"即时致电村委领导并对其下了最后通牒：倘若政府不施以援手，不为民除害，那么三百个顺景人必将奋起反抗，替天行道，一举铲除黑窝！

顺景人的愤怒与斗志得到了政府部门的高度重视，敲诈勒索团伙很快销声匿迹。事隔不久，一干为非作歹多年的地痞流氓相继被捕并判刑入狱，最终接受其应得的法律制裁。

优在技术，劣在管理

连续三年的高速膨胀式发展，让习惯以人海战术和过剩的设备打混战冲锋陷阵的一班"兄弟"，沉浸在了空前成功的自豪中。早在 2000 年初，公司资产仅有 120 万元，每月营业额也只有 50 万，但到 2003 年申请粤港两地车牌照之时，公司资产已剧增至约 1800 万，每月营业额更是高速增长到 250 万。

这时，顺景开始大胆利用独步业界的先进技术所赚到的资金，大量购入更加先进的电脑精加工设备及检测设备，将企业快速升级，为其拓展更大的利润空间和发展空间，并提升可开展高质素业务的加工层次。

这个过程中，顺景一方面因"啃骨头"的技术力量制造出了大幅度的价格利润差，并掩盖和完全合理化了生产控制能力长期严重滞后的弊病，另一方面又凭借着世界级的技术，成功跻身于世界级企业的供应商行列。

可是，成功引进的世界级业务对产品品质控制的高规格要求，却让"顺景人"在喜不自禁的同时，也不知不觉为企业今后的发展酿造出了芬芳与辛辣形影相随的"苦酒"。

随着日本、欧美加工业向中国的加速转移，市场大饼均在不断扩大，因此整个铸造行业也正处于欣欣向荣的状态。各个企业的订单都在增加，发展势头良好，而由于顺景的发展空间相对较大，因此在 2001 年到 2004 年间的发展速度也相对较快。

2003、2004 这两年里，顺景又迎来了一个新的发展高峰。当时，异常激烈的恶性竞争几乎都集中于容易做的低端产品市场。而顺景当时仍然沿用着"姜太公钓鱼"的被动接订单的落后营销模式，而且开展的大都是"骨头"业务，因此顺景并未明显感受到竞争的激烈性。

与同行业竞争对手比较，用行业中最好的标杆企业来衡量，顺景在技术上处于最高层次，管理则在中层。所以整体来说，顺景在行业中处于中上位置。

简单地说，顺景好在已经本土化，成本较低，差在系统控制能力低下，且缺乏海外营销推广能力，销售额与老牌的标杆企业相比还要低很多。

2004 年，顺景成为香港工业总会会员及香港铸造业协会永久会员，同年又以令"东芝对模具设计非常满意"的骄人成绩，接下了"久田公司"的洗衣机配件长单。

第三节　变革前夕

　　时值 2004 年寒冬，随着顺景技术力量的不断增强，管理能力的严重滞后日益突显。当时，世界级的客户日资松下公司根据最新管理体系如 ISO9001 的标准等，对顺景各部门进行了严格的三方评审，结果以"技术 95 分，管理 60 分"的结论，道破了顺景的畸形格局。至此，公司管理层之间的矛盾日趋尖锐及表面化。

　　当时公司的管理由接替大姐夫成为副总经理的朱振时及厂务经理张继清两人主导。作为副总经理的朱振时是典型的"好好先生"，凡事好商量，无制度、无条理但却极具亲和力；张继清曾两次离厂，他有"兄弟连"上尉拍肩膀、"兄弟们跟我上"的魄力，但却是典型的经验型管理性格。在公司里，生产管理由张主导，行政则由朱主导，两个人的管理理念大相径庭，所以他们之间冲突不断。而当时的"拓荒者"也缺乏系统的管理理念，对两人的冲突几乎难以调和，对客户的不断投诉亦无可奈何。后来，张继清执意辞职，"拓荒者"由此萌生对企业进行大刀阔斧的变革的想法。

　　凭借技术力量引进的优质客户，非但没有使顺景的发展状况得到改善，反而因此前的粗放式的管理模式与其之间的层次落差而每况愈下。

　　客户的档次在不断提高，对产品质量的要求亦水涨船高地不断提升，尽管如此，面对危机的不断加深，公司对产品质量的控制能力还是停滞不前，大量订单的饱和式生产更暴露出没有生产计划带来的混乱态势及质量体系的严重失控。

深陷恶性循环，始于高层之间的摩擦

2004 年底，"计划随着生产走"的状况日益严重，顺景突击式的到处奔波"救火"的过程控制手段，造成工序效率峰谷并存、货仓林立且积压严重，此外，更导致企业管理体系的日趋混乱。

造成这些结果的主要原因不在业务，而在于生产环节，即：1. 产品导入的源头太过低端，标准不清晰；2. 工艺安排不合理；3. 当时没有 PMC（生产计划与物料控制），在饱和式生产要求的压迫下，各道工序之间非常混乱，互扯后腿，责任互相推诿，工序产量也峰谷并存，各工序因害怕交不了货而各设小货仓，因此造成了货仓林立、积压过多的情况。

所以，那时顺景的生产管理模式完全是经验型的到处救火式。没有切实可行的生产计划，生产秩序十分混乱，无法按时交货、质量不稳定、客户投诉等情况一波未平，一波又起。

副总经理与厂务经理的管理手段大相径庭，两人水火不容，相互间的摩擦更是空前白热化。"拓荒者"当时比较倾向于支持实干的厂务经理，但由于对朱的器重，加上"拓荒者"当时并无衡量管理水平的标尺，亦难以下决心作出取舍，因此相当困扰。

当时，公司的高层管理架构是这样的：

"拓荒者"（总经理）、太太（负责国内财务）、副总经理（日常工厂管理）；

总经理—副总经理—厂务经理—部门主任（5 位）—主管—领班—组长。

"拓荒者"一向都将公司的管理事务交由副总经理打理，自己只负责技术、业务和财务（香港）工作。但是公司的日常管理因分工不明确、权责不明而问题丛生，所以"拓荒者"也经常被迫介入日常烦琐的管理事务中。

此时的"拓荒者"隐然感到担心和忧虑：公司管理人员全部是打天下的"兄弟连"，没有一个是学管理出身的，且学历顶多是大专。企业技术能力与管理能力的差距在不断扩大，虽制订了公司发展策略，但却无从下手。

与绝大多数落后的中小型企业一样，顺景完全陷入管理的恶性循环而难以自拔！

变革前夕，"拓荒者"几乎一筹莫展！

一则特别的聘贤广告

2005年2月初，经好友兼球友易同途的提醒及推荐，一则坦率道出公司存在严重管理瓶颈的"聘贤召唤"帖，首次在中国人才网亮相，目的是为顺景招揽包括总经理在内的管理精英。

聘贤召唤

本公司拥有：

1. 傲视业界的铝合金模设计及压铸专业先进技术，并获松下95分的高度评价。

2. 领先及配备精良的完整的先进设备。

3. 完整的管理架构，稳定的技术人才。

4. 源源不绝且不断优化的业务，尤其是世界级企业如500强的客户在不断增加。

5. 充裕的发展资源。

6. 备受客户好评的生产环境及设施。

但本公司也正面临着前所未有的管理瓶颈：

1. 拥有权威的技术，却缺乏管理能力，致使技术力量不但不能完全发挥，甚至遭到削弱。

2. 行政的长期缺失、ISO 管理体系运作的不畅（松下对此的评价是严重滞后于技术水平）、生产管理及控制能力的欠佳，更令本厂在客源层次不断提升的情况下相形见绌，力不从心。

一家年生产能力达 5000 万以上的中型外资企业却仅创造不及 3000 万的产值。来吧！本公司正为您提供无限的发展空间，通向世界级供应商的平台正为您提供大显身手的机会——顺景热忱欢迎您！！！

一旦加盟，可预知的可观分红还将为您带来丰厚的额外收入，使您前途无量。

若您具有 5~8 年日资企业管理的成功经验，不要犹豫，来吧！本公司愿意与您共享成果。

董事长：蔡子芳　恭候

2005 - 03 - 16

招聘广告的独特和直率，充分反映了"拓荒者"不落俗套、不循传统以及坦荡的性格，更让"聘贤召唤"在芸芸招聘广告中突围而出，备受瞩目。

第四节　第一任总经理出场

2005年3月16日，"拓荒者"抱着非"变"无以拉近企业管理水平与技术力量的差距、非"变"无以改变重技术轻管理的固化思维的心态，开始通过网络招徕外部管理精英以改变"兄弟班"的企业格局。于是便有了那篇坦诚披露公司缺陷的"聘贤召唤"。

"拓荒者"期望通过这样的招聘吸引从事企业管理的专才，但初期不敢直接聘用总经理，只聘经理，希望通过引入接受过专业教育的高学历经理改变企业管理水平落后的局面。

这次对外招聘，因之前已作了大量的"不引进外部精英难以提升管理层次"的宣传，加之在2004年一年中已付出过沉重的代价，所以在公司内部所有高层无人反对，几乎得到一致的支持。

招聘信息公布后，来应聘的人不少，但根据履历及面谈的结果，"拓荒者"初步只挑选了一位来自国营企业的生产部经理，其余副总经理的招聘则因口才、英文水平、自信不足、管理理念及部分要价过高等问题而未能如愿，直至遇到任风雨。

任风雨正是冲着顺景敢于透露公司缺点的另类招聘广告来应聘的。

2005年3月26日，"拓荒者"在当天的日记中写道：

下午 1 点 30 分，本人热切期待的天才任风雨终于来厂会晤，我们一见如故，十分投机，破纪录地长谈了逾三个小时却仍余兴未尽。"拓荒者"为寻找到管理知识异常渊博、思维极其清晰的现代"卧龙先生"兴奋不已，并毫不犹豫地将总经理一职当面委托，还以高于其所要求工资的 20%，外加年终税后纯利润 4% 的待遇，说服他于 4 月 1 日正式上任。

当时整个公司包括中高层管理者，都知道公司在进行网上招聘，但网上招聘对于顺景来说非常陌生，因此大家都是一片茫然，更无从稽查应征者的背景。

"拓荒者"面试任风雨时只有太太及前台的金莉知道，公司其他管理层都没有参与面试。整个公司的变革可谓全由"拓荒者"一人在强行推动，又能听取谁的意见？

任风雨的管理手段"拓荒者"其实不懂，亦没有给出量化指标。

刚涉足网络世界的"拓荒者"，对于高层管理者的网络招聘，可谓全然陌生，更不知道什么"猎头公司"。"拓荒者"凭直觉录取了任风雨，并直接委以总经理的重任。

"拓荒者"变革之心

任风雨的及时出现，以及他所提供的管理信息无疑是一种催化剂，让"拓荒者"更坚定了"变"的决心。

2005 年 3 月 29 日，"拓荒者"在当天的日记里继续写道：

收到任风雨的 10 页的电邮，自内容中悉知其一生坎坷，茹素修禅乃欲禅释恨世疾俗、心理不平的原因，对其"非佛则魔"的预言深表忧虑。看来他对禅的理解甚至仍不如我，因为我虽历尽沧桑，但不必茹素却拥有刚毅不屈、与人为善的心理素质，绝无反社会、叛逆报复的心理，一切乐观坦然。

"拓荒者"当日下午用手机发了庄子的"吾生亦有涯,而知也无涯"的短信给任风雨,欲帮其解开深沉忧郁、"修禅被禅困"的心结。

"拓荒者"从来不相信管理学上"三个臭皮匠,赛过诸葛亮"这个古老说辞:层次就是层次,两条平行线,无论其如何向前延伸都无法相交!

既然靠常规的进步无法拉近管理能力与客户层次的距离,那就只能通过变革使企业获得跨越式发展的机会。向后退,面对内地以及台资企业无序的自杀式恶性竞争,顺景就是死路一条,只有向前走才有机会生存,这是企业别无退路的选择。

在长期固化且封闭的内部团队中,挑选一个相对过得去的"烂苹果"来领导改革,这无疑是危险而愚蠢的做法,因此打破闭关的"桎梏",引进外部精英已是势在必行。

对全体员工的变革告白

2005年3月31日,"拓荒者"以《告顺景共同体书》首次向全厂员工强烈发出非变革无出路的信息,前瞻且破釜沉舟地拉开了变革帷幕,从此决意进行重大的管理变革。这一次,顺景将董事长和总经理一分为二,委任任风雨为总经理并放手由其亲自聘请7位部门经理在内的大批专业管理精英,打破桎梏,突破管理瓶颈,立志大幅提升管理层次。这对顺景来说,是具有重大历史意义的。

告顺景共同体书

今天本人最后一次以董事长和总经理的身份敬告"顺景共同体"同人:

我们虽拥有:

- 傲视业界的铝合金模设计及压铸专业先进技术,并获松下95分的高度评价。
- 领先及配备精良的完整的先进设备。

● 完整的管理架构、稳定的技术队伍。

● 源源不断且不断优化的业务，尤其是世界级企业如 500 强的客户不断增加。

● 充裕的发展资源。

● 备受客户好评的生产环境及设施。

但我们也正面临前所未有的管理瓶颈：

● 拥有权威的技术却缺乏管理能力，致使技术力量不但不能完全发挥，甚至遭到削弱。

● 行政的长期缺失、ISO 管理体系运作的不畅（松下对此的评价是严重滞后于技术水平）、生产管理及控制的欠佳，更令本厂在客源层次不断提升的情况下相形见绌，力不从心。

● 去年一年超过 250 万元的管理失当的损失，更将公司推向非改革不可的境地。平庸而守旧的管理乃本厂的致命缺陷，改革刻不容缓。

今天，职业经理人任风雨等精英的加盟，将继导入 ISO 管理系统后再次为公司注入新的动力，而管理的革新也会将顺景推向另一个高峰。

总经理一职首次历史性地自董事长兼总经理中分离开来，这标志着顺景从此摆脱传统落后的管理思维并进入了划时代的现代化管理历程。面对前面的瓶颈与桎梏，任总经理将带领"顺景人"迎难而上，勇往直前。全体"顺景人"必须无条件予以积极配合，同舟共济、顾全大局、共享成果！

2005 年 3 月 31 日

面对顺景即将到来的重大改变，面对临危受命的总经理，公司上下都弥漫着怀疑和期盼的情绪。

"拓荒者"意志坚定地发出了变革的最强音，想传达的信号是：义无反顾、改造思想、砸碎桎梏、痛定思痛、杀出重围。当时公司有相对充裕的资金及一群忠诚的兄弟，更掌握着核心的技术和订单的来源，所以对改革坦然无惧。

　　新总经理于 2005 年 4 月 1 日开始工作，每周向"拓荒者"汇报一次。既然分工已非常明确，那么他与"拓荒者"在工作上的沟通基本都可囊括在每周的汇报中。

　　2005 年 4 月中，顺景成立形同董事局的"总经办"，引进制约机制，历史性地结束了"老板拍脑袋"决定企业生死的落后的山寨式决策模式。

　　总经办类似董事局，由董事长、董事、财务总监、总经理、副总经理组成，这并非专职的部门，主要作用就是避免原来的一人拍案决策管理模式，以期在决策过程中以少数服从多数的方法通过提议。

　　除了方向性的决策外，对外投资、高层任免、大项目的重大投入等，也是有足够的时间可进行商议的，绝无承担"单一"决策的高风险的必要，所以能够体现团队精神的"群策"又何乐而不为呢？更何况，顺景的权限表中已经清晰界定了包括总经理在内的管理层的职责和权限。

　　2005 年 4 月 30 日，"拓荒者"经梁焕操会长的推荐加入香港铸造业协会理事会。

第二章
首次变革

第一节　洗脑

2005 年 6 月，拉开变革帷幕的顺景，接受了任风雨疲劳轰炸式"批评与自我批评"培训，这简直像一场政治洗脑运动。

变革前，顺景设有制造、品质、行政、技术、财务五大部门及相对应的 5 个主任，管理架构没有章法，杂乱而无序。而变革后的公司架构是扁平化的，分设 7 个部门：人资、制造、技术、品保、PMC、营销、财务，每个部门一个经理，经理全部由任风雨亲自招聘。

总经理与其他高层的管理架构是注重横向沟通的扁平化管理架构，当时由任风雨一人设计，而管理制度流程、职责、权限、分工则由众经理集体研究确定。

公司原来唯一的行政经理张继清当时已辞职，其余都是主任，他们全部被变相降级。当时企业中原有的管理层普遍怀着愧疚之心，同时也抱着期待，所以大部分均支持变革，并积极配合。"拓荒者"的立场是自由选择、绝不勉强，因为新招进来的管理者能力确实远高于许多老员工。

新旧观念碰撞的同时，企业文化亦悄然成风。无法接受变革冲击的管理层相继出走，余下的中坚力量，则在管理架构的重新扁平化设计、制度流程的成功制定、各级管理职权通过民主而公开的清晰确立之后，在公司面貌与风气焕然一新的情势下，坚守岗位，接受变革的洗礼，对变革充满期望。

在痛苦的变革刚开始时，"拓荒者"最担心的是管理层的人心浮动。但由于之前非"变"无出路的呼吁已获得绝大多数人的接受，所以真正在变革初期出走的管理层并没有想像的多，许多"老顺景人"也在无可适从中被动接受了变革，即使有人出走，也仅是非骨干的管理人员，因此变革的切入相对顺利。

变革初期几乎没有发生重要高层管理人员流失的情况，而一小部分管理人员的离开，也没有影响到公司业务及员工士气。相反，员工们还因接受了余世维管理理论的培训而茅塞顿开，士气空前高涨。

完成架构搭建的任风雨随即在公司开展政治洗脑式的"批评与自我批评"教育，在做法上与小时候经历过的阶级斗争时期的检举、自查、写检讨报告等如出一辙。但经历了2004年的痛苦与挫折之后，大多数顺景人都心怀愧意地对变革充满期待，许多留下来的"老顺景人"，尽管无从知晓疾风骤雨般的变革将止于何时，却也渴望着彻底改变"到处扑火、疲于奔命"的生产方式。

新加入的人员在融入顺景上也没有问题，因为含最核心的技术部在内的7个部门的经理都是任风雨重新聘请的，单就中高层管理而言，这些管理新人反而处于主导地位。

说来也很讽刺：受排斥的竟不是新人，而是"老顺景人"。被改造的贬损感让一些"老顺景人"非常不满，这使得"拓荒者"不得不亲自召开全厂动员大会澄清：不分新旧，同是顺景人，应彼此尊重，同舟共济。

在财务上，之前的所有报价均是"拓荒者"亲自处理确认的，总经理上任后，虽然增设了营销部，但因其不懂业务，所以报价除了在程序上由营销部发出外，其余的流程基本没变。

真正的骨干流失，如技术部、品质部较有"本钱"的重要岗位的空悬，实际上始于变革的中期，原因是那时的任风雨开始得意忘形，常常会以高姿态贬低老员工并宣扬"空降兵改造老顺景人"。同时，这也导致生产和产品质量的不稳定情况相继出现。

注册"顺景"品牌及扩张

2005 年 9 月,"拓荒者"注册"顺景"铝合金模具品牌。

在此之前,铝合金模具的行业竞争并不激烈,而且"拓荒者"以技术出名,虽然顺景是最早专业做铝合金模具的企业,但行业客户多数只认个人,因此在前期没有注册品牌的迫切性。后来,随着内地铝合金模具行业的飞速发展,行业客户逐渐从"认个人"过渡到"认公司",这时注册品牌的好处就逐渐体现出来了。

当时,随着行业的发展和顺景业务的扩大,市面上出现了很多打着顺景品牌蒙骗客户的小厂家,还有很多做模具的师傅通过声称已掌握所谓的顺景标准来提高身价,甚至"拓荒者"在台资荣和公司也亲自碰到过从未进过顺景的员工却信誓旦旦声称自己掌握标准的顺景技术的情况。由于出现了这些情况,这才萌生了注册品牌的想法。(题外话:顺景的技术随着超过 100 名经顺景培训过的师傅的流出而广为流传,这算是对中国压铸行业的贡献吧。)

2005 年 7 月 12—14 日,"拓荒者"带领香港铸业协会考察江西瑞昌,为企业在将来珠三角政府出现"逐客"的情况下,寻找栖身之地。

2005 年 9 月 14 日,"拓荒者"从政府的环保政策和对超时加班的严苛重罚政策中,意识到珠三角政府的心态已出现实质性转变,遂再次考察江西赣州,并签署合约购买 50 亩土地,计划在珠三角以外寻找可持续发展的基地。

"拓荒者"当时呼吁赣州市政府出台吸引深圳、东莞那些正酝酿出走的中小企业的特殊政策。对此,赣州市政府作出了口头承诺,并划定了香港工业园,但政策并未出台,直到"金融海啸"后,一心想"钓大鱼"的市政府才坦承自己失策了。

经过对大江南北的无数次考察,"拓荒者"发现内地除了具备土地便宜、劳动合同执行宽松、因最低工资低而加班被惩罚的风险低、社会保障成本低等非核心成本优势外,其余如工业配套、服务配套、劳工来源、劳动成本（包括工资）、管理人才、物流运输等处于劣势。那些开展高品质业务的企业，也因管理人才的一将难求，难以生存。

2005 年 9 月，顺景租下邻厂将规模扩大近 3300 平方米。这是自 1999 年搬进田背村现址，先后两次随着隔壁厂家的倒闭、外迁而扩充规模后，顺景的再次扩张，规模已由最初的 3500 平方米扩大至 10000 平方米。

随着业务的不断增加，原来的场地根本无法满足顺景粗放式生产的需要，且顺景的规模与行业标杆的距离仍然非常大，所以扩张乃不二选择。而邻厂的倒闭正值顺景的业务扩张期，这让顺景增加新设备及货仓、加工部显得"适逢其会"。

顺景的订单每年均以 30％的增幅增加，所以，根据当时的管理水平来增加人员、增购设备也是理所当然的。

第二节　第一任总经理的演出

2005 年 9 月，任风雨以计件工收入太高为由推翻了已实施两年且正在逐步完善的"计件制"，恢复"大锅饭"的计时制工资发放方式。"大锅饭"的计时制就如以前国国有企业"做也发三十六元，不做也发三十六元"的分配方法。

在压铸行业的生产过程中，计时与计件相比，同样的品质标准、监控模式，计时的加工方式，因为工人无需考虑效率，可仔细加工甚至做"精品"，品质自然较为稳定，但速度却非常慢；一旦采用计件则涉及收入的高低，这就会产生因为追求"快"而致产品粗糙甚至遗漏工序的现象。所以，这本来就是矛盾的，需要耐心的磨合与加强技能的严格培训，包括品质管理的培训与优化、质量标准的清晰化、工艺的合理化等等。

其他行业如果能做到自动排流水线，甚至由机械自动加工，则又另当别论。但这需要大量的投入，顺景正在向这个方向发展。

就在结束"计件制"的同时，反常的销售淡季不期而至。照常理来说，9、10、11 月份是每年的旺季，属产出的最高峰，但 2005 年的这几个月却一反常态地成为淡季，这与美国市场的需求起伏有关。

面对突如其来的淡季，顺景的管理架构非但没有精简反而在不断膨胀。当时，顺景因变革而放手让总经理自行确定管理架构，可总经理并没有明确目标，"拓荒者"本人更不懂什么管理目标。

于是，管理架构中新增了 7 个部门经理，其中还不包括压铸部和CNC，制造部被一分为三，且增加了 6 个主管，还全新增加了大约 10 个人的营销部及 PMC 部。就这样，臃肿的管理编制被自诩为专家的任风雨理所当然地合理化着。

单以制造部为例：一个经理管 10 个正副主管（机加工组、披锋组、研磨组、压铸部、CNC 部，5 个部日夜轮班），主管以下各有两个领班及数个组长（分几个组便设几个组长）。

需特别说明的是，到 2008 年的下半年，同样的制造部只设 3 个主管，其他部门也同样被精简了。

不仅如此，任风雨任职总经理的那段时间，公司管理层与普工的工资总额之比也已达甚至到超越 1∶1 的水平。

在 2005 之前，这个比例大约是管理层占 30%，一线员工占 70%（全厂人员约 400 人）。但 2005 年以后，因沿用了人海战术，且管理队伍（非直接的一线生产员工）人数增幅大于生产队伍人数增幅（当时高峰期比例是 200 人∶320 人），又因管理层的平均工资远高于普通工人工资，所以工资总额的比例已达 1∶1。

由于顺景尽量不采用裁员的方式，管理层的流失率很低，时至 2008 年下半年，仍有 160 人左右的管理者，可一线员工却因订单减少及精益控制的结果，人数大幅减少了，只余近一半，大约 155 人。至此，顺景的"官兵"比例也达到 1∶1，工资比例却是官远超过兵。

与此同时，企业生产的总体成本也呈现大增的趋势，因为管理人员的工资在不断上涨，为扩大产值而造成的拼命加班加点、增聘人手的成本亦在大幅增加。这其中，还不包括其余由大环境造成的成本增加，如最低工资上调、社保政策、人民币升值、物料涨价等等。

事实证明，任风雨的"大锅饭"并没有令产品品质得到改善，却使得生产成本大增，产品质量依旧不稳定，生产效率更开始下滑。

抛弃市场经济的计件制，"复辟"计划经济的计时制的所谓管理变革，其实是典型的漠视源头祸根而拼命抓下游的本末倒置的失败控制手段。本末倒置带来的源头失控状况，如工艺设计及排序失当、品质标准制定混乱，以及岗位配置不合理甚至严重失误等等，才是产品质量下降，废品率增加，效率下滑以及客户投诉增加的根源。

顺景的很多问题在 2005 年之前便已存在，但一直没能根治，到了任风雨变革的阶段，大量的政治培训代替了技能培训，源头祸根非但没有被挖除，反而更加恶化。"拓荒者"曾一度警告这班管理层"政治培训过了火"，但几乎走火入魔的任风雨对此充耳不闻。

（由于 2006 年到 2008 年上半年的员工培训计划与 2005 年的大相径庭，且走向了另一个极端，即无论是政治培训还是技能培训，都少之又少，因此源头祸根在当时以及 2007 年之前都没有被彻底挖掘出来。）

继续靠技术力量赢得订单

2005 年 12 月，顺景通过"欧姆龙"的评审，重新开发的 5 号模的突破性结构更得到了"欧姆龙"客户的高度评价。"欧姆龙"客户的成功开发，对公司意义重大，为将来的壮大及扩大规模、移师内陆奠定了坚实的基础。

取得"欧姆龙"客户的订单主要是靠技术力量，但与此同时，"拓荒者"也深深意识到产品品质在质量控制的过程中仍存在着稳定性欠佳的隐患，这是迫切需要解决的管理问题。当时，顺景承接了一家倒闭的日资供应商的业务，因为是汽车零部件，必须经过 TS16949 汽车质量管理体系认证评审。在经过了接近一年的日本专家的培训之后，顺景终于成为合格的供应商。取得欧姆龙客户的订单，代表着顺景的档次提高了，已跨进汽车零部件供应商行列，这对顺景来说意义非凡。

随后"拓荒者"在江西赣州订购了一块地，准备设厂移师内陆。

2006 年，"好易通"的对讲机铝壳加工外包业务逐年大幅扩大，顺景凭借着独有的"一出多件"模具设计成功将其揽下，至今仍几乎垄断着这项业务。

此外，顺景对日资"威泰克斯"对讲机系列模具的开发亦得到客户的高度赞扬和肯定。威泰克斯乃世界级日资企业，对产品质量的要求非常严格。此时的顺景已是国内业界做对讲机铝合金压铸配件的最权威的企业（中国最大最权威的好易通通讯公司的对讲机铝合金件几乎被顺景包办），近乎产业化的生产方式也得到威泰克斯的垂青。于是，顺景的模具设计技术被认定优于日本，日本只能一出一个，顺景却能轻易地做一出两个，且质量较优（质量优与质量稳定是两个概念）。

"TTI"公司对顺景的模具设计亦做出高度评价并给予前所未有的支持，这也对顺景的未来发展有着举足轻重的积极意义。TTI 是香港最大的上市工业股，是从事电动工具制造的跨国集团，企业想打入其供应商行列是非常困难的。但事实上，TTI 的业务至今仍占顺景业务的 30% 以上。所以能够打入 TTI，代表企业本身的层次在业界已属于最前列。

然而，这些都只代表着顺景的技术广获客户的认可，这些订单纯粹是技术的"孤军"推动，并不是变革的成果。事实上，低下的管理水平仍在拖着技术发挥的后腿。

顺景的客户非常多，但其中，大陆企业只有好易通等两三家，台资企业也仅有两家，其余客户全部是外资而且多为日资企业。这是为何？

因为顺景的定位很清晰：高端的品质，中等的价格（外资上档次的企业定位：高品质高价格），不与国内及台资企业抢生意，只有不断向上爬，才能生存！事实上，高端的客户都更加注重品牌，注重以质量、技术制胜，对价格不会敏感和苛求。问题是顺景除了要有世界级的技术外，还必须具备世界级的管理能力，这是"拓荒者"进行变革的主要目的。

2006 年 3 月，"拓荒者"被香港工业专业评审局评为副院士。

第一任总经理引咎辞职

2005 年 9 月、10 月和 11 月的反常淡季，让顺景那些难堪的困局如水落石出般地裸露出来。2005 年 12 月 21 日，"拓荒者"在当天的日记中这样描述：

> 机构臃肿，人浮于事。
>
> 士气低落，冗员混日。
>
> 成本失控，产能下滑。
>
> 例行会议，流于形式。
>
> 信息不畅，员工彷徨。
>
> 盈亏无知，报表不实。
>
> 过程失序，各自为政。
>
> 埋头报表，本末倒置。

日记中的描述是十分简略的，后来"拓荒者"将其反馈给总经理，但刚愎自用且逐渐走向专横的任风雨根本听不进去。直到单独从各部门管理层那里了解情况后，他才如梦初醒，但为时已晚。

各部门经理的群起责难，让四面楚歌的任风雨意识到自己大势已去。

2006年4月，于一年前带领顺景进行史无前例的变革，成功建立全新制度流程及明确权责，并用高昂代价更新了"顺景人"落后管理思维的首任外聘总经理任风雨，因严重缺乏成本控制能力及漠视技能培训，执行力大降，企业生产成本大增、内耗加剧等，而引咎辞职。

"拓荒者"接受了其辞职，别无良策。

第一任总经理任风雨自2005年4月1日上任，一年下来，企业产值从2004年的2800万增至3800万，增幅达35%，但扣除呆账及多余的库存后，利润几乎为零。

任风雨虽成功建立了制度流程，成功导入了系统管理思维，"提高管理层次"的目的也以建立臃肿管理架构为沉重代价达到了，但成本控制、品质控制等关系企业生存和发展最重要的管理问题却与现实需要严重脱节。对此，任风雨自己也在辞职信中坦承"品质差于2004年，成本高于2004年，只赚了人才及制度流程的重新建立"。

直到离开顺景时，任风雨对成本控制、品质控制仍束手无策。

制造业成功的变革先例的严重缺乏，让顺景的变革成败缺少了客观的对比性，因此当初对任风雨的评价褒大于贬。但实际上，在发展时期与面临生死搏斗的特殊时期，人们对事物的看法肯定有所不同。

最终的盘点：2005年与2004年相比，企业订单增加了35%，利润却几乎为零，以这些数据推算，公司的整体成本最少增加了35%。虽然员工们的团队意识加强了，企业管理层次提高了，但是成本控制的管理方法却"依然如故"、"新瓶旧酒"！

任风雨在2006年1月3日留下了两段辞职留言：

在旺季，"一切为了交货"的宗旨，掩盖了企业中的很多问题，可到了淡季，很多管理问题就陆续暴露出来了。管理的几个决策失误，比如未在合适的时机改革工资制度，因对旺季的判断有误而大量招聘管理技术人员，招聘的管理人员并非都有较高的素质等问题，都对公司管理产生了一定的负面影响，加上淡季时我对公司产品品质和生产成本的跟进不够到位，导致了淡季时生产成本偏高。

也许是我经验不足，或能力方面的问题，这8个月中，改革未达到预期的效果。我们的品质比去年下降，但成本也比去年升高，唯一的效果就是交期稍微比去年好些，还有就是重新建立了一套比较适合顺景的制度和流程，只是还没真正落实到位。如果落实到位了，公司品质会有较大幅度的提升，我相信不会差于2004年。

以下是2006年2月24日，任风雨最后一次留下的辞职留言：

2004年顺景产销2780万，资金＋库存246万，2005财年的预计产值是3700万~3800万，等3月底核算出来就知道，但我估计不会比去年少，因为我预计的盈亏平衡点在280万~300万，一年销售额如果做到3600万以上应该不会亏。当然，具体要等到3月底数据出来以后才知道。

我认为2005年没赚到钱，只赚到了一个大客户和一些人才，还有根据顺景的实际情况建立了一套制度流程。这套流程如果落实到位，顺景的管理会上几个台阶，只要在今后的路上不发生战略性、决策性的错误，顺景会朝着正确的方向良性发展。

任风雨挥挥手带走了"拓荒者"大度奖赏的"一片云彩"，留下了比2004年多1000万的产值、耗尽流动资金而几乎亏损的困局，和无比臃肿的管理架构、成本奇高的企业发展不归路。

对变革的反思

至此，顺景人对变革的态度从观望、期待、接受，逐渐转变为对高层管理者的频繁更换及对产能效益的下滑产生了质疑，并不知所措。

历经2005年的天翻地覆，顺景仍在摸着石头过河，大家都很难对变革的成败与对错作出客观的评断。但企业并未因此而停止变革的步伐，只是变得相对缓和。

由于缺乏成本控制，任风雨变革的结果让成本大增。根据测算，随着管理成本的增幅接近50%，整体成本水涨船高地增加了逾35%，这一点从任风雨留下的两封辞职信中就可以找到痕迹。

可即使这样，任风雨众叛亲离的结果仍是"拓荒者"始料不及的，除了PMC经理及会计部主管外（这两人和人力行政经理都是第一批聘入的高层管理者，用任风雨的话说他们是有"情意结"的。行政经理层次较高，起到从中调停斡旋的作用，虽经常与任争执，但仍表现出对任的支持），经理层其他人员及大多数中层管理者，都已因效益下滑、损耗加剧而逐渐对任风雨产生不信任。

同时，公司的新旧管理人员内耗也在加剧，任风雨口中的"空降部队"与"老顺景人"之间的隔阂造成了工作效率的下降，PMC物料控制（任风雨吹嘘为自己最擅长的领域，还出过相关的书）也已失控，政治培训逐渐变成政治批斗。全厂员工的工作情绪越来越低落，管理层的执行力大降，推诿扯皮现象日趋严重。

到了这个阶段，"拓荒者"只能冷眼静观事态的发展和经理层大多数人的态度。"拓荒者"倾向于让经理层决定任风雨的去向，因为"拓荒者"深知任乃非常敏感的人，与任除了在常规的工作汇报时见面外，私下则甚少沟通，也极少对其进行直接批评，更莫说冲突。基于选择的权衡，"拓荒者"对任的支持，已做到"哪怕是做对七分做错三分都会全力支持"，任后来所说的"性格不合"绝对只是借口或是在为自己找台阶下。全厂上下非常清楚"拓荒者"的性格，也清楚正是"拓荒者"义无反顾的支持，才让情商与智商有极大反差的任风雨能站稳脚跟并呼风唤雨。

对任风雨的离职，"拓荒者"也给足了面子：只提功不提过，除给予额外的报酬外，还以"功成身退"评价他并为他设宴钱送。

而任风雨自己的态度也可以从辞职信中看出来。

在没有成功的范例可作对比之前，任风雨当时所得的评价还是比较高的：制度流程的建立、职责权限的制定、系统管理思维的导入、山寨风格的更新，对顺景无疑是革命性的变化与历史性的转折，这方面是值得肯定且令人满意的。

而大幅增加管理成本及全厂的营运成本、耗掉大量流动资金的致命过失，"拓荒者"均抱着变革必须付出代价的投资心态进行自我安慰并刻意淡化。一直到2008年下半年，顺景成功地缩减了35%的成本，"拓荒者"才蓦然觉醒：缺乏成本精益控制手段的变革是如此的危险，如此的本末倒置，如果变革配以精益控制手段，那么其代价将大幅减小，风险将大大降低。此后，"拓荒者"便对变革的评价作出了调整。

变革不会亦没有停止，这是不归路，亦是"拓荒者"的一贯的作风，因此绝不会半途而废。

第三章
顺景的第二次变革

第一节　梳理变革经验

2005 年至 2006 年 4 月，顺景经历着急风骤雨式的变革。

除了"拓荒者"不遗余力地推动外，在变革期间，朱振时副总经理起到了关键的作用——监督。朱副总为人处世老练，对"拓荒者"及企业也十分忠诚，这些优势让他成为智商远高于实际年龄，但情商却又远低于实际年龄的任风雨的最佳监督者（"拓荒者"不宜亲自监督，因为容易产生信任危机）。朱副总的监督让"拓荒者"敢于百分百地放权给任风雨，让其进行大刀阔斧的改革。

在经历了 2004 年的痛苦后，顺景人对这次变革充满了期望。当时，大家都对公司及"拓荒者"怀有绝对的忠诚，加上后来陆续加盟的全部 7 个部门经理都是任风雨亲自聘请或提升的，因此在整个变革过程中几乎没有遇到太大的阻力。

如果说存在阻力，这阻力便是对任风雨及其变革手段的一些看法。当然，与其说"拓荒者"对任风雨的批评与自我批评的极端做法存在不满，倒不如说整个经理层对任风雨在处世方面，那目空一切、以猜忌及贬低别人来提高自己的待人态度以及以变革者一切"政治正确"自居的畸形作风也产生不满及不屑。

变革伊始，"拓荒者"支持任风雨的"先从政治改革、改造思维及企业文化入手"的想法。在当时，我们认为这是医治根源的有效办法，亦是关键所在，没有思想的改造，执行力将大打折扣。

"拓荒者"坚定的变革决心加上任风雨的亲力亲为、以身作则的表率，让初期的变革取得了空前的成功，但也让一贯倡导民主、多听民意、多接受批评的任风雨，因初尝成功的喜悦而冲昏了头脑，最后演变成独裁、固执、刚愎自用、目空一切及将"非我族类"提出的批评意见统统定性为反对变革而将之无限上纲上线。任风雨的"任我行"，连"拓荒者"的善意提醒都遭到批判及攻击，更扬言要架空"拓荒者"在公司的一切权力。

"拓荒者"是个感性、有主见且原则性非常强的人，当决定了方向及要做的事后，就不会再受到别人的影响。何况在亲人及朋友眼中，"拓荒者"是领导型的人，"拓荒者"更乐意相信及坦然面对别人，绝不胡乱猜疑对方，三起三落的经历早已练就了他的后发制人的功力。

任风雨同样也是个感性、有主见、原则性极强但却极其敏感而神经质的人，可能是年轻孤僻（自己透露有过不愉快、自闭的童年）的原因，他对人充满猜疑、处处防备，充满不信任感。他有着缜密的心思、强大的逻辑推理能力以及入木三分的剖析诡辩能力，但因性格原因，使他在佛魔之间（自诩修禅而形容的）向魔漂移，最终难逃众叛亲离的厄运。

商海暗涌下上任的第二任总经理

2006年4月1日，"拓荒者"的好友兼球友易同途接棒总经理之位。继续顺景的变革"征途"。

然而易同途的上场，并没有为"征途"制订出具体计划，这使得我们的目标与方向再度模糊，再度回到2004年以前到处扑火的生产方式。

2006年4月29日，"拓荒者"被香港铸造业协会推选为副会长。

纵观香港中小企业的发展历程，在香港回归之前，当局对制造业一贯采取"积极不干预"的政策。无可否认的是，这一政策开创了公平竞争的、世间独一无二的最为自由的营商"港湾"，让香港中小企业得以在没有羁绊干扰的天地间自由翱翔，从而得到高速而健康的良性发展。但香港特殊的环境，同样造就了"各人自扫门前雪，莫管他家瓦上霜"的一盘散沙的特质。

然而，这种自由自在的经营氛围在 20 世纪 90 年代开始的高成本下而显得无以为继。就在此时，恰逢祖国改革开放的春风再度刮起，一群群港商，大批大批地离开了自由的香港，奋不顾身地投入到内地的市场中。

当全球工厂涌向珠江三角洲，那里的企业迅速发展成为世界工厂。随着无序竞争的白热化以及营商环境的风云变幻，"开荒牛"光环的渐渐淡去，一盘散沙的港资企业终于遭遇前所未有的严重挑战，并感受到市场的深深寒意，这种危机感让中小企业开始重新反思过度自由的代价。

在这种大时代背景下，联谊色彩浓厚的商会组织被重新赋予了前所未有的重要使命：让一盘散沙的企业通过商会组织的力量，堆沙成塔，重新振作，迎接新的挑战。

香港铸造业协会联袂压铸协会，作为行业的标杆，作为斡旋于企业与政府之间的桥梁纽带而开展着多种活动。在协会精英的努力下，这两个协会从诸多商会组织中脱颖而出，绽放出耀眼的光芒。

通过培训追求提升

2006 年 6 月，"拓荒者"在香港参加培训课程后，又至北京参加为期 15 天的清华大学政治经济培训进修班，并以《珠三角中小企业困境下的出路》、《执政者的难为与困境》及六言杂诗《赤的岁月》三篇文章作为毕业论文。

在清华大学的培训课程讲到中美关系一节时，"拓荒者"提出了一个尖锐的问题："在美国的潜意识里，对中国是善意的，还是恶意的？"

这个问题，让多次参与和美方谈判的军事专家迟疑了很久才回答说："看起来是善意的，只是缺少沟通造成了太多的摩擦。"

随后，"拓荒者"又提出了另一个问题："军事竞赛给人类带来了巨大的灾难，那么，是错在竞赛吗？取消军事竞赛是人类的最佳选择吗？中国四大发明之一的火药把人类的战争推向更残酷的深渊，难道是错在火药的发明吗?"面对这些问题,该专家因问题过于敏感而回避不答。

姑且不论竞赛给人类的科技发展、生产力发展以及人类生活文明等带来的质的飞跃,面对充满了谜团的浩瀚宇宙,仅拥有一个小小的地球难道就是人类之福吗?答案显然是否定的。

这是方向性的问题,错不在竞赛本身,而是错在无序的泛滥,错在竞赛的动机、贪婪的目的和狰狞的野心。核爆炸给广岛带来灾难,但若是和平利用,核能源也能造福于人类。因此,怎样通过联合国组织在核不扩散的前提下立法规范竞赛,制定透明公正的游戏规则,并把军事竞赛纳入良性轨道,从而和平利用竞赛造福人类乃至保护我们的地球,这才是问题的焦点。

潘多拉的魔盒既已打开,我们唯一可做的就是设法给魔鬼套上金刚箍。这恐怕亦是"医治"美国式的军火商与执政者利益纠缠这一复合怪胎,阻止导致全世界战火四起、祸患无穷的假民主等"毒瘤"继续发展的一剂良方。

大禹治水之所以成功,在于疏,绝不在于堵!

2006年7月,"拓荒者"在香港清华校友会的个人简介里首次披露顺景技术设计思维:触点及面成三维。

2006年7月13日,"拓荒者"首次开创行业先河,就夹具制作须知及公模、压铸、夹具、加工、CNC五大工序流程之间纠缠不清的权责问题,做出了清晰界定,并编撰成教材用于首次开堂授课,为相关部门进行培训。

首次对外披露变革经验

2006年9月,"拓荒者"为香港铸造业协会的《香港铸造》秋季号撰写的《生存之道——论创业者的企业管理与变革》一文引起业界的广泛注意,这是"拓荒者"首次正式对外披露的总结变革的经验。

生存之道

——论创业者的企业管理与变革

众所周知，珠三角中小企业几年来的营商环境随着政府新政策的逐步实施，自身的价值和生存空间已空前削贬，甚至面临消亡之灾。

全球投资涌向中国内地，世界工厂带来的不规则、不对称竞争及由此而产生的商海波涛巨浪，更加剧了优劣存亡的两极现象的提前到来。

粗犷的经营管理模式已走到了尽头，变革求存势在必行且迫在眉睫。优化管理、压缩内部成本已成为中小企业生存的唯一选择。

然而，变革之途崎岖、改革大师的成败"三七"开宿命论，却令众多企业老总望而却步，因此深陷两难困局。变革的目的、如何变革，言简却沉重。

本人有幸在 2005 年 4 月开始的一场翻天覆地的变革中，勇闯难关，最终成功屹立于"三"的一边。在此，我非常乐意与会友分享和交流经历心得，期望能帮助有志会友减低变革的风险。

首先必须确定方向和目的，更要明白：

1. 变革的目的。

2. 如何变革。

3. 变革须具备的条件。

4. 变革可能付出的代价。

5. 公司核心竞争生存能力控制在哪些人手上。

6. 渐进与急进的区别。

7. 先更新思维意识（培训洗脑）后推行人事变动（引进精英人才）。

8. 人事变动与更新思维同时进行。

9. 怎样归类（主动变革的一类、招安变革的一类、被淘汰的一类）。

10. 什么时候开始变革（契机的出现）。

但无论如何，我们首先必须要做的，便是让全体员工明白为何要变革，更要让客户知道公司即将锐意变革，因为变革乃生产前的阵痛，必须经受得住"痛"，才有将来的"快"。通常优质和知名的客户会接受及予以支持。

变革应先从自己做起，先革操控生死的老总，后革管理层，再革变革者（总结变革过程中的错对及时纠正）。

总经理即变革旗手（可以是职业经理人），怎么找？作为旗手除了应明晰下属的职责及掌控权限外，还应该拥有良好的品德和坚毅的性格及魄力，更重要的是变革的经验和韧力，当然少不了胆识与胸襟。

旗手难当更难为：上观老总面色，下察利益受削的老臣，更要防范伺机报复、造反的死硬派。

作为旗手之所以两面受夹，是因为他上任后的首要任务，便是要拿出一套完整且具有说服力的理论依据让全体员工明白为何要变革，此外，量体裁衣地更新管理架构、重建制度流程、划分各级管理层职责及权限也是旗手的主要任务。此外，特别是为了提升管理素质而依据职业标准引进的精英，无可避免将取代一些人（旧管理层需重新用新的标准考核决定升降或去留），亦即旧臣将面临降级及遣散的遭遇，旧臣（可能是老总的重臣及忠臣）在老总面前的挑拨及煽动可能令老总无法坚定地信任、支持旗手进行变革，在承受"痛"的过程中半途而废、功亏一篑，此乃"三七"宿命论的"症结"所在！

正如大多数政事不分导致权责不清、效率低下的庸官一样，以技术称雄的企业老总亦一贯喜欢技术与行政管理混淆不清，事事插手。这也同样造成了企业制度流程形同虚设，80%的时间花在不重要的与技术无关的琐事上，因而劳累不堪，企业经营每况愈下并难以自拔。一方面累死了老总，另一方面却又压抑了一班管理层，对他们闲而置之并导致其无可适从。长期的挨骂、自尊的受损，能忍受而留下来的常以庸人居多，管理层的素质长期低下，反过头来加深了对老总的依赖，如此周而复始，便形成了恶性循环。

业务质量的不佳、客户时常绕过流程"直捣"老总的"催货"等情况，使得老总被迫经常性地插单从而破坏生产计划，同样导致管理混乱且职责难究。

企业80%的价值由20%的主要客户提供，用企业80%的资源去博取那20%价值的业务，并不可取，淘汰它们是我们的唯一选择。但是，优质的业务对象的选择前提是：企业本身是否具备承接优质业务的能力、与优质业务对象的层次有无悬殊等。单是经过供货商调查的第一关便已见分晓。因此，要达到筛选业务对象的目的则要痛定思痛，奋发图强！

创业之初的贫乏经验期通常是技术与管理"八二"比例的阶段。此时技术占绝对主导地位，事事插手亦显得高效且相对稳定，但却为日后埋下唯我独尊、非我莫属的恶"种"，随着企业的壮大（可能是无序的肿大），"种"的萌芽及开枝散叶亦随之而来，当技术与管理因"目测"不及时而演变成"二八"比例时，长期受到压抑的、陈旧的、不合时宜的管理架构，便显得左右两难，面对资本财富不断累积，企业管理素质的落差却与日俱增，这让企业领导者怎不悲喜交集？

面对作茧自缚或化蛹成蝶的抉择，本人认为改革或变革已不可避免。当年唯我独尊的"大地在我脚下"的勇气应化成勇往直前的动力和智慧，唯此别无良策。

本人之所以舍弃改革而采取较激进的变革，原因有四：

1. 在变革之前已灌输大量的非变不可的理论（即洗脑），让各管理层做好充分心理准备且立场坚定。

2. 正如历代异族统治汉人，但最终反被汉人同化一样，采用渐进的改革难逃新加入的精英被挤压及同化的厄运。

3. "痛"的时间越长，观望一方失望的机会越大，从而功亏一篑。

4. 公司正值管理危机的紧要关头，因此本人毅然宣布辞去总经理一职，也借机拉开变革的帷幕。

当然，物色变革的"旗手"，放权让旗手以专业的标准建立适合时宜的管理架构，聘请及重新分配各级精英，筛选旧管理层等是变革的关键所在。问题在于，一旦制定合理的旗手职责及适当的权限后，旗手是否有能力胜任？可靠吗？担当得起吗？是否会半途而废，留下骑虎难下的"困局"？

为了避免以上问题的出现，应对的方法是：坚定的信任与放权、制度透明化的监督与制衡、高度技巧的防范以及一切须坦然面对的态度。

　　倘若变革的代价太大，企业无法承担"不变尤可苟且，一变即危"的局面，则不如不变，因此，以最小的代价换取变革的成功方为良策。

　　怎样才能以最小的代价换取变革的成功呢？管理精英本土化！

　　以下是本人赋予总经理（旗手或职业经理人）的职责及要务，仅供各会友参考，并祝好运。

　　1. 基本职责

　　①策略管理

　　a. 调查公司问题并制订改进方案；

　　b. 实现公司的财务目标；

　　c. 制定公司级的目标指针并报董事会批准；

　　d. 制订计划实现制定的目标指针；

　　e. 监控目标指针确保计划的实现并评估成效，并定期向董事会报告进展（定期向董事会汇报公司的营运状况）。

　　②财务管理

　　定期向董事会提供下列财务报表（至少3个）：

　　a. 现金流——周期

　　b. 损益表——周期

　　c. 资产负责表——周期

　　③市场管理

　　a. 开发新的市场确保财务目标的实现；

　　b. 对重点客户跟踪（状况），若有异常要及时采取行动。

　　④人力资源管理

　　a. 公司的人力资源策划，状况分析，定期汇报；

　　b. 选用合适的人去担任各部门主管。

　　⑤运作管理

　　a. 控制公司运作的成本（目标成本）；

　　b. 运作效率管理（目标），定期汇报；

　　c. 质量管理（目标）；

　　d. 工程管理（目标）。

2. 基本要务

度身制定管理架构，重审公司规章制度。

及时划分组织权责，主导制定工序流程。

专业标准选聘精英，新旧管理安抚糅合。

激励驾驭各级经理，协助整理沉淀技术。

企业文化打造团队，制定目标注入动力。

（2006 年 9 月刊登于《香港铸造》）

　　顺景的变革由始至终都是"拓荒者"一人在不惜任何代价地推动着，单凭这一点，"拓荒者"的自信程度与自觉性便优于大多数白手起家的老板们。任风雨后来将他在顺景的经历著书，但书中充斥着对"拓荒者"的贬低及自吹让企业转亏为盈的自我抬举。当时，在没有 2008 年业绩对照的情况下，我们对任风雨的做事魄力心存好感，再加上不想浪费时间，因此并没有理会。

　　"拓荒者"之所以写自传，另外一个因素是想为那些白手起家，但文化程度不高，只能无奈哑忍的老板们打抱不平，并让那些搬弄是非的所谓职业经理人们原形毕露。

　　此后，公司的变革仍在探索，虽然改变了管理思维及管理层次，但并没有带来多少赢利，这令人困惑不解，我们只能从"外来人才优于老顺景"的等差中找到相对的期待。

　　但因为经验不足，在对目标管理、经营决策、管理层次架构安排等这些总经理应有能力的判别方面，还是缺乏一些客观界定。导致后任的总经理虽制定了目标管理及经营决策并交总经办审批，但均成为手续化的形式，并无太大的约束力。事实上，"拓荒者"只负责监督，评审的工作已由其他已具备了一定识别能力的经理们承担。而管理架构也只是对加工部略做缩减，其余均沿用扁平化模式。

　　公司仍然以一众经理作为对总经理的平衡和制约，他们尤其是历经多年变革洗礼的老顺景人的辨析能力非常强，足以胜任评判工作，随着时间的推移他们的评判能力也更加深厚。

另类的"商"文化和不寻常的"官"思维

2006 年 9 月 21 日，顺景在教练黄小虎带领下首次以"顺景球队"名义组团参加观澜杯乒乓球比赛，并以全胜成绩捧走了"团体冠军"的奖杯。

2006 年 10 月，带有清算"三高一资"（高污染、高耗能、高用工、资源型）思维的压制外向型企业的政府 139 号、145 号公告发布，其中大幅度的加税及限制，甚至禁止部分原材料出入口的措施，严重危及到企业的生存，珠江三角洲的"世界工厂"开始出现停产及倒闭潮。

2006 年 11 月 18 日，"拓荒者"应观澜乒协安排，荣幸与来观澜访问的前世界乒赛冠军王涛进行友谊赛。

2006 年 12 月 17 及 23 日，"顺景球队"再出阵深圳机械协会"商会杯"赛事，并取得了混双冠军及单打亚军。

2007 年 1 月，顺景成功通过 ISO14001—2004 国际环境环保认证的严格评审，企业的社会责任进一步得到认可。

2007 年 2 月 28 日，得悉家乡的至交好友史美盾在当上村书记后，深陷酒肉横飞的民风之中，没有接受"拓荒者""减少应酬、停止酗酒、多做运动"忠告，最终患上了"痛风"症，"拓荒者"及时寄出民间秘方，并附上自己的真挚劝言。

以下乃我分析出的现代六类人：

1. 先知先觉；

2. 后知先觉；

3. 先知后觉；

4. 后知后觉；

5. 后知不觉；

6. 先知不觉。

尤以四、五、六类人居多，而最多且最悲哀的却是第六种人！

获得业界同行的褒奖

2007 年 3 月 28 日，"开拓者"在与美国客户谈判关于模具的拥有权与使用权时，道出了对"模具"的内心感受：

顺景公司在开厂之初出售"模具"有如出售"生儿"，而今，那种难受岁月，随着顺景的不断壮大已成为过去。在"拓荒者"眼里，"模具"并非商品，而是"血肉"俱全的生命体，完全超越了本身的价值和艺术意义。

作为香港唯一专业铝合金模具制造企业，顺景与别的公司把模具当作"寄养儿"不同，我们把"模具"的诞生视为自己的孩子出世，并倾注大量心血予以"栽培"，"顺景模具"之所以不断创新及傲视业界，关键便在于此！

2007 年 6 月，"拓荒者"被《香港铸造》杂志评为行业精英，并接受专访，发表"家庭、健康、事业、财富、朋友"五大平衡理论，公开讲述了三起三落的艰辛奋斗历程。

"拓荒者"获得行业精英荣誉时的感触是：在埋头苦干、自成一隅的时期，尽管啃骨头啃出了名，但那只是传闻而已，能够真正得到业界肯定和尊重，内心的满足感是不言而喻的，公司在业界与及客户眼中的正面形象同时也得到很大的提升。

"不萌谋人之意、不存害人之心"是"拓荒者"的道德底线。穷困也好，富裕也罢，这些从未在一贯自信乐观的"拓荒者"的身上留下任何痕迹，因为"穷不丧志，富不张狂"是"拓荒者"为人处世的座右铭。

"只有朋友，没有敌人"的人生观更让"拓荒者"活得潇洒和自在。

现在，在企业文化氛围、行事风格、价值观取向等方面，顺景均已留下了"拓荒者"的影子。通过"拓荒者"潜移默化的长期影响，顺景公司管理层的人事关系在业界算是较为和谐的一家了。

第二节 第二任总经理的
离职及成绩单

接任任风雨做总经理的易同途，从旁观者的角色转入当局者的操控后，虽拥有现代企业管理理念，却难逃被一班"兄弟连"同化的厄运，这使得企业的管理局面重新陷入混乱。他除了缺乏系统管理思维外，本来擅长的品质控制能力也有所降低。不得已之下，易同途只好亲自冲锋陷阵，充当救火员到处扑火。但是，企业效益一直没有提高，几经艰辛建立的制度流程也遭受严重破坏，面对团队人心涣散的局面，信守承诺的他于 2007 年 6 月引咎辞职，黯然离开了顺景。

2006 年的顺景，在易同途总经理的带领下，一众管理层重回打混战到处扑火的模式中。与 2005 年相比，内部斗争减少了，培训课程却也几乎停顿，虽然销售额增加了三成（外部因素占主因），扑火也显得非常及时，可产品品质仍然经常出现异常。

易同途以前是顺景客户的品保经理，只涉及结果，没有过程控制经验及横跨各个部门的综合管理经验。与老顺景人相比，其理论有余实践不足。

而公司各级管理层对新总经理的评价是贬远大于褒，与经理层的看法、评价相同，"拓荒者"逐渐失去了耐性和当初寄予的期望。

2006—2007 年间，顺景修正了过火的政治培训后，把焦点集中在生产上。这是"拓荒者"和总经理双方的共识，但易同途却矫枉过正，完全漠视了管理课程和技术课程的培训。曾经是培训老师的易同途的做法让人感觉莫名其妙，也有些始料不及。

整个 2006 年度，外部市场需求旺盛，订单充足，但效益的低下再次让顺景错失了丰收的黄金机会。总经理高效的扑火手段挟带着一丝丝清凉苦涩的快感，也把顺景重新带回了本已摒弃的经验管理"回头路"。

对第二任总经理的评价

一年来，顺景的品质并无明显好转，与往年一样，因为源头模具质量依旧频繁出现异常，工序的混乱情况并没有出现好转。

顺景的效益同时也在下降，但效益下降与外部市场无关，是企业本身的问题。2006 年订单比 2005 年增加 30%，扑火效率亦因为不走程序而高于 2005 年。但这种落后的人海战术难免陷入源头失控、下游混战的泥潭中。

混战的结果是导致制度流程形同虚设。因为常常处于救火状态，易同途无法也难以顾及程序上是否正确，加上他一贯拍脑袋行事的作风，让管理层由期望甚高逐渐变成了失望很大。例如，任意对人事作出升降、凭感觉绕过薪酬体系对个别管理层加薪、以笼络形式组建"兄弟连"等。

因为有了属于局部小山头的"兄弟连"，工作上往往不重视顺景既有的行事规则与制度流程，团队很容易失去凝聚力，这其实是落后的经验管理思维的表现。单项的品质管理专长与现代管理理念是两个概念，这是易同途的特征，也是"拓荒者"当时选择易同途时理解上的误区。

易同途任职期间最大的贡献是建立了成本目标下的部门预算，让管理层树立了压缩开支的成本意识。

2006 年顺景的职责权限分工划分其实非常清晰，这是任风雨的贡献。（"拓荒者"一向只负责技术工作，至今仍然坚守着固有的优势。）而扑火是老顺景人逐步摒弃的"老本行"，易同途的扑火作风当然无法赢得老顺景人的认同。管理层也很容易拿任风雨的优点与易同途相比，到了 2007 年下半年，随着"品质专家"光圈的消失，易同途受到一面倒的批评，"拓荒者"也无法再给予无限的支持。

"拓荒者"对第二任总经理作出了反省与评价：思维不清晰，无原则性，用人标准模糊，自大而难以接受别人的批评，做事缺乏计划及预判能力。虽然2006年的业绩订单比2005年高出30%，值得称赞，但其在品质与成本控制方面乏善可陈，公司的管理团队从2005年的新老族群割裂走向山头式的"兄弟连"，这是另一种涣散。2006年的顺景，经营上被打回到2005年之前的经验管理模式上，而企业文化建设也出现了停顿甚至倒退。

面对"任亲"后的第二任总经理的不遂人意的保守改革，面对变革途中的苦局，"拓荒者"遂决定以高价聘请具有高级管理层次的外部精英继续领军顺景的变革之路。

（注："拓荒者"特将顺景的职责权限表编入书中公开，以供广大中小企业借鉴，请见第十二章的附表。）

第四章
順景的第三度变革

第一节　聘贤召唤

经历了两任总经理的变革挫折后，"拓荒者"在当时认为这是管理模式不够先进造成的，焦点仍放在了怎样导入更先进的管理模式上。历经任、易两任总经理变革后，顺景最缺的是什么？

"拓荒者"的回答是：仍然缺乏成本的有效控制，政治改革严重背离了经济效益。而这个问题直到 2008 年下半年才得到真正的解决。

每况愈下的道德观与诗一般的招聘广告

通过网上招聘和面试，郑兰于开始试任顺景总经理一职。但在不足 15 天的考察中，其实际表现与文凭和理论印象大相径庭，当月便被辞退。

2007 年 6 月 20 日，我们接到街道"旧改办"关于本厂现址须征地拆迁重建的通知，便着手草拟赔偿方案，准备提呈政府转交开发商权衡考虑。并准备告别经营了八年、让顺景记忆深刻的田背小村。

2007 年 6 月 26 日，"拓荒者"以一首七绝诗回复一搭上有妇之夫的离职员工的辞别留言。诗文为：

人生如戏别儿戏，认定方向莫迷离。

一足成憾不值得，半辈追悔又何及？

这是时下非常普遍的道德滑坡的社会现象，两性间的割裂产生了种种不和谐，导致了人性的扭曲，这也从一个侧面在控诉了背井离乡的外来打工族，长期以来遭受到当地政府在教育、住房等方面的二等公民式的歧视与冷漠对待。

2007 年 7 月 7 日，"拓荒者"以别具一格的另类散文诗的形式再次在网上招贤纳士：

顺景聘贤召唤

已告别茅庐 15 载或以上的杰出企业领航者——总经理：

——请携带振翅待飞的动力能量，我们正整装待发。

——请记得更换过时的工作证，披上了战衣就是长期并肩作战的伙伴。

——一旦战衣适身得体，恭喜你：你亦拥有了顺景。

——海的度量、山的气魄，不是带来的，乃是拥有的，因为不仅要逐鹿中原，更要放眼世界。

——不要有缺氧症，尽管不是高空作业，但却要常常站在高高的山冈上。

——未必要告诉我葫芦里头装的是什么？总之不要是草药。

——请告诉杨梅果林的准确位置，不要说就在前方。

——免了吧，墙头草与随风的摆柳。没有清晰的逻辑思维、敏锐的触觉，何以组建狼团与狼共舞？

——提起狼团，免不了提供狼的组合、功能、各司其职的狼性哲学。

——请带来团队必备的优秀企业文化，免了"我家的粗月亮儿"，尽量少说从前……

——提起从前，请报上你的来头，MBA？还有更多吗……

来吧！

此次特立独行的"聘贤召唤令"，与 2005 年的第一次网上招聘一样，以新颖的手法特立于芸芸招聘广告中。此次招聘同样并没有向公司内部公开，招聘事宜只有"拓荒者"和太太知道。

招聘广告刊登之后反应很好，很快便有五六个人才来电预约面试。

对于应聘者，"拓荒者"的期望是：具有良好的文学素养和出类拔萃的专业才能。

二度变革冲击下的顺景

2007 年 7 月 24 日，"拓荒者"以"今日顺景"一文概括了苦涩的现状：

今日顺景

公司之核心竞争力

模具设计技术傲视业界，深受业界及客户推崇。

公司之突出优点

1. 模具结构突破传统、流道设计，独一无二的创新价值。

2. 清晰而完整的权限及制度流程。

3. 经 2005 年重大变革，企业文化成功建立。

公司之发展方向

企业社会化。取诸社会、回馈社会，与社会共荣共存，最终实现上市目标，并赠送股份给高层管理团队使之成为股东，从而共享成果。

公司之运作风格

制度化、企业化，包括财务运作全部透明化，制度前提下的人性化。

公司之管理风格

任人唯贤、能者居之、清除裙带关系、不分种族、不分亲疏。

公司之经营风格

互惠互信、把价值最大化、让客户"宾至不归"。

公司之业务来源

慕名登门、展览推介、媒体广告。

公司之管理现状

1. 总经理空缺暂由副总（好好先生，技术理论型，不谙管理）代理。

2. 执行力差，制度流程不被重视。

3. 生产流程不顺畅，过程控制松懈，同样问题重复发生，品质问题异常多。

4. 库存积压严重，导致现金流紧张（虽账面利润正常）。

5. 企业文化建设及培训自 2006 年至今几乎停顿。

6. 构架过于庞大（2005 年变革期间制定的拉动产值的初衷不但没有实现，反而越来越臃肿，管理者与生产者的工资比例接近 1:1）。

7. 业务不断优化的同时管理相对滞后。（凭借卓越的技术力量获世界 500 强客户垂爱，加入如松下、欧姆龙、安费诺、三洋、富士通、东芝、比亚乔、TTI 等著名公司的供应商行列）。

8. 技术被客户推崇，获 95 分乃至满分，但管理评审却严重滞后，不及 70 分。

9. 尽管 2005 年作出重大变革，使得公司的企业文化产生深刻变化，且导入了系统管理体系并度身定做了制度流程，但执行力始终跟不上，且报废损耗依然严重，成本居高不下。随着变革者的身退，原本建立的制度流程的观念逐渐淡化。

10. 正推动 4:3:2:1 精简管理计划：

四薪三受二岗一守，提高待遇精简架构，

良性互利大势所趋，能者居之庸夫让座。

期望通过清除管理冗员，增加管理层待遇，来调动其工作积极性并加深其责任感，将节省的资源用于提高普通工人收入及稳定管理团队，以适应新的《劳动法》，并提高人才的竞争能力。

《今日顺景》一文全面概括了公司的状况，通过网络传播，目的在于让全体管理层保持清醒的头脑，也让下一个接任总经理之位的人才据此了解公司现状，缩短切入时间及磨合期。

正如之前的任、易两任总经理并没有提供战略规划一样，文中也没有提到公司的战略描述，自我吹嘘的任风雨也只不过是空泛地讲了些追赶标杆企业的非量化口号。说实话，能够理顺当前不善的管理模式已是非常不错了。变革到了这一紧要关头，我们已无暇奢谈那些脱离现实的东西了。

面对切中时弊的文章，我们可能更多的是无奈和迷茫，整个管理团队因此选择了沉默，大家都在观望"拓荒者"走出的下一步棋。

在任风雨走了之后，"拓荒者"曾经向管理顾问公司咨询，征询总经理的审核聘任方法，但征询过后"拓荒者"觉得欠缺即时的实用性，其余的则无异于问道于盲。

一番反省后，"拓荒者"对公司存在的问题依旧归咎于管理层次的局限，仍然认为是管理系统不够先进及执行力差的问题，因此决定以高薪寻找更高层次的管理专家继续实施变革。

第二节　破釜沉舟下的第三任总经理

通过网上招聘，"拓荒者"对几个应聘者进行了筛选，最终选择了吴德。

吴德来自清华大学，有多年的顾问公司总经理和大企业管理经验，精通当今社会上最先进的各种管理手段，并拥有"黑带大师"级别的"六西格玛"管理理念。面试时，针对顺景的现状吴德也提出了治理方法和经验，是众多应聘者中表现最突出的人才。

2007年7月31日，拥有清华大学毕业及"六西格玛"质量管理"黑带大师"身份的吴德正式加盟顺景。因为有郑兰于这一前车之鉴，我们暂时让其以顾问身份履行总经理一职。

当时，吴德制订了经营业绩目标及业务计划：

●长期规划（5~10年）。成为压铸行业知名企业，年营业额5亿以上，税前利润不低于10%。

●中期规划（3~5年）。争取在香港上市，年营业额在2亿以上，税前利润不低于10%。

●短期规划（1~2年）。从2007年11月起，每月平均销售额不少于430万（不包含2月份），税前净利润不低于10%。

与前两任总经理一样，吴德认为人员编制合理，并不臃肿，公司构架也比较合理，他的思路是导入更先进的管理系统，提高执行力及加强营销能力。因此，在吴德的领导下，顺景开始导入 TS16949 管理体系，还有一些先进的过程控制手段如 APQA 质量先期策划、SPC 过程控制统计、PPAP 产品批准程序、MSA 测量系统分析，以及田口法、工序卡等亦开始应用。

"拓荒者"对他的考察，是以他制订的业务计划目标是否实现作为衡量标准。对其个人的唯一要求则是：尽量到现场去检验方法的有效性及解决过程的生产异常（以后来来看三个月的试用期确实做到了，大都分时间都是留厂过夜，三个月后便极少在厂过夜，每天由专车接送到南山区）。

仍然认为管理模式的不先进才导致变革事倍功半的"拓荒者"，期望通过高薪聘请的第三任总经理来自清华的吴德，用先进的管理手段提升顺景的管治能力。TS16949 的导入确实起到了积极向上的推动作用，对业务的引进帮助也十分突出，但仍然没有使顺景摆脱扑火的局面。

2007 年 8 月 3 日，"拓荒者"在翻阅好友高中和提供的《如何衡量总经理》一文时，对其中的名句深有同感：

> 轻财足以聚人，身先足以率人，律己足以服人，
> 量宽足以得人，得人心者得天下！

五句富含哲理的警句。"拓荒者"认为这是杰出的企业领航者的写照，也是想要获得成功的人必须具备的特质，言简而意赅。

这时，"拓荒者"在衡量总经理能否胜任工作时，也有了初步的想法。营商之道除了以上五句金科玉律外，应再加上"与整个团队分享成果，与社会共富共荣"。

三度变革与山雨欲来的竞赛

2007 年 8 月，顺景成功通过了世界五百强之一的艾默生公司的严格评审，成为其合格的供应商。代总经理吴德的 TS16949 专长正好碰上爱默生

的审厂，顺景也因吴德的突击协助而成功地获得爱默生的认可。

同时，来自商会的大量有关政府将不断出台所谓"腾笼换鸟"政策的信息，预示着"三来一补"企业必将面临狂风暴雨般的行政切割，三败俱伤的恶果看来已成定局。

8 月 14 日，空前的危机意识让"拓荒者"改变了从不举债的保守作风，并作出了预见性的判断，即随着大量"三来一补"企业的骨牌效应式倒闭，银行必定会重新评估信贷风险从而严缩信贷条件，甚至紧闭"水龙头"。

当天，"拓荒者"便致电公司驻香港负责财务的张总监，在银行仍然"殷勤"的态度下，顺水推舟地加大了信贷额度以"积谷防饥"。事态的发展结果完全被"拓荒者"言中，众多本来如日中天的企业因为银行的"关闭水龙头"而惨烈倒下。

9 月份，顺景在吴德主持下开始导入 TS16949 汽车零件质量控制体系，并初见成效。营销部也引入网上竞标的方式，首次突破顺景固有的被动落后的营销模式，提高了公司对外形象及层次。

顺景营销部在 2005 年变革时设立，由总经理亲自管理。在此之前，顺景沿用传统传媒广告、参加展览、约见客户等营销形式，难以接触到世界性企业。而吴德引入的网上竞标方式，能直接与世界性企业接触，并与众多供应商竞价，效果不错，有效提高了公司的业务层次。

网上竞标是由客户提供专用密码（已通过评审才有资格取得密码），进入客户网页，根据客户提供的项目产品的底价，在网上报出具吸引力的价格与对手竞争。

顺景由此成功开拓了与斑马、IKA、ASTEEL、多么川等一大批世界知名企业的业务，顺景质量管理进一步获得客户肯定，也体现了顺景的进步与发展。

虽然经过两任总经理两年两种风格的管治，顺景在技术与管理方面的落差仍裹足不前，但并没有动摇"拓荒者"改变畸形格局的决心，因此，对来自清华大学从事管理顾问的吴德"拓荒者"可谓寄予了厚望。

忙碌中的闲情

2007 年 9 月 12 日—13 日，"顺景球队"代表观澜出赛宝安区"劳务杯"乒乓球赛，取得男双冠、亚军，女单冠军及男单亚军的优异成绩。

9 月 15 日，香港海外凌霄校友会成立，"拓荒者"被推选为副会长。同期凌霄第 78 届同学会成立，"拓荒者"再次被推选为荣誉会长。

10 月 28 日，在观澜乒协、宝安党校校长李高杨先生、国球蒋雪刚及龙华、宝安等一大批球友的见证下，"顺景乒乓球队"正式挂牌成立。

10 月 30 日，"拓荒者"在回复凌霄第 78 届同学会会长杨国盛同学的关于创立《七八届同学会会刊》的电子邮件时，即兴赋七绝诗一首以示祝贺：

促膝同窗共凌霄，弹指廿九情未了。

朗朗书声犹回荡，母校新颜分外娇。

每次回乡，"拓荒者"都会与蔡文宾、史美盾、吴抒文、杨国盛等一群中学时期的同窗好友"痛饮三百杯"，海阔天空地聊天，那种开怀的心态，那种不羁的放纵，那种高度不设防的奔放，忽略了沧海桑田的岁月，跨越了弱肉强食的商海，穿过了沉浮跌宕的时空，随着人生影像的回溯，重新回归了自我，回到了荔枝飘香的校园，回到了龙眼海洋的村庄。

总经理正式委任

2007 年 11 月，历经 3 个月的考核，吴德被正式委任为总经理，带领顺景向更高的企业层次迈进。

在三个月的考核中，吴德成功导入了 TS16949 汽车品质认证，顺景体系有了较大的提升。他能做到亲力亲为主动寻找问题并解决，还利用自己的管理专长培训下属。"拓荒者"认为吴德合格的主要原因是企业的产量与效益因营销的提升有明显改善，三方的客户评审对体系也有正面的评价。

正式委任后的业绩指标如吴德之前订立的业务计划一样，即从 2007 年 11 月起，每月平均销售额不少于 430 万（不包含 2 月份），税前净利润不低于 10%。除原来的年度分红制外，并没有设立具体的奖罚标准。

管理层对吴德的评价也大多是正面的。因为吴德管理理论的层次确实优于前几任经理，有了业绩表现加上清华大学及管理专家的光圈，再考虑管理团队迷茫后怀有的期待，这些都是可以理解的。而普通员工对其评价则不得而知。

怀着对吴德的热切期望，管理团队以最快的速度重新凝聚在一起，毕竟顺景的管理层对公司的忠诚是由来已久的。

而"拓荒者"对新总经理的期望和要求，并无量化的实际指标，仅仅是抽象地强调提升品质控制能力，解决品质不稳定的老难题，让世界性企业满意并给予长单、大单（顺景长久以来所渴望的），让企业最终实现业务规划制定的目标等。

到了 11 月，变革的焦点仍被集中在意识形态的"政治"层面上，"拓荒者"仍然认为不如预期的效果是执行力及工人的积极性不够造成的。因为先进的管理手段在人员素质不相称的局限下会大打折扣。虽然吴德也意识到优化工艺流程的重要性，并对工艺流程进行了改善，但效果不大，且因思路不清晰而着墨不多。当被"拓荒者"质疑人员编制过于臃肿时，吴德断言根据其丰富的管理经验，顺景的人员编制属于合理，因此间接地否定了原本"拓荒者"提议的"4∶3∶2∶1 精简管理"的计划，主流仍集中于导入更先进的管理系统、提高执行力及管理层次。

"4∶3∶2∶1 精简管理"的初衷是四个人的工资由三个人分享，两个人的工作由一个人承担，全面精简人手、增加收入，并通过淘汰制提高人才层次。

因精简计划的具体内容在起草之前便被吴德以"管理大师"的身份，言之凿凿地声称管理架构和人员配备合理而搁置，结果无疾而终。

奇遇、启示、前瞻和增值

2008 年 1 月 5 日，"拓荒者"主动草拟香港铸造及压铸两会合并方案并提供必须协商的要务内容，推动两会合并。"要务内容"成为长期"只闻楼梯响"的两会合并最终成功的关键。

2008 年 1 月 9 日，在深圳五洲宾馆应邀参加中国南方电网联欢宴前，"拓荒者"偶遇长期为深圳各大地产商看风水命理的道家"文道长"，被凝视良久后，"文道长"称"拓荒者""印堂光亮，相貌气势非凡，必有好运"，让人将信将疑。

之前，"拓荒者"没有接触过风水，包括几次搬厂均没有咨询过风水师，遇到"文道长"后，观点发生了变化，现实确实让人难以置信。

2008 年 2 月 7 日，农历正月初一，"拓荒者"用手机群发七言诗短信向亲朋好友拜年：

旧岁三弹两拂去，春姑悠悠步人间。

顺景吉祥常伴君，福禄康安乐延绵。

2 月 27 日，"拓荒者"穿着筹委会的统一着装——金色大龙袍，首次代表香港铸造协会，出席全香港各大商会组织齐聚的隆重"新春团拜"大会。

嘉年华式的欢乐气氛，除了给风雨飘摇下陷入低谷的制造业带来了春的气息外，也给我们带来了对 2008 年的热切期望。

3 月 11 日，参加香港专业评审局颁奖典礼，"拓荒者"由副院士正式晋升为院士。

所谓院士，是由香港理工大学工业专业评审局颁发的荣誉证书，门槛颇高。除了必须有十年以上的制造业创业贡献并受到过有关专家评审推荐外，还要求做过公益活动、参加过自我提升增值的培训课程、考察等活动必须取得最少 120 小时的分数（每个活动由评审局根据性质计算出具体分数，一般2～3分不等）才有资格申请。

香港院士与内地院士性质完全不同，相差很大，并非学术性的，而是纯粹荣誉性质的。

香港院士除了受到业界的肯定外，个人和企业均在客户面前呈现出健康、正面的形象，包括诚信与层次、终身学习的动力与永不落伍的价值等方面。

三次与死神擦肩而过

2008年3月29日，"拓荒者"派车邀请"文道长"来厂进一步长谈，在将近三小时的道家命理解析中，太多的应验及巧合令人惊叹。连祖坟葬在山坡龙脉上（村民把这地段称为"龙身"）都被精确道中，令一向只尊重却不信苍天不问鬼神的"拓荒者"也由衷佩服。一句"五年后必飞黄腾达"的预言，使其对历经艰辛奋斗、锐意进取、百折不挠的顺景更充满了信心。

"你身上必定有一块黑痣，这块黑痣是你先灵留给你的死里逃生、逢凶化吉的护身符，如果没有黑痣的话，我马上金盘洗手退出这个行业。""文道长"说道。

一句"死里逃生"勾起了"拓荒者"三次与死神擦肩而过大命不死的回忆，至今每每想起仍然心有余悸。

小学三年级。半年多前在龙眼树枝上后空翻后导致的右手臂关节脱臼刚刚痊愈，"拓荒者"忘了脱臼拉伸复位时的剧痛，又和同年级的朋友在龙眼树上玩起了更刺激的猴子追逐式的捉迷藏游戏。谁知，树枝因承受不住重压而折断了，人应声栽到了地上，右手前臂大骨爆裂，而且离他头颅不足一个拳头的地方有块锋利的大石头。若是撞上去，后果不堪设想。

小学五年级，刚放暑假不久，"拓荒者"在村的北面"柴桥溪"游泳，不料被年长的不谙水性的村民扯压在水底之下，虽经过拼命的挣扎仍无法脱身，在千钧一发之际，才被岸边同样不谙水性的堂哥艰难地扯上了岸，冒出水面时脸色已呈黑紫色，几乎气绝。剩下的暑假日子里便被母亲禁足在家，不许再下水游泳。

移居香港第二年，即 1986 年 3 月的一天。"拓荒者"此时在港岛柴湾"德昌电机厂"任职，期间利用业余时间参加"五线谱乐理"培训课程。在下午六点下班后，匆匆赶往附近的学堂，途经香港著名的"柴湾道夺命斜坡"时，平时非常遵守交通规则的"拓荒者"不知何故突然闯红灯冲向马路对面。而就在他刚刚到达路对面时，身后便传来两声巨响，原来竟是两部汽车相撞，其中一部小货车冲向了安全岛，把原本与"拓荒者"并排同样准备过马路，但耐心等候绿灯的路人撞飞出五米开外，当场命绝。

（因为物色新厂计划，从做了十年的田背旧址迁出，"拓荒者"有缘认识了中国著名的周易大师"孟离九"，从而领略了中国古人的超绝尘寰的智慧，对于风水，领悟到不是信不信的问题，奇门遁甲是一门自然科学，一种博大精深的、令现代人类望尘莫及的智慧。）

第三节　突如其来的连续亏损

2008 年 5 月，在订单突然下滑一半的情况下，公司破纪录地出现 18%超逾 60 万的亏损。而且，国际环境的恶化及政府"腾笼换鸟"政策的实施，都给企业管理和成本控制敲响警钟！

2007 年 12 月至 2008 年 5 月，市场出乎意料的平静，而转正后的吴德与之前判若两人，公司业务减少且产品品质异常加剧，损耗开始增加，自 2008 年 2 月始连续亏损了 4 个月。

2007 年 4 月 1 日至 2008 年 3 月 30 日，销售额与 2006 年度的 4500 万元相比略有降低，利润率下降到 1.8%。当然，人民币升值、劳动合同带来的工资上升、物料价格上涨等整体成本大幅上升 10%以上也是客观现实。虽然客户增加了，但产品整体品质并没有明显改善。管理素质因 TS14969 的导入明显提高，而企业文化建设则停滞不前，甚至倒退。

这时整个行业同样面临着国家政策与异常淡季等情况，同样内外交困！同行对手的成本控制也大同小异，所不同的是，上了档次的港资企业及压铸厂家，因比顺景的实力强得多，全部是老牌的老行尊，并且有实力雄厚的营销队伍，所以，尽管他们人力成本远大于顺景，但所接到的长单、大单早已形成了稳定的良性循环，价格更是高出顺景逾 20%。另有些大厂也出现危机，主要原因在于扩张太快。

　　面临空前的危机，"拓荒者"认为公司成本居高不下，主要在于废品率过高，过程因产品品质异常而损耗加大，构架臃肿、人均产出低、交期太长、积压严重。

　　公司的运作没有达到"拓荒者"的预期目标，于是萌生撤换吴德的想法，到了这个时候能够扭亏为盈已是头等大事，什么计划和目标已无暇顾及。于是，"拓荒者"开始寻找外部顾问，以解决问题。

找到长期顽疾

　　2008年5月31日，"拓荒者"首次邀请好友向云龙作为顺景的顾问开始为本厂作全面诊断，期望为公司的品质及成本控制带来突破。

　　向云龙是顺景主要大客户的经理，也是"拓荒者"多年的朋友。顺景曾自他的口中得知有代表公司协助供应商，提升生产控制的计划，且在之后成功完成了对一些竞争对手的培训，效果不错。顺景已连续亏损几个月，此时的吴德不但心态已变，实际上也已无能为力，因此"拓荒者"才力邀向云龙来厂作诊断。这种方式对客户和供应商双方都是互利互惠的前瞻性举措，因为供应商成本下降的同时，也为客户的产品价格的下调提供了空间。在竞争日益剧烈的经营环境下增强客户市场竞争力，实质也等于压缩成本。

　　值得欣喜的是，仅凭各部门提供的报表，向云龙便一针见血地点出本厂历经三任总经理逾三年时间均未洞察的长期顽疾，令人深感"相见恨晚"！

　　向云龙凭借自己对业界的成本结构的了解，从各部门的生产报表和财务报表看出了顺景人均产出严重低下。

　　随后，"拓荒者"便雷厉风行，不断痛下重手，大幅削减管理冗员、精简管理架构、大幅减少加班甚至不许加班、以工序之间拉动式主动催货取代被动式等货，并取缔了每个工序各自的小仓库，从而解决了仓库林立、积压严重的顽疾，大大缩短了生产周期。

　　虽然没有合作的先例，前期也难以避免地存在着大量变数，但向顾问深具说服力的精益生产理论及手上掌握着的业界已证实可行的、可以实现的数据，让"拓荒者"如获至宝并毫不犹豫地予以肯定且坚决支持。

向顾问切入之初，产品品质仍然异常不稳定，尽管接受了众多知名企业的业务，但多数以短单为主，公司提供的加工产品与其他同类供应商一样：做模、压铸、挫披锋、机器加工包括 CNC 电脑精加工、表现处理等均属于半成品，分别用于家电、工具、通信、汽车、散热器、扶手、电器等等，成本结构与同行大同小异。

双管齐下的变革

所有的缩减成本行动尽管出现了阻力，但在"拓荒者"的坚决支持下，精益行动以"挡我者亡"的强势之姿向着极限不断挤压。因为业界行家的人均产出最高能达到每月 15000 元/人（这与产品的价格和性质有关），高出顺景很多，且管理人员与工人比例是 1:5 甚至 1:8 以上，而顺景当时全厂 500 人，管理人员就占了 200 人，是 1:2.5，存在很大的缩减空间已是不争的事实。

一方面，向云龙作为顾问采用精益生产，大幅削减臃肿的非一线员工的管理人员，并利用顺景已建立的计件制工时制度，严格控制甚至不许加班。

另一方面，"拓荒者"痛定思痛，在模具质量上苦下工夫，终于打破业界传统陋习的配模方法，大大提升了模具质量，在理清工序权责的同时带领员工优化夹具加工质量，并在优化各个工艺流程、重点控制关键位置的技术上做出全厂性的紧急、集体培训。

薪资挂钩制度的及时建立，更让顺景的成本意识空前浓厚，团队意识亦得以巩固。

因订单减少，在采取了缩减人手的同时，让非生产的管理人员临时上线帮工、外发业务召回及不准加班，这些措施同样显得非常有效。

第四节　辞退第三任总经理

　　无法量化、没有底线地大幅削减人手和严控加班等"不可思议"的管理方法遭受到基层管理人员的极大反对，但痛定思痛的总经办及高层管理者们抱着釜底抽薪的决心，坚决地支持着向顾问继续朝着极限不断挤压。

　　与此同时，向云龙高超的控制成本的能力无疑成为一面"照妖镜"，让所谓的"现代职业经理人"原形毕露。

　　只有程咬金的"三板斧"、与三个月的试用期判若两人、徒有清华大学文凭和"六西格玛黑带"的"书呆"总经理——吴德，在一众经理罗列的"缺系统、缺自律、缺承担、缺制度、缺计划、拍脑袋、轻承诺、好自大、喜邀功、重私利"等指控和谴责下，又在"票子"与"面子"的决择下，最终选择了"票子"，于2008年6月4日离开了顺景，并由向顾问全权代理总经理职务。

　　从吴德这一年的任期表现中，我们深深地体会到什么是生搬硬套，什么是书呆子了。丰富而先进的管理理念，一度让顺景人在历经变革沧桑与困惑的紧要关头看到了一线曙光，但随着清华大学与六西格玛"黑带"的光圈在受到考验后逐渐淡去，没有诊断的治疗，加上缺乏实践与检验的能力，黑带书呆——吴德把历经风雨的顺景从一条歧途带进了另外一个误区。

　　吴德是历任总经理中唯一一个为了得到几个月补偿工资而以掌握公司

商业秘密并以劳动合同作为筹码和公司博弈的经理，亦是唯一公开声称为了"票子"也无所谓，终被开除、扫地出门的总经理。他是离开得最不光彩的一任总经理。

他是最典型的生搬硬套、罔顾后果的书呆子，在连续亏损三个月，流动现金十分短缺的情况下，又表现出事不关己、漠不关心的态度，这让全体经理层近乎愤怒，他除了要求拿房产抵押贷款填补资金流外，完全丧失了管治能力。

吴德曾向人声称："已转了正、签了劳动合同，老板也拿我没办法。"从他的这一态度，便可以看出为何他与之前两任总经理有那么大的差距。

转正后的几个月中，吴德除了看报表外，所有事务都推给经理层自行安排，任其自生自灭，连开会也不做任何笔记，碰到问题，一句"你们自己搞掂"便高高挂起。试用期的积极巡厂已不复存在，晚上更是从不见踪影，每天由厂车送回南山住处。除了营销因张晓路的进取优于2006年，及导入TS14969先进管理系统对公司的形象有所提升外，其他方面没有什么改变，且"救火"的工作完全由一众经理承担。

转正后没几个月，吴德便开始遭到管理团队的不断投诉，面对投诉他不但不作反思，还一概以管理层打击报复为由美化自己，一派刚愎自用的姿态。因此，在2008年初，"拓荒者"面对公司业绩加剧亏损、损耗废品率上升、客户投诉大量增加、经理层的劣评如潮等问题，已着手准备炒掉换人，及时安排副总和一众经理变相将总经理的权责逐渐架空。

"拓荒者"对吴德的评价是：除了肯定其营销进步和导入半桶水的TS14969系统外，其余与一众经理的评价接近。当时，来自制造部经理汪建军的一封电子邮件，对吴德的批评最为尖锐。

吴德在后期表现出高高在上、高高挂起的纯粹打工者的不负责任心态，让一众经理非常愤怒。在连续三个月亏损的危机关头，他非但不思进取及怀歉意，反而对向顾问的精益控制生产方式大泼冷水甚至阻挠。

正如为每一个总经理的上场排除障碍一样，吴德既已公然与精简架构、缩减成本的精益控制计划大唱反调且赖着不走，唯有主动地将之革除，并由向顾问全面接管才是正途。

第五章
顺景的第四度变革

第一节　在反思中继续推进变革

历经三任总经理对顺景实施的三种不同风格的改革实践，"拓荒者"意识到总经理的人选，不一定是顶尖奇才，但绝对是要具备多种能力的复合型人才。比如，要有品德操守、有职业的管理经验、善于为人处世、做事有自己的风格、有团队意识与凝聚能力等，但能够具备以上条件的人才在现实中少之又少。

从变革初期开始，顺景就在寻找心中的宝马良驹，后来把焦点放在了让经理层"尽采百家之长"上，目的是把他们培养成复合型人才以及具有辨析能力的"陪审团"，从而打造一个合格的现代化管理团队。

成功推进"利益共同体"

从2008年6月开始，"拓荒者"在"薪资挂钩管理办法"的"立法"上加快了步伐，务求"利益共同体"加速形成。

"薪资挂钩管理"比"计件制"简单得多，但无论挂钩也好，计件也罢，关键不在于条文，而在于财务报表制度是否健全，在于顺景的财务是否公开透明以及劳资双方是否互相信任并通力合作。以上条件，缺一不可。

计件制非常复杂，因为必须精细到每个工序，不仅要以价格细分，还必须做到公道公正，让劳资双方均可接受。当下的中小企业尤其是港资企业，除了上市公司外，绝大部分都不敢公开自己的财务状况。原因何在？其一，劳资关系缺乏信任，加上新的《劳动合同法》加剧了双方的矛盾，使双方变成了对立体。其二，大部分企业都存在潜规则，害怕查税。

因此，"拓荒者"想要"立法"，以便更好地实现透明、公开、公正和民主。这样，顺景才会更有公信力和说服力，可操控性也会变得更强。

"拓荒者"之所以大力推进"利益共同体"这一前瞻性计划，是因为他坚信只有让全体管理人员切身体会到盈和亏，才能把成本观念植根于每个人的思维里，才会让他们做到身体力行，减少不必要的浪费和损耗，争取从每个细节上控制成本。

很久以前，"拓荒者"就提出了"利益共同体"这一薪资挂钩的构想，但因推行的力度不够而一再拖沓。当时的总经理吴德也对这一构想表示赞同，但连续三个月的亏损却让中低层管理干部对此产生怀疑。

2008 年 6 月，"薪资挂钩管理办法"开始推行。几次会议后，我们终于确定，企业的亏损来自于浪费和低效率，顺景凭借先进技术已取得价格优势和较优质的客户源，其中隐藏着巨大"金矿"（后来完全证实），只有高效合理开采"金矿"才能使双方受益，否则便会两败俱伤，再无退路！经过一番苦口婆心的劝说和动员，再加上朱副总以及制造部经理汪建军等人的大力推动，顺景管理层最终达成了共识，开始推行"薪资挂钩管理办法"。

与此同时，"计件制"管理办法也开始被优化和完善。

2008 年 6 月 11 日，在经过了总经办、经理层与全厂主管级以上管理层的多次透明而民主的坦诚协商后，"薪资挂钩管理办法"终于全票通过并签署生效，对顺景未来发展影响深远的"利益共同体"双赢战略终于诞生。

2008 年下半年，在精益控制计划的强力推动下，企业成本大幅度削减了 35%。在 2008 年、2009 年两年中，薪资挂钩取得了不错的成果，为企业增加了赢利。挂钩制度因此受到欢迎，一些未加入的基层管理层成员看到实实在在的利益后，也纷纷表示想加入"利益共同体"。

总经理的监督评价机制形成

2008 年 6 月，"拓荒者"亲自召开经理级会议，并积极听取了各经理的意见，对历任总经理的工作作出了评估和相应的反思。

自 2005 年变革以来，企业的规章制度、职责权限、系统管理程序等逐渐完善起来，并订立了较规范的总经理行为准则标准。待任风雨离去时，已经形成一个有效的对后任总经理的监督评价机制，其作用优于当时朱振时副总经理个人的监督平衡。

按照任风雨当时建立的评核程序，每位经理转正前必须接受其余经理的集体评审。但对于总经理则无此议，鉴于"拓荒者"并无直接参与日常管理，难以衡量总经理是否胜任。于是，"拓荒者"作出了相应的补充："在董事长的提议下，经理层有权对不胜任的总经理作不记名投票评分，以决定其去留。"因此，实际上监督总经理的责任便由副总经理个人逐渐转移到经理层上。

经理层辨析能力的提高及评审机制的建立，有效地降低了企业变革的风险。

有意思的是，虽然任风雨在任时的经理层全是由他亲自聘请的，但在任风雨离职时这些经理层都没有支持他，任风雨在评审前就知道自己无法获得各经理的支持故而无奈辞职。

通告全员继续变革

2008 年 6 月 5 日，"拓荒者"以公告形式通告全厂，呼吁企业员工同舟共济，汲取以往变革过程中用高昂代价换来的宝贵经验，并在顾问向云龙的指导下，挖掘企业内部的超逾 30% 的巨大管理"金矿"，以抵御和适应日趋恶化的经营环境。

公 告

——挖掘“金矿”

公司前任总经理吴德先生在任期间成功为公司导入 TS16949 质量管理体系，并对顺景的管理体系、业务流程进行了重组及优化，但最终还是未能达成生产值、销售、利润等目标。为了体现总经理位置的重要性及责任重大，董事会不得不依协议安排其离职。吴德先生已于 6 月 4 日正式离任并离开顺景，特知会。

经公司研究决定，即日起由副总朱振时先生代理总经理职责，全面负责公司经营管理，并积极向董事长汇报工作。

历经三年的艰苦探索，“顺景人”终于在变革中摸索出一条前所未有的发展之路。

（一）做事风格：经过顺景变革第一任总经理任风雨去芜存菁后的努力，顺景在制度、权限、流程、执行力及企业文化等建设方面都有长足进步，并塑造了在“废物”中汲取精华的新的“顺景模式”。

（二）做事方法：吴德先生在任期间大力推行 TS16949 质量管理体系，为顺景带来了世界权威的先进生产流程控制方法，这将是顺景发展中的一个最精细而极具预判、防错与反证的体系。

而且，顺景还获得了众多大客户的大力支持，并引入实用的源自日本丰田的“精益生产”的先进成本控制手段，使顺景在成本控制上又迈进了一步。

在此期间，顺景还挖掘出了自身蕴藏的内在“金矿”——25%～30%可压缩的成本空间。

重要的是，顺景拥有精诚团结、上下一心的精英，一支让人自豪、充满活力、张力、韧力、凝聚力与融合力的优秀团队。团队上下最终在改革探索中汲取了大量的经验，提升了能力，让本人备感欣慰，同时也对未来充满了信心。相信不久的将来，顺景人当家做主的愿望定会实现。

但是，在这里我也要提醒大家，我们不能因为这些成绩而妄自尊大，更不可妄自菲薄。

2005 年，顺景论管理水平，就像是只知道硬闯的西班牙"斗牛"。而现在，我们在不知不觉中，已取得了很大的进步。事实胜于雄辩。

2007 年由于人民币大幅升值、工资大幅提高、铝合金价格飞涨、柴油价倍增等，顺景付出的综合成本比 2005 年高出近 40%，但赢利却与 2005 年相当，这说明了什么？相信大家在经过比较后，会有惊人的结论。

可以计算，如果以 2005 年的管理水平来对 2007 年的顺景进行管理，那么 40% 乘以 2007 年的产值，就算扣除客观因素带来的影响，也会使顺景至少亏损 1000 万！

也就是说，"顺景人"在不断的探索中，越挫越勇，已经不知不觉地茁壮成长起来。在这里，我要说：你们无愧于"顺景人"的称号！你们有能力当家做主！你们能把顺景推向另一个高峰！

感谢大家，尊敬的"顺景人"！

特此公告！

同时，公司还宣布聘请向云龙为顺景的"特邀管理顾问"，代表董事长对全厂各环节实施全方位的成本精益控制。

通　告

鉴于公司的管理需要，现本人谨代表总经办全体成员，力邀向云龙先生出任顺景压铸制品厂"特邀高级顾问"一职。向云龙先生将于每周六来我厂进行辅导，履行管理职责，为期两年。

事实上，向云龙先生作为本人多年好友已于本月初开始，对我厂报表、库存及人力编制、绩效考核等问题进行了分析研究，并一针见血地找出症结所在，又一一列举了业界已验证获成功的对应解决办法，不可不谓之精辟而独到。

与一些自命清高、夸夸其谈的职业经理人相比，向云龙先生朴实无华，却是锋芒内敛，他以德服人的平实作风如凤立鸡群，更显可贵，令人敬佩。

"特邀高级顾问"一职，除赋予对全厂各岗位及生产过程进行监察督导权力外，拥有对公司管理层进行任免的权力，各管理层必须竭诚支持和积极配合向云龙先生，为"顺景人"这一共同的"家"做出贡献。

此通告即日起生效。

（"特邀高级顾问"作为总经办的一员，除对全厂各岗位及生产过程进行监察督导外，与董事长、董事、副总及财务总监的具体分工将在经理级会议上另行公布。）

2008 年 6 月 25 日

经过以上两次通告后，全体管理人员对任命向云龙一事逐渐从观望的态度转变为热切期待。而且，向顾问在两次审厂时，仅根据生产财务报表便提出了独到的见解，这让经理层折服，普通员工也开始有所期盼。

在"拓荒者"的全力支持下，"利益共同体"的顺景人开始朝着向顾问所提出的"缩减成本30%"并"挖掘金矿"的方向奋力前进。

之后，向顾问又正式代理总经理一职。在职权上，总经理既定的职责权限不变，由顾问兼任，并由副总经理从旁协助。至此，"拓荒者"决意放手，不再参与幕前工作！

向顾问兼任总经理后，重新凝聚的管理团队的构架和既定的职责权限没有改变，公司经营目标由向顾问提供详尽的战略规划。

第二节　在削减成本方面深化变革

　　2008 年 6 月，新官上任的向顾问开始了大刀阔斧的变革，在推动管理和降低公司成本上做出了许多努力。首先，他从缩减人员编制入手，积极引入日本的精益生产管理系统，并着眼于从大幅缩编臃肿的管理人员、取缔林立的小仓库、缩短生产周期、严格控制加班、优化加工工艺和工序等 5 个方面缩减公司成本。

　　为此，"拓荒者"参与并主导了经理大会，对每个部门的人力编制进行调查和评估。当得到了有力的业界数据后，在 1~2 个月的时间里，分别以主动免掉和自动流失两种形式进行人员精简。随后，对各部门、各岗位的职能也由单一要求改变为共同承担，并努力将各职位精简为复合型形式，以强化公司对市场淡、旺周期不确定的适应性。

　　这一计划在初期取得了明显的效果，人员精简的结果是效益不降反升，企业不再出现"三个和尚没水吃"的状况。于是，责任量化到位的结果再加上薪资挂钩制度，改变了"顺景人"的做事方式和心态。

　　有改变就会有阻力，顺景想要改变固化了十几年的落后思维，肯定也要面对很大阻力，这是一个艰难的适应过程。虽然如此，没有人敢反对，因为也拿不出反对的理由。

　　"拓荒者"认为这些变化是大家希望看到的，也是绝对有益无害的事情。所以对这次改变给予了绝对的支持，并让向顾问全权行使总经理职责，给了他进入总经办最高决策层的权限。

很快，整个公司因为效益提升显著，而产生了新的希望和动力。但是，不断挤压和精简人员也带来了一些负面效应，对中层管理人员带来了一定的心理冲击，中层管理人员显得有些躁动不安。

对技术管理重新做出要求

2008年6月25日，"拓荒者"就2006年7月13日亲自撰写的《夹具制作运作须知、各工序权责》遭长期忽视、"管控尺寸"等同失控而给顺景造成长年不可预估的损失，对全厂特别是技术部、制造部予通报警告，并勒令他们进行全面检讨，重新制定管理方案。

2008年6月29日，"拓荒者"亲自组织技术、制造、品保等部门召开培训大会，就模具存在的缺陷、模具结构、夹具设计、制作技巧及原理要素等问题进行培训和探讨。期间，"拓荒者"不仅列举了生产中的实例，还以撰写的教材为模板，亲自讲解，取得了良好的培训效果。

2008年7月6日，"拓荒者"再次召开培训大会，亲自讲解和回答了所有与会者提出的问题。在两次培训期间，"拓荒者"建立"模具的配制标准"，以期帮助业界摆脱一些传统桎梏，创立了各项配模指数、程序、规范配模方法和质量标准。会议结束前，"拓荒者"勒令全体"顺景人"应严格按照刚建立的配模标准对所有模具重新进行检查和配制。

经过技术改造和工艺改善的不断培训，顺景的改进效果明显，不仅顺利将公司的源头病灶"掐断"，还使得顺景的损耗和废品率直线下降，废品损耗率自12%直线下降到6%以下。

"模具配制方式"的传统错误观念在惯性的传承中其实一直存在，"拓荒者"对上一代人的古训传承的突破性纠正也是对那些刚愎自用、故步自封的技术师傅的"离经叛道"。技术的进步和革新需要有个过程，是继续坐井观天、夜郎自大？还是在不断进取的同时反思自省？如何才能迈出技术革新的第一步？处理这些问题都需要领导者具有不平凡的智慧和勇气。

2008 年 9 月 8 日，在南晟德顾问公司的指导下，经全厂各部门的共同努力，顺景成功通过了 NQA 国际认证公司对 TS16949 汽车零件品质控制体系的严格评审。这标志着顺景在产品质量控制能力上，取得了质的飞跃。

劳资关系的和谐与博弈

2008 年 9 月 1 日，"计件制"在经历了多年的探索磨合后最终得到完善，这促使"薪资挂钩"能够更顺利地实行。此时，新《劳动合同法》亦开始实施，不过并未对本厂造成太大的冲击。主要还是得益于以下两点：

1. 计件制的功劳。自开始实施计件制后，一方面通过工艺改善和工具优化、设备更新使得产能自然增加，另一方面对产品单价作出适当上调，这就使顺景的工资水准很容易达到甚至超过最低工资水平，这也是劳资双方公平分享"剩余价值"后的有益结果。而且，大部分计件员工在正常的工作时间内甚至达到了 1200 元~1500 元的生产价值，这实在令人欣慰。

2. 提前做到"做满 10 年另提供服务金"。做满 10 年另提供服务金，是顺景自开厂以来便主动实施的一项大计，这跑在了劳动合同的前头。"拓荒者"认为，能够为公司贡献 10 年青春的员工，不管是在感情上，还是在经济或其他方面，都应该得到公司的奖赏，这是他们应得的福利。

计件制的最大功效是最大限度地激发了员工的积极性，并在同等条件下大幅度增加产量，同时达到增加员工收入和提高公司效益的目的。

与顺景相比，同行业的厂家几乎全部沿用传统的大锅饭式计时制，以 750 元作为底薪。面对基本工资由 750 元上调到 900 元的新《劳动法》，如果顺景也对 400 个员工实行"大锅饭"的计时制，那么含加班费，每月顺景最少要多支出 20 万元，但采用计件制后，公司除了对个别工具设备作出投入外，只需要增加约 4 万元的成本。

可以说，计件制的实施，对工艺非常复杂的零件加工业而言，是一个漫长且痛苦的磨合过程（顺景为了适应计件制，也前后磨合了约三年的时间）。想要完全实现计件制，除了要具备工艺工序价格量化的细分能力外，还要面对从大锅饭的计划经济转型市场经济后，只顾"量"而牺牲"质"

的现象。纵使让员工疲于奔命，也难以避免品质下滑的现象，长此以往，企业最终会陷入大量客户投诉、不断返工的恶性循环中。在这样的情况下，需大量投入统计人员，也会使短期内公司业绩完全处于下滑状态，结果得不偿失。因此，除非公司领导层的思维清晰、立场坚定而自信、具有高瞻远瞩的眼光，否则"计件制"很有可能会半途而废，功亏一篑，甚至会让公司付出沉重的代价。

这是一种难以复制的制度，在当时大多数企业管理均存在家族式经营、劳资对立互不信任、报表制度残缺不全等客观事实下，可以说想要实施计件制是"难于上青天"！

相比较而言，虽然"薪资挂钩管理"比"计件制"简单得多，只需拿一定比例的工资与每月的财务盈亏挂钩，盈利时按比例分红，亏损则按比例扣减工资，但它却有一个致命点，那就是公司必须要有健全而透明的财务制度做保障。

但"挂钩"也好，"计件"也罢，实施的关键都在于财务报表制度的健全和劳资双方的合作与信赖。没有健全的财务报表制度和劳资双方的相互信赖，一旦涉及劳资双方利益分配和调整时，这种制度就会因双方难以达成共识而无法落实。

面对《劳动合同法》严重倾斜于劳动者一方，一些企业纷纷雇用律师团队针对新的《劳动合同法》采取行动，寻求博弈。在参考了一些大企业鱼死网破式的规章制度后，顺景也及时召开了经理层的专题会议，对是否采纳和借鉴大企业规章制度的问题进行了研究和探讨，并列举了几个方案。

方案一：沿用原有已经确认的、不带针对惩罚性的、劳资双方达成共识的规章制度，只借鉴大企业应对打架闹事、拉帮结伙欺负员工、偷窃财物、不服从安排等问题的厂规。

方案二：针对新《劳动合同法》中严重削弱资方权益的条文，以暴制暴地针对所有员工制定以下厂规，即：触犯厂规三次及以上者，哪怕是违反了不太重要的规定，都将被无补偿辞退，比如，乱扔垃圾、不冲厕所、不带厂牌、迟到、衣衫不整等。

方案一的规定使资方显得有些被动，若员工蓄意闹事则资方权益基本没有保障，而且也难打赢官司，但仍能通过双方的互谅互信，来维持公司的平衡和权益。而方案二中的规定则产生了非常明显的阻吓作用。这虽然使得一些不良员工不敢轻举妄动，但也令劳资双方的关系变得对立，恐怕会让员工产生仇视心理。

对这两个方案，经理层在经过一番辩论和权衡后，最终还是选择了与人为善、历经长期累积并沿用至今的相对比较人性化的规章制度，希望能让相对和谐的顺景在有失平衡的《劳动合同法》下，永远和谐下去！

互信互谅是在长期相处及互相了解的过程中形成的，是非常珍贵的保持平衡与和谐的"砝码"，是劳资双方都接受及拥护的相处原则。所以，一旦平衡的关系就此打破，就像平衡血糖的胰岛素被破坏那样，顺景这个"大身体"将会受伤、生病，而劳资双方最终可能会两败俱伤！

因此，"拓荒者"知道，选择有仇视性的方案是下策中的下策，也是众多大型企业两害相权下的无奈之举。

让顺景在全球"金融海啸"中逆市而上

2008年10月，由美国爆出的全球"金融海啸"，开始蔓延并猛烈地冲击中国内地的实体经济制造型企业。也正因如此，顺景加速了优化内部管理的步伐。

向顾问的杰出领导就好比是"一股东风"，在"万事俱备"的"顺景共同体"的全力配合及努力下，立竿见影地扭转了2008年上半年的亏损局面，并且成功创造了连续三个月平均逾10%的纯利润，使企业产值大幅增长30%以上，人均生产值从8000元一举突破11000元大关，全厂士气空前高涨。

不得不说，顺景能够顺利地逆市而上，首先得益于增加了30%~50%的订单（TTI公司的订单增幅最大）以及有效的营销措施，其次是废品损耗率、生产及工资成本的下降，以及管理队伍的有效精简。虽然顺景的企业文化建设仍旧停滞不前，但经济效益已有所好转。

与顺景相比，其他同行却在苦苦挣扎，苦度"寒冬"。

于 20 世纪 80—90 年代前往内地的较具规模的港资企业，占尽了天时、地利、人和，其一班一起打天下的兄弟骨干也理所当然地跟随步伐，前往内地发展。这些人具有丰富的经验、技术以及相对先进的管理水平，为各个企业立下了汗马功劳，使得大部分港资企业在内地稳定地发展和扩张起来。

这些人才也因而成为老板的心腹，渐渐地，企业任人唯亲，逐渐形成固化的落后管理思想。

随着时代发展及面对内地现代优秀管理精英的崛起，部分港资企业在管理手段上日益守旧和落后。企业成本居高不下、几年来内外交困的残酷煎熬、史无前例的全球"金融海啸"、不计其数的低增值等问题，让一些守旧的传统港资企业不得不在痛苦中，结束了几十年来的辉煌历史，前仆后继地惨烈倒下。

部分港资企业之所以面临艰难困局，主要原因有三：其一是固化了的"任人唯亲"的家族管理模式在作祟；其二则来源于想当然的优越感，以及对内地同胞由来已久的歧视和不信任，这使他们错过了本土化的最佳时机；其三则是缺乏企业文化意识，纯"生意化"的唯利是图意识，加上企业本身的定位难以再提升以适应恶劣环境下的产业结构（缺乏政府扶持、自生自灭、单打独斗的必然结果），最终导致了众多港资企业的没落。

其实，以上问题不是不能解决，而且还很好解决。办法就是在完成过渡期后及时安置闲置、落伍的亲信，引入外部管理精英并尽快本土化，再适时地接受新的管理系统培训和培植企业文化，在累积资本的同时广聚人才，以此来提升产业层次，增强企业抵御风险的能力。

第六章
顺景变革的结晶

第一节　顺景的检讨与变革

企业变革的优先次序

从变革初期的成本暴涨，到现在得以大幅降低，虽然累积有不少的成功经验，但这期间顺景也存在很多方向性的错误。这里就企业变革的方向与方式谈一些看法，希此能让大家有所启悟。

（一）经验管理模式下的企业问题。两点：其一是生产手段落后，这也是经验管理模式下，企业最严重的问题。例如管理架构臃肿、填充式的人员编制、加班制失控、人浮于事、内耗与报废太大以及设备落后等。其二是企业意识形态陈旧，执行力低，最终导致员工积极性下降，人员懒散、工作效率低下。

因此，这一管理模式下的改革或变革，应首先注入科学管理的方式，直捣病灶解决生产手段落后等问题，这才是让企业继续生存下去的头等大事。之后再对企业文化进行整合，以此来加强企业执行力，调动员工的积极性。两者的先后顺序不能搞错，因为只有当企业的成本效益见效后，才能使企业的政治培训变得容易。

（二）科学管理阶段的企业问题，可两种方法同时进行，或者采政治培训先行的策略对企业进行改革。因为到了科学管理的阶段，人员素质及意识形态已经比较成熟，直接进行培训，属顺理成章、水到渠成的事情。

　　企业文化建设之于生产效益的提升是间接而不是直接的，是服务于生产控制的，是锦上添花的行为。如果一个企业的职业经理人无限且盲目夸大企业文化的作用，甚至神化到能治"百病"的地步，那么，他肯定是想要误导他人，并设下了某些陷阱。比如，西方阴谋家曾把民主自由神化到能医治贫穷落后的高度。

　　企业文化是优化、传承、维持企业形象最有效的手段，问题是我们要拿什么来优化？当动力的方向南辕北辙时我们又该如何进行优化？事实上，当生存都成问题后，企业文化也不过是"乌托邦"，无暇兼顾，没有基础的空中楼阁肯定是不现实的。

　　（2008年后的顺景，已然经历了三个时期的磨合过程：从传统的依赖技术的经验管理阶段，到依靠政治洗脑建立企业文化，再到为"治病疗伤"引入科学管理。虽然这期间，顺景付出了沉重代价，但也顺利跨越了企业发展时期最不确定、最危险的阶段。我们相信，当方法、方向、目标明确后，剩下的便只是如何驾驭细节的技术型次要问题了。）

三驾马车思维

　　2008年11月15日，针对公司管理层制度意识淡薄以及企业文化建设严重滞后的问题，"拓荒者"在经理层会议上提出了以技能技术、生产控制、行政管理为基础的三驾马车思维，对严重忽视及违反公司制度的行为予以警告。

　　实际上，生产只是企业管理的一个方面，在成本得到有效控制之后，企业其他方面的不足就会显示出来。到了这个阶段，顺景经理层的辨析能力已大幅度提升，不会只听只言片语，便接受取代式的只重生产而忽视行政管理制度流程的管理方法，而这是向顾问的不足之处，只有"拓荒者"才能将其制止和纠正过来。因此，"拓荒者"决定亲自主持会议。

　　在"拓荒者"的主持下，会议决定了适合顺景发展的、不可分割的

"三驾马车"，即：能设计出加工工艺、工序流程的"技能力量"；必须由人来控制的"生产控制"；能够操控及管理以上两项的"行政管理"。在"拓荒者"看来，经验管理阶段的管理手段之所以落后，问题在于技术专家自大于技术和工艺流程，凌驾于生产控制，并完全忽略了"人"的行政管理能力，从而使技术技能的发挥大打折扣！

因此，"拓荒者"不得不勒令行政部门加强对企业员工的培训力度，并有计划地投入有效资源，全面系统地建立、推行和维护顺景的企业文化。因为，一个企业如果没有企业文化，没有共同价值观的建立、凝聚和传承，那么，企业的执行力肯定会受到影响，企业将难以生存和发展下去。

当历史的钟摆从一端摆向另一端时，部分管理层产生了一些困惑，也因此不可避免地出现效率与制度的摩擦和碰撞。是选择不遵循制度流程的中国模式，还是采取正确但拖沓的美国模式呢？顺景在经历不断的变革时，也感到很为难，但顺景最终提升了自己的能力，想要兼容它们。而且，这也是这次培训的主要目的，思维的更新与培训力度加大时不我待。

从 2005 年顺景开始变革，距今已经有四年的时间。这四年间，不同阶段的变革让顺景有幸接触到西方工业改革中的各种管理模式。虽然道路曲折，过程跌宕起伏，但不可否认的是，这段时期丰富了顺景的视野及发展史。

顺景的管理可以分为以下几个阶段：

2005 年之前，没有系统思维的"混战式"原始经验管理阶段。

2005－2006 年，侧重企业文化，致力于政治洗脑的文化管理阶段。

2006－2007 年，加入了现代管理元素后"兄弟连"式的经验管理阶段。

2007－2008 年，生搬硬套地套入高级管理体系后的无为而治阶段。

2008－2009 年，实事求是的精益生产数据化科学管理阶段。

（在写作本章时，"拓荒者"从 NCW 客户口中得知，本厂压铸生产的"半球梳型射灯底座"铝合金件将作为主射灯，用于奥运鸟巢场馆的建设中。对此，身为顺景人，引以为荣！）

对微笑曲线的思考

2008 年 11 月 18 日，"拓荒者"详细拜读了著名学者郎咸平教授在《业洲周刊》中发表的关于中国制造业"6＋1"的文章，即从低端的产品制造这个"1"进到利润更高的由产品设计及销售等环节构成的"6"。

"拓荒者"一向对郎教授的前瞻性思维十分推崇，但此次，"拓荒者"对他的"6＋1"言论却持保留态度。因为，作为战略方向的占据定价话事权的终极目标，绝对是一个企业发展中的必由之路，但如果是作为改变当下制造业低端产业的宿命的话，则脱离了客观现实。

首先，产品设计、原料采购、仓储运输、订单处理、批发经营、终端零售等"6"个领域，涉及的不仅是综合国力的高度展示，还要求企业人力资源精英的普及化。因此，从资本主义的发展史中不难看出，企业发展从来就没有捷径可走，任何企图都不能绕过"1"的成本精益控制以及生产手段自动极致化。如果勉强为之，则会为自己盲目而鲁莽的行为付出沉重的代价，甚至从先行者的身份沦为先烈。

中国制造业 80％以上的中小企业都有管理手段落后（7 倍于日本的高耗）和高端人才稀缺的问题，只有先把加工制造精益极致化，利用"1"所带来的可期利润，逐步向源头的"6"领域渗透挺进，才是一个企业长久发展的有力保障。

君不知，占据难，站稳脚跟更难。而站稳脚跟靠的不是鲁莽的个人英雄主义，而是以强大的综合实力作为后盾。

对自身存在缺点的认知

2008 年 11 月 20 日，"拓荒者"与西安刘琛教授以电邮方式进行了交流，电邮内容如下：

　　我现在几乎是"不务正业"，除了公司重大事项或特殊技术难题外都撒手，基本已是"逍遥在外"的状态，在业务上也是如此。尤其是这段时间，商会特别忙，昨晚六点半我才回厂。

　　技术出身的老板最致命的缺点就是固执（这也是过于有主见、主观、独排众议的领袖特质的负面延伸），虽不懂管理却又事事插手。这样做，一方面累死了自己，另一方面也闲置、打压了管理层，无形中把企业带进了恶性循环却又无法自拔的深渊。这是技术型老板要面对的一道坎，也是企业中"上"与"下"的分水岭。只可惜大部分企业难以跨过这道坎，最终走向消亡。

　　不得不承认，企业变革充满风险，而大部分企业在变革中又难以走出70%以上失败的"三七论"，这是我的亲身经历和体会。变革中，只有老板深刻意识到非变不可，并下定破釜沉舟的决心，改革才有成功的机会！

　　刘琛教授是中国铸造协会《铸造技术》杂志的主编。他在读了"拓荒者"在上海采购大会发表的《压铸行业生存空间》的文章后，曾赞赏此文对指导国内中小企业改革有深远意义。"拓荒者"与之相识后便经常发电邮联系，共同讨论企业管理中的各种问题，也因此才有了上面这段对刘教授的倾诉。

　　不难看出，对话中表露出"拓荒者"对变革最真实的感触，还表达出时下求变却无从变起的中小企业的无奈之情。

第二节　公开顺景的经验和反思

2008年12月，金融危机日益严重。媒体公布了最新的企业倒闭资料，在这份资料中，不难看出一些耐人寻味的现象。

例如，银行曾不屑一顾的一些夕阳产业，在苟延残喘的同时却凭借原始的积累，意外地在"减负"下活了过来。

又如，银行待如贵宾的高新科技，自视如日中天、朝气蓬勃，但实际上却背负着如山般的债务，不得不在业务骤减、银行逼债的情况下，惨烈地"死"去。

不难看出，"死"的大多是些盲目扩张、风雨来袭之际又被银行推向"冰渊"的企业，而这些企业的消亡还连累了无数上游供应商，让它们也逐渐走向了灭亡之路。

2008年12月4日，"拓荒者"在随香港铸业总会考察广西钦州港前，与太太先到广西北端河池市东兰县探望了正在"波豪湖"边兴建度假村的老乡蔡文宾。当时，"波豪湖"因"红水河"下游正在修建水电站而水位突然升高，从而形成了人工景观与大自然巧妙结合的奇景。"拓荒者"深深地为那犹如巨型画卷般的壮丽山水画而折服。在令人流连忘返的美景中也萌生在"波豪湖"畔兴建休闲度假村的想法，想为繁华都市中70%亚健康的人群服务的想法在脑海中初现雏形。

顺景的 10 条制胜经验

2008 年 12 月,尽管全球"金融海啸"扑面而来,无数企业面临倒闭难关,但顺景却创下纯利润多于以往的奇迹,将顺景自 7 月份以来便开始赢利的局面推向历史高峰。这一奇迹的诞生,预示着顺景内部"金矿"的挖掘进入了丰收的季节。

"冰冻三尺,非一日之寒。"顺景能获得成功,也绝不是一朝一夕偶然形成的。"拒绝随波逐流,开辟自己的路"的长期战略思维,才是顺景最终获得成功的关键所在,也是顺景坚定不移地执行 10 个前瞻性制胜手段的可喜成果。

前瞻性制胜手段一:将打破常规的技术优势发扬光大。

制胜逻辑:这是创造"差异化价值"必须具备的条件。

前瞻性制胜手段二:长期坚持筛选和优化业务,坚持走高端路线的策略。

制胜逻辑:只有"筛选"才能摆脱低价格的恶性竞争,从而达到价值最大化的良性循环目的。

前瞻性制胜手段三:企业逐渐走向本土化,完全摆脱家族式的经营模式。

制胜逻辑:这是企业走向现代化先进管理方式的必经之路,也是控制管理成本的最快途径。

前瞻性制胜手段四:严格贯彻"夹具制作与权责"、"标准配模方法"等系统规范。

制胜逻辑:坚持走优化源头及加工工艺的道路,以此减少下游工序流程的损耗和报废率,让利润直线上升。

前瞻性制胜手段五:"薪资挂钩"的"利益共同体"的诞生。

制胜逻辑:让当家做主的心态、成本概念以及律己节约的习惯深入到每一位管理人员的心中,从根本上减耗增益。不仅如此,"薪资挂钩"的建立,还能达到"论持久战"的作用。另外,"利益共同体"的诞生,还能使企业在推行涉及员工利益的政策时，可最大限度地把矛盾从劳资双方转换到劳动者之间，到时候，可由上层劳动者向基层劳动者进行说服，为政策推行带来事半功倍的效果。

前瞻性制胜手段六：打破并及时完善了"计件制"，尽量将其优点最大化。

制胜逻辑：最大限度地激发员工的积极性和潜力，共同分享所创造出来的"剩余价值"。

前瞻性制胜手段七：坚决将财务、盈亏、部门报表、决策等问题民主透明化。

制胜逻辑：这一手段是取信于民、建立公信力的大胆革新，是建立劳资双方互信的基石，更是平衡与和谐的关键所在。在该制胜手段中，顺景坚持贯彻民主制定薪资挂钩制度，坚决透明化各部门的报表，坚持每日报告计件员工的收入，并公开企业每月的产值和盈亏情况，再由各部门经理审核及代表签署确认，最大限度地消除劳资双方的猜疑和矛盾。它是劳资双方共同进退、精诚团结的关键因素。

前瞻性制胜手段八：在改革中，让管理层精英更加团结，能力不断提升。

制胜逻辑：通过这几年的变革，外部管理精英和新的先进管理模式的引进使得顺景的管理层人员不仅思维更广阔，整个管理团队的层次也得到质的飞跃。

前瞻性制胜手段九：变革历程中，不断汲取经验，成功建立了企业文化。

制胜逻辑：随着管理团队辨析能力的不断提高，顺景自身能力不仅提高很多，还炼就了从废物里汲取精华的"超能力"，"拓荒者"坚决抛弃个人主义的冒尖习俗，建立企业文化，用以提升团队的整体"战斗力"。

前瞻性制胜手段十：导入 TS16949 先进品质控制体系认证。

制胜逻辑：导入并顺利取得 TS16949 先进管理系统认证后，顺景的产品质量控制更有了保障，不仅得到客户的信任，还以完善的服务征服了客户的心，为持续改善顺景打下了坚实的基础。

矢志不渝地贯彻 10 大前瞻性制胜因素，让顺景奠定了成功的基础。这 10 大因素是历次变革的经验总结，是在艰苦的条件下逐渐形成的，是顺景成功前的铺垫。有了这 10 大制胜经验，顺景此刻"万事俱备"。

而犹如一股强劲"东风"，向顾问用他高超的成本精益控制优化能力，征服了还在迷茫中的"顺景人"，使"顺景人"终于下定决心，对工作中的各个工艺流程环节、节能增效和潜能发掘等方面进行优化，顺景获得了质的飞跃，并在随后的经济风暴中迸发出奇迹般的光芒。

在"拓荒者"的主导设计下，2008 年 12 月，顺景的 514 及 515 模具结构不仅成为顺景赢利的关键，还把将技术力量转换为利润价值这一有效手段发挥到空前的境界。

这是技术上的空前突破，我们很难用文字解释清楚，如果以自行车为例，从直接带动式，到由大小齿轮互换式，这是一个突破，而今天我们所看到的电动式，则是一个更大的突破。

因此，"拓荒者"在模具结构和流道浇口上，也以打破常规推陈出新而见称。较之于业内其他行家已沿用了十几年的落后技术，这是顺景的差异化优势，也是顺景生存与发展持久不衰的动力。

在同一产品的压铸过程，顺景的模具可用小于业界 1~2 个级别的压铸吨位生产（一个级别相当于 100 吨~200 吨，成本节省每个压铸周期 2 元 ~4 元，每个产品不过是十几元），且生产效率比业界快出许多。这是顺景技术创新的结果。

精益生产让顺景在生产过程中降低成本，使顺景在和同行竞争中，生产管理向更先进的方向发展。而且技术上的创新则让顺景具有更加顽强的生命力和竞争力，使顺景能从全局性、结构性等方面不断降低成本、增加效益。

第七章
盘点变革

第一节　变革的收获

　　截至 2008 年 12 月，顺景变革暂告一个段落。顺景历尽变革的磨炼，终于苦尽甘来，此番变革历程将永远闪烁于顺景公司的历史画卷中。"拓荒者"能够挥别"家天下"的落后思维，坚守不干政理念的太太刘东风董事功不可没。另外，需要感谢的是一班"顺景共同体"高层精英，尤其是历经痛苦的变革而百折不挠的忠实功臣们：副总经理朱振时、制造部经理汪建军、技术部经理魏将华、PMC 经理汤艳艳、报关厂长刘玲霞、香港财务总监张丽贞，及再次投入顺景的人力资源经理张继清、财务经理张文斌、品保部经理冀瑞军等，是他们同"拓荒者"一起带领"顺景人"缔造了顺景的历史，为顺景历史上的成功变革画上了圆满的句号。

　　回顾变革历程，"拓荒者"认为能成功开辟新天地的原因，在于自信与永不言败的信念，同时也验证了什么是得道多助的道理。

　　在变革过程中，"拓荒者"并没有考虑到底线的问题。就连业界避讳的财务都公开，并公布赠送股份给高层管理人员，完全可以看出"拓荒者"当时破釜沉舟的决心。

　　"拓荒者"也曾想过，如果变革失败，企业不行了怎么办的问题。不过顺景独特的技术早已受到包括日本、马来西亚等大批客户的青睐，最坏的打算不过是接受客户的入股合资经营，而借此顺景也可引入外部先进的管理手段和管理精英。

无论变革的结果如何，"拓荒者"都可以接受。但倘若先缩减成本而后政治洗脑，风险与代价无疑会大大减少，更能收到事半功倍的效果。回顾变革时的心态和思路，简单地说，为使变革顺利推行和有效开展下去，必须先做到以下几点：

1. 首先了解诊断公司情况，包括查找存在的问题、问题的根源，评估变革的风险是否能够承受等。

2. 对症下药，先医病后疗养。

3. 发掘潜能和发展空间，扬长弃短。

4. 有了成绩后再推行政治洗脑。

5. 切记变革者不得以救世主自居，应以共同摸索互相促进的心态先融入管理团队，让管理团队先达成共识再开始变革。

6. 没有一套完整的说服力说服老板和管理团队的变革，是不能采纳的。

在"变革成败三七开"宿命论调下，"拓荒者"有幸站在了"三"的一边，同时也收获了不少知识：

1. 衡量职业经理人的职业标准。

2. 如何洞穿三流的所谓经理人。

3. 如何与职业经理人互动相处。

4. 如何建立体制规范制衡。

5. 变革需具备的条件。

6. 变革的代价与风险。

7. 如何变革。

更重要的是，历经变革的"拓荒者"磨炼出了宝贵的辨别能力：

1. 技术技能培训、沉淀、创新对模具源头及工艺流程的优化乃成败关键。

2. 企业文化更新建立乃凝聚力和执行力的坚强保障。

3. 成本目标制定、管控及过程精益控制成为严峻环境下企业生存的必守法则。

4. "拓荒者"深深领悟到以上三个方面缺一不可，突破了大多数专家教授均止于的隔靴搔痒的"怎样让你做"，而达到知"让你怎样做"的全新境界。

企业老板对变革需抱合理期望。变革者在变革前如何赢得老板的信任以及政府在变革中所能发挥的作用、商会在变革中扮演的角色亦值得深思！

"拓荒者"此次变革成功的经验为依旧停留在原始落后管理模式的中小企业树立了可贵的变革范例。这群仍然虚耗价值的中小企业最少占据了中国工业产值的30%，已经到了非变革无以为继的生死关头。

至此，"技术技能之剑"与"生产控制之剑"历经沧桑后，终于在特邀顾问向云龙的领导下实现了真正的"双剑合璧"。

变革篇

六年霜刃锋再露，九重山险誓征服。
五张陈弓斜阳下，一臂难盈矢亦枯。
三心二意风和浪，四面八方尘与土。
十道天堑更变革，七彩雨后绕通途！

"六年霜刃"指的是创业前的磨炼与义无反顾的意志；"五张陈弓"指的是变革前的生产、技术、行政、品质、财务5个部门；"一臂"指支撑公司发展的"啃骨头"单轨拔尖式的技术优势；"风和浪"指的是公司内部变革时的挫折和经验；"尘与土"则指外部绝大多数变革失败的教训。

"拓荒者"从变革一开始只为寻找良驹，到后来逐渐把焦点放在了让经理层"尽采百家之长"之上，除了将他们塑造为复合型人才外，同时让各经理成长为深具辨析力的"陪审团"。

2008 年过去了，与上一年对比显示：订单、销售增加近30%，报废损耗率从11%～12%降到5%～6%，而利润增加了6.2%。整体管理状况得到客户第三方评审的肯定与进步，但企业文化建设却停滞不前。

2008 年下半年成本控制获空前成功，除填平了上半年的亏损外，还实现430 万元的纯利润，完全超出了"拓荒者"的预期。

向云龙顾问当时是在清华大学接受培训，他对生产过程的精益生产控制有着独特的见解，包括：财务管理、报表制度与监察、管理人员合理编制、工时管制能力、成本意识与控制、掌握业界成本结构及营运状况等。但他并非行政管理方面的人才。向顾问与"拓荒者"一样都是典型的技术官僚，所不同的是他是成本控制专家，"拓荒者"是生产技术专家，两种都属于非复合型的专才。

管理人员对向顾问的评价是成本控制满分，行政尤其是企业文化建设不及格。员工的评价则众说纷纭。因为缩减非一线员工的措施，让基层管理人心惶惶，而控制加班则让员工收入大幅减少。

第二节　变革中的自我反思

　　顺景的财政年度沿用了香港的普遍做法：每年 4 月 1 日到来年 3 月 30 日。"拓荒者"针对 2009 年度的目标和计划，从外部环境及订单趋势分析，2009 年的公司业绩肯定远远逊色于 2008 年。果然，截至 2009 年的 10 月份，顺景的订单和销售下跌最少 35%，但盈亏基本持平（同行业界有很多企业订单大跌甚至超过 50%，成就 10 年以来的最大企业亏损现象）。

　　可喜的是，顺景的客户有了可观的增加，尤其是国内业务，相信来年更为乐观。从另一个角度分析，顺景能够在订单大跌 35% 的情况下，产值每月只有 320 万左右，这个数字甚至比不上饱和状态每月 700 万的一半，却能力保基本盈亏平衡略有盈余，可见顺景的盈利空间之大乃业界少有。同时，顺景的负债比率只有 25%，这也是业界最低的。

　　"拓荒者"对顺景史无前例的变革首次作出全面的盘点，并通过网络向全厂管理层全面公开。

迷茫和反思的顺景

　　"拓荒者"反思后认为，历经 2005 年的变革之后，一个把企业流动资金挥霍殆尽，并把企业带进架构臃肿、高固定成本、高风险、效益不彰的恶性循环泥潭的总经理，却得到部分中基层管理人员和员工的留恋，应该是后几任总经理的庸俗表现对比的结果。与后继总经理相比，任风雨思维清晰、敢作敢为、以身作则、亲民维权，有着出众的系统管理能力，尽管他因严重忽视生产成本的控制，甚至推波助澜地大幅增加管理成本而走错了方向，几乎把顺景带到了悬崖边缘，但其雷厉风行、贴近基层的"有为"作风的确让人产生了莫名的怀念。

2004 年顺景的景象是：通宵达旦灯火通明的加班加点、人海战术的突击赶货，最终堕入"突击—送货—退货—返工—加班—库存，忽视生产成本控制"的恶性怪圈，以亏损的残酷事实结束该年。但"外表"却给予业界生意兴旺、一片繁荣的景象。2005 年，顺景同样热火朝天，同样"金玉其外"。

两者"繁荣表征"背后代价惨痛，何等的相似！

所以，"拓荒者"说无视涉及员工切身利益且攸关企业生死的成本控制的变革，就是带有致命缺陷的变革。任风雨的行为虽然暂时博取了部分中基层管理人员的掌声，却让企业背上了沉重而后患无穷的代价。

人员编制缩减、冻结工资、严控加班、严控损耗、责任量化等一系列成本控制措施，虽不可避免地遭受员工的埋怨甚至诅咒，却能让企业大幅度减低成本重负，安度危机。只有公司重新导入正轨健康发展，才能让全体"顺景人"真正最终受益。

经济改革才是目的！政治改革只是手段！中国改革开放之所以取得举世瞩目的巨大成功，在于拒绝本末倒置的"前苏联"式的先政治后经济的致人民于水火的错误选择。

经济改革可以独立于政治改革而取得成功，因为它直捣目的所在，它明白怎样释放原始的生产力提高人民生活水平，直截了当地"让你怎样做"。而政治改革则是服务于经济改革的仆从动力，强调的是执行力，是"怎样让你做"。

只有两者的结合才是完美的，才能保证动力的持续和历久不衰。

成本控制和政治洗脑的关系与经济改革和政治改革的关系如出一辙！

从经验管理阶段带着兄弟打混仗，到引入科学管理由系统控制引领手下做事，乃至搭建企业文化后建立互动式的心甘情愿的企业"乌托邦"，这是一条漫长而没有捷径的发展道路。

任风雨因实践经验的严重不足，跳过经验管理留下迫在眉睫的头等大事不做，将重心放在企业文化这一企业管理的最高境界。这样做等于绕过科学管理的必经之路，妄图一步登天建设和投资于顺景的未来。

企业文化建设是任风雨"任假余（余世维大师）威"下对顺景的最大贡献，其问题在于主次的倒置和因果的颠倒，让顺景怀着染病之躯在寻找"乌托邦"的路上历尽坎坷。

在残酷而激烈的商业竞争中，缺乏方向和目的，却依然沿用黑白二分法式的仅以盲目付出（哪怕其是南辕北辙）论奖赏的平庸而短视的标准，注定会被无情淘汰。

"没有对错之分，只有成功失败"，这是丛林法则，也是营商之道。

清醒和务实的顺景

始于2008年6月的顺景"经济变革"，彰显了向顾问高超的科学管理和务实的生产控制能力。短短的半年时间，向顾问便扭转了因"经验管理打混仗"和任风雨及几任总经理遗留的落后的成本控制手段造成的亏损状态。并创造了顺景有史以来的赢利纪录。在全行业哀鸿遍野的形势下，顺景一枝独秀并重新步入合理的发展轨道。

然而，"直捣黄龙式"根除病灶的科学管理手段，在当下大有将企业文化管理取而代之的趋势。"拓荒者"却认为科学管理不可能也不应当排斥企业文化建设，这是顺景人用高昂的代价换取的宝贵经验。正确的企业文化是科学管理的健康延续，而企业文化建设是科学管理的功能优化和价值最大化的必然保证。

顺景如今的人力资源部门依然是"保姆式"的，成了落后于一线部门的缺陷。所以，必须纠正这一问题，保证人力资源走在一线部门的前面，引领"顺景人"朝着正确的方向前进。人力资源管理不应当与效益和产出简单挂钩，它是企业长期发展必须付出的投资。

顺景之路何其坎坷和另类！从经验管理绕过科学管理直接接受企业文

化管理的洗涤，又回过头来用科学管理的手段加以充实。

姑且不论何其另类，成功才是目的！

如同武侠小说中先拥有了内功，而后掌握招式，其所发挥出的惊人威力更让人意想不到！

问题是怎样避免科学与文化之间的排斥，让它们形成良性互动，并加以前瞻性的运用！

振作和向前的顺景

顺景的发展道路从来就没有平坦过。从创业之初的三起三落磨难，到面对亚洲金融危机的冲击、"非典"的冲击、2005 年始企业内部变革的洗涤、国际环境恶化和"腾笼换鸟"内忧外患的冲击，乃至全球"金融海啸"的致命摧残等等，一系列的内忧外患非但没让顺景倒下，反而让其越战越勇，发展壮大。

这是巨人成长的足迹，更是孕育百年老店的必经之路。我们不能妄自菲薄，更不可妄自尊大。"拓荒者"深知只有学习型的企业才能生存并与时俱进，只有虚怀若谷、知耻近乎勇的企业才能贴近时代的潮流；只有拒绝一人当道和一言堂，发挥集体纠错功能、创造功能，发挥集体智慧能量的企业才能用最小代价获取最大的成功；只有敢于否定、改变固化了的不合时代潮流的落后思维，才能随时代进步而健康发展，并历久常新，在风云变幻、大浪淘沙的商海浮沉中立于不败之地。

历经经验管理下的技术沉淀，建立企业文化并传承，加上向顾问实用而精湛的科学管理手段，才保证了顺景今天的成功。

变革的道路虽然迂回曲折、惊心动魄，但也让顺景发生了脱胎换骨的变化，度过了"天降大任于斯人"的历程并积累了宝贵的经验，找到了一条适合顺景发展的光辉道路。

当我们学会了运用"他山之石"，当我们学会了去芜存菁，"尽采百家之长"，顺景人百折不挠的韧劲和刚毅将变得无坚不摧。顺景人必将以饱满的战斗力，去面对全球"金融海啸"横扫过后变得更加诡秘莫测的商海战场。

第三节　平稳的过渡

　　2009 年 1 月，随着大量中小企业如潮水般的倒闭，银行等融资机构突然一刀切地关闭了中小企业赖以生存的融资渠道。尽管香港政府已经意识到危机的深重，将委托银行放贷的扶持中小企业的贷款风险担保比例，提高到史无前例的 80%。但各大金融机构因受美国"金融海啸"的猛烈冲击，为求自保，仍然勒令提前还款，眼睁睁地看着昔日亲密无间的合作伙伴"含恨而终"。

　　面对如此惨烈的状况，香港 36 个商会数次召开联席会议，频繁地召集政府高官列席，共商挽救与应对措施，希望能挽业界于水火。

　　"拓荒者"代表香港压铸与铸造业总会出席了联席会议，目睹了业界在危难关头显示出的空前团结。一群业界精英对麻木迟钝的港府一顿当头棒喝，最终令港府出台了特殊的挽救措施，给业界带来了一丝曙光。

　　顺景虽同样接到银行"催命符"，但因有"拓荒者"积谷防饥的前瞻性危机意识，公司安然渡过了创业以来最大的考验。

　　2009 年 2 月 26 日，公司内部"拓荒者"的最后一位亲戚，时任 PMC 的采购部主管的表哥李建国，在与其上司拍台恶言相向后，被"拓荒者"即时解雇。从那一天开始，"拓荒者"实践了一个亲戚都不留、完全摆脱家族式经营、"让社会精英决定企业命运"的宣言。

以原始的"影响力"带领企业打下了江山的企业老板，在"兄弟连"蜕变为现代管理团队之后，便应把制度建设推向公司的制高点。

高度的制度化才能保证企业的历久不衰，才能满足世界级采购商对品质日益严苛的需求。

拔尖的技术能对产品的优化带来突破，但不能保证产品品质的"稳定"，最终同样可能被客户抛弃！这就是顺景曾经遭遇过的"痛"。

2009年5月，针对公司出现的问题，"拓荒者"与向云龙作了一次深度沟通。

与向顾问推心置腹的对话

向顾问：

轻财足以聚人，身先足以率人，律己足以服人，量宽足以得人，得人心者得天下。

这些信条乃前人的智慧结晶，其中"身先"、"律己"、"得人心"是成败的关键。反观你最近的一些举措，几次破坏程序制度，与箴言背道而驰，严重地破坏了"杰出领导"的形象。

你以监视为由，在基层安插入亲戚朋友监视经理管理层，这种早已被顺景抛弃且蔑视的手段是最低级、最落后且最不得人心的行政管理方法。与历经变革洗礼而精诚团结、奋发图强的顺景一班精英的理念格格不入。

你的精益生产控制方法在别的公司收效甚微，而在顺景却能获得空前成功，足以证明顺景这支团队虽然欠缺精益手段，但在技术、文化素养、凝聚力三方面都是有独到之处的。

没有互信的基础，再先进的管理手段终将流于空谈，倘若你看了管理大师余世维的培训光碟就会恍然大悟！

地理上的"乡源心态"客观存在，这无关是非。但你却用标签的形式，道听途说或人为地将一整体割裂成所谓"三个帮派"，这是非常危险的。因为这样的割裂极有可能挑起矛盾，打破公司的和谐。顺景高层一贯"身先律己"，早已清除了结党营私的旧患，本人的一个亲戚都不留也足以说明问题！

有了坦荡磊落、透明运作、上下一心，才有傲视业界的"薪资挂钩利益共同体"的诞生！

希望你同样怀着坦荡、信任、尊重的心态面对顺景这班久经沙场而具有非凡洞察力的高层管理精英，从而"得人心"！毕竟路仍漫长啊！

蔡子芳

2009 年 5 月 19 日

蔡生：

非常感谢你的指点，非常感谢你这一年来对我的关心和帮助！

由下月开始，我将正式退出你的管理团队。在此，我预祝你的公司事业兴隆。但我建议你真的要看清你的团队中一些人的真正目的。

谢谢！

向云龙

2009 年 5 月 19 日

向顾问：

说多谢的应该是我，非常感谢你在顺景最艰难的关头助我一臂之力！

所谓"交朋须胜己"，能够让我佩服的人不多，能够与我互补的更少，你是我一生中难得的良朋益友。

无论将来结局如何，都无损我对你的评价与尊敬。

每次看到你全身心的投入，我都由衷的感动。

在昨日下午的电邮撰写之前，我思考了很久。现在的你刚正不阿，但又不善接受批评，正如当年历尽艰辛挫折的我。作为朋友我必须负责任地加以提醒并坦诚相待。尽管我的看法未必正确，但作为朋友贵在坦诚，最忌钩心猜疑。

我的承诺无论你同不同意均不会改变，顾问一职的条件一直生效到你加盟顺景为止。

听我的建议：在公司可承受的前提下，大胆以信任的眼光下放权力，不要累死了自己，而抑制了下属的积极性。

我希望看到的是将来钓鱼的拍档，而非"死而后已"的伙伴！

衷心感谢

蔡子芳

2009 年 5 月 20 日

2009 年 9 月 4 日，"拓荒者"首次应邀参加了深圳 CEO 俱乐部的互动沙龙座谈会。

十几位各行各业的 CEO 精英在几乎没有商业味道的环境中，轻松坦率地互相提出各自企业的问题，包括非常有创意的行业发展空间的问题，然后大家提出协助的方法及发表对方法的质疑，最后由来自北大的教授一一给予点评。

这种高层次高素养但又坦诚的 CEO 俱乐部交流，在高度商业化及自扫门前雪的香港商业社会甚是少见。那一次座谈会中的酣畅淋漓的互动和格外放松的状态，给同样生在新中国长在红旗下，但又长泡于资本主义商海大潮的"拓荒者"带来深深的触动。香港无论是在文学底蕴、人文素养、学术层次、艺术领域、创意、前瞻、触角、哲学等等，统统都落后于内地新一代精英，而且差距越拉越大！

"拓荒者"提了一个本觉得相当敏感的提问：计划增加内地业务的份额，但又不想顺着风行神州的"台底交易""乡俗"，随波逐流地被"潜规则"。

教授的精辟的回答让"拓荒者"无言以对：

入乡随俗这是约定俗成的潜规则，
立牌坊与做婊子没办法兼而得之。

第八章
顺景危机再现

第一节 "辞旧迎新"，
管理层的新调整

2009 年 11 月 2 日，一篇具有划时代意义的《升职通告》，使顺景顺利完成了历史性的第二梯队的接棒工作。在这一天，副总朱振时为了顾全大局而引退，不仅为顺景未来的健康发展作出了贡献，还进一步表现出他对公司永远的忠诚。在他引退的同时，原制造部经理汪建军先生，提升为副总经理，开始踏上继续改革顺景的艰辛之路。

顺景原制造部经理汪建军升任副总经理通告

致全厂员工：

总经办现根据公司的管理状态，为了适应新的营商环境，一致同意对最高管理层作出以下人事调整：

一、提升现制造部经理汪建军先生为副总经理，即日起，汪建军先生自动成为总经办成员。在这里，我们希望汪建军先生能以全新的现代管理思维，肩负起顺景人第二梯队承前启后的重要使命。

二、汪建军先生升任副总经理的决议，自 2009 年 11 月 1 日起正式生效。

三、汪建军先生升任的同时，朱振时副总经理将完成自己的历史使命，与本人一样，将退出管理层，并在 2009 年 11 月 1 日起的两个月内完成工作交接，彻底放权，让第二代精英以新的管理思维全面提升顺景的管理层次，以满足世界级汽车零部件市场对质量控制的更高要求。

四、朱振时先生在完成交接工作、彻底辞去副总经理一职后，被任命为副总工程师一职，继续以总经办成员的身份，与公司总工程师共同支援技术部的工作。

五、近期，总经办成员将另外成立一个市场开发公司，并由擅长市场开发的朱振时先生担任总经理一职，预期在三个月内完成注册事项。至此，顺景将集中精力开拓国内汽车零部件业务，并由开发公司专门进行产品开发、推广、营销、市场调查等业务。在管理开发公司的同时，朱振时先生同时还要协助营销部的工作，服务于客户，并满足本厂重要客户的合理需求。

六、新一任副总经理必须在上任后的过渡期，也就是 45 天内（2009 年 12 月 15 日前）完成对顺景原管理系统的普查工作，并根据调查结果，出台相应的管理措施，交总经办审批，在 2010 年 1 月 1 日开始全面实施，以期重建企业文化、为企业注入新的活力并加强企业的凝聚力和执行力，全面提升顺景的管理素质，全面落实 TS16949 管理体系，优化顺景的品质控制能力。

七、在经过向顾问专业且高超的指导后，顺景已圆满完成了对原臃肿管理构架的全面优化和精简。现在坚守在顺景各岗位上的管理者都是经过大浪洗礼后的新一代管理精英。因此，作为新一代管理精英，必须竭尽全力配合和支持新任副总经理的各项工作，承前启后，为"顺景人"共同的家、顺景的未来再作贡献。

八、与此同时，总经办管理层将履行"管理架构优化精简后相应调薪"的承诺，并将此权力授权给新任副总经理，依据公司精简后的效益，给各个部门员工进行合理的加薪，共同分享大家努力后的成果。

我们相信，随着公司新厂房的乔迁，公司面貌与管理层次将会产生明显的提升，顺景也将迎来千载难逢的发展机遇。在此机遇面前，本人及总经办全体成员必会一如既往地全力支持副总经理的工作，把握历史契机，引领顺景人继续贯彻以人为本的企业文化精神，走向共同发展，谱写再创辉煌的新篇章。

此致

顺景董事长　蔡子芳

2009 年 11 月 2 日

2009 年，"拓荒者"花了近一年的时间委托众多地产公司帮公司寻找新厂房，但都没有找到令人满意的地址。就在这个时候，在位于同一社区的丹坑村润塘工业区里，"拓荒者"发现了一处拥有空旷前院的工业园区，"拓荒者""一见钟情"，马上与莫明春村长签下了租赁合同。

2009 年 11 月 18 日，清晨，吉时，"顺景园"在被中国著名风水大师孟九离先生赞为上佳的风水宝地——观澜福民社区丹坑村润塘工业区正式破土动工。

初担大旗的副总经理汪建军，在新厂区最紧张的筹划阶段立功不少。从成立搬迁小组到分工细化各个工序工程，从整体及部分预算到园区设计，从物流设计、物资采购监控到施工监督、进度跟踪等等，汪建军副总经理都表现出自己应有的实力，可以看出，这几年来他的综合管理能力已大幅提高。

也就是在这一时期，以朱振时、汪建军、张继清等为代表的一群"以厂为家、任劳任怨、忠于职守"的"老顺景人"，再一次显示出他们超强的"战斗力"，为顺景的发展又作出了一份贡献。

朱振时副总经理是个"好好先生"，这样的性格虽然利于初期的人际交往，但在公司壮大后会面临执行力大打折扣的问题，尤其是面对已经经历了三任总经理后的顺景，执行力低下成为他的致命缺陷。而且随着时间的推移，朱副总经理与向顾问之间的关系从最初的相互期盼、妥协、磨合向负面演变，最后因为向顾问行政经验不足以及对"老顺景人"有所误解，双方终于有了正面冲突。

虽然向顾问的成本控制能力受到管理层一致赞誉和佩服，但人无完人，他在行政上对制度流程忽视而且缺乏综合管理意识，这让顺景中、高层管理人员有些不满。

2009 年 12 月 29 日，"拓荒者"带领香港铸业总会荣誉会长——海兴集团董事长梁焕操先生、副会长——乐丰集团董事长谢国夫先生、理事——明城公司董事长叶春明先生以及对风水学颇有研究的清华大学 MBA 考官——力劲集团总裁曹阳先生，参加了知名风水大师孟离九老师的易道风水学院深圳分院的成立典礼。典礼上，以中国风水学院孟航开院长为代表的几位高人对人类文明史上的易道风水学的精妙禅释，让"拓荒者"受到了新的启发，对风水学也有了更新的认识。风水师们口中的古代文明与人类进化论的相悖，让"拓荒者"产生了对生物起源与浩瀚、神秘外太空的无限遐思。

"拓荒者"自问自己属于主观意识较强的人，执著、固执的思想，很难受到别人的影响，但在面对温文儒雅、深藏无限智慧，总是能洞察"先机"的孟离九老师时，却一再受其影响，深感相见恨晚！

2010 年 1 月 1 日，"拓荒者"以一首七律诗，把对来年的祝福用手机短信的形式传递给亲朋好友：

祝　福

一岁眨眼杳如烟，

二袖空盈笑盘点，

三弹两拂尘与土，

四季当歌酿新编。

五味杂陈已落幕，

六神无主事竞迁，

七彩长虹悬空挂，

八面春风贺新年。

第二节　管理的最高境界

2010 年 3 月，总投资超过 450 万元的"顺景园"工业大厦规划工程基本竣工，3 月 16 日，作为工序之首的压铸车间开始正式搬迁。"顺景园"按 ISO14001 环保标准设计装修，达到排水、排气、排音三排规格，并彻底废弃了以柴油做燃料的高耗能熔炼方式，依照加工物流程序科学地布置各生产车间，一切都井然有序。

在夜以继日的紧张而劳累的搬迁、拆卸现场，"拓荒者"欣慰地看到了众多熟悉的"老顺景人"的身影。例如，汪建军、张继清、尹显移、徐四化、杨全伟、陈民、魏将华、张海志、尹甫育等人。他们的出现，让"拓荒者"格外放心，同时否定了一些所谓职业经理人对"老顺景人"不具备兼容糅合能力的偏见和误解，并对那些滥竽充数的所谓职业经理人有了新的看法，不再是单纯的厌恶与鄙视。

"拓荒者"认为，一个缺乏兼容能力甚至无法回馈反哺先驱的企业，如果不能建立人性化的企业文化，将难以维系企业赖以生存的凝聚力，"利益最大化"的问题将会变得越来越严重，这是彻头彻尾的唯利是图行为，是注定让企业沦为商海过客的可怕行径。

2010 年 3 月 22 日，应香港中小企业经贸促进会会长李月亮和候任会长张川煌的邀请，"拓荒者"出任下一届常务副会长。

　　在那个客观条件被限制的艰苦创业年代，众多白手起家的企业家们根本没有接受高等教育的机会，但他们通过自己的努力，在艰苦的奋斗中，不断为社会创造出可观的财富和价值。同时，也为自己赢得了尊敬和爱戴。这种因创业回报社会而获得的"创业博士"头衔，比那些只是通过"十年寒窗"考取的博士头衔，更具有荣誉感。当然，在寒窗苦读之余创业的"双料博士"，如姜永正博士和徐炳光博士，更显得高贵和实至名归。

　　在商界中，不乏此类传奇人物。比如，李月亮先生、张川煌先生、刘相尚先生、李远发先生、梁焕操先生以及冯就图先生等。这些商界精英的创业经历让人肃然起敬，更像是商场中的灯塔一样，为后来者照亮了前进的道路。

　　在与一些热心商会会务的业界朋友探讨"亲力亲为，力不到不为财"这一话题时，"拓荒者"以自己的变革经历发表了个人意见，并讲述了日本管理大师最经典的一个故事。

　　故事中，一名忍者受命潜入一个管理最为成功的企业，意图窃取管理秘笈。可当忍者潜入该企业领导的办公室时，发现整个办公室除了一张桌子和一把椅子外，再无他物，甚至连一根笔、一份文件都没有！

　　原来，这就是管理的最高境界。即所有的管理程序和流程已完全植入了企业所有员工的每一根神经中，根本不需要企业领导以纸笔操控，完全可以做到无为而治。

　　因此，"拓荒者"认为，创业时期的"亲力亲为，力不到不为财"，在发展到无法"伸手可及"的阶段，仍然被奉为古训教条时，也就意味着企业本身的管理模式已经脱节，甚至有可能完全被新时代所抛弃。

　　李嘉诚为什么能创造霍建宁"打工皇帝"的神话？就是因为，他了解了"力不到更为财"的真谛，拒绝干预企业专业智囊团的行动和决议，因此才在短期内，累积了大量财富，展示了他在企业管理中的超人之处。

　　另外，同为香港铸业总会会员且都是白手起家并已成功上市的力劲集团的陈相尚老板和嘉瑞集团的李远发老板，他们在企业管理上也很有一套，为了让企业蓬勃发展，让顶尖专业的高级管理精英成为企业的中流砥柱，他们不惜排除万难，硬是将企业中的家族裙带关系"请"下了管理舞台，实在令人佩服。

"拓荒者"认为，只有把一己的有限之"力"，通过社会精英这一"杠杆"在企业中产生撬动效应，我们才能把企业的能量聚合起来，才能让企业历久常新、永葆青春。

由此可见，那些跳出了"富不过三代"怪圈的百年老店之所以能"永垂不朽"，就在于其以社会精英取代家族管理的成功改革。

把企业的命运交给可能是"阿斗"的富二代，这本身就是一种冒险，迈上的是一条与新时代脱节的毁灭之路。

第三节　风雨过后见彩虹

　　顺景的管理虽然还未达到"无为而治"的境界，技术的沉淀和传承也急需完善与优化，但让"拓荒者"感到欣慰的是，现在的顺景就算是离开了"拓荒者"本人的管理，只要在产品技术、成本以及对待老客户的心态等方面进行适当调整，也完全能够生存下去。这虽然让"拓荒者"感到自己有点被"冷落"了，但对企业的发展却是件好事。

　　2010 年 3 月 26 日晚上 7 点，顺景第三次"实话实说"座谈会正式召开，会谈中，员工代表及旁听的员工踊跃发言，与"拓荒者"一起，坦诚地就公司管理制度上存在的漏洞进行了探讨和研究，并提出了相应的建议。

　　例如，压铸车间等区域的优化和改善问题，大家就提出了 50 多个具有建设性的建议。另外，大家还对新《劳动合同法》中的相关内容进行了讨论。在理解的同时，还对公司的调休制度讲出了自己心中的不满，并当场得到公司管理层的满意答复。可以说，这次座谈会是一场双赢的"战斗"，也再一次印证了顺景传统上和谐的劳资关系并没有被近年来国内外恶劣环境所摧毁，"和谐顺景"在风雨中仍然健康地延续着。

　　2010 年 4 月 26 日早上 11 时，吉时。顺景的合作商浩浩荡荡将关公神爷护送至新的"顺景园"区，完成了乔迁与供奉工作，并顺利开通了顺景写字楼的通讯网络。这一刻，标志着孟离九风水大师预言的下一个飞黄腾达的十年开始了，终于破茧成蝶的顺景，在观澜镇第四次吹起了飞跃的号角。

2010年5月28日，"拓荒者"带着大女儿回香港，依照澳大利亚亚德雷德学府的要求，进行录取后的体检、护照签证等程序。大女儿7月初动身远赴澳洲留学，她也将揭开自己人生旅途中崭新的一页。

"拓荒者"一直想利用自己累积至今的资源优势，让自己的后代多接受一些西方人性化高等教育的洗礼。这样做，也是想最大限度地让"富二代"紧跟时代潮流，与时俱进，开拓一片属于自己的"蓝色"天空。

2010年6月25日，在观澜政府、香港商会领导、深圳商会领导、深圳中国风水学院领导等各界亲朋好友的见证下，"顺景园"举行了隆重的剪彩仪式。

明媚的天空一扫连日绵绵长雨带来的阴沉，集天时、地利、人和于一身的顺景，在"太阳当空而无酷日、凉风阵阵而无阴雨"的吉祥的气象下，在经孟离九大师画龙点睛后的风水宝地上，在政府领导和业界代表、各路精英的追捧下首次对外开放，当即便给大家带来了强烈的震撼。"原来工厂都可以如此整洁有序！"这是大家对"顺景园"的一致意见。面对各界人士的高度赞扬，顺景上下无不自豪，充满了自信心。业界人士的认可，也标志着顺景的管理层次又迈上了一个新的台阶，迎来了顺景盛世新纪元的开始。

2008年10月爆发于美国，而后波及全球的"金融海啸"，其破坏力在2009年充分显露了出来。从2009年4月1日开始，到2010年3月31日为止，顺景的订单与销售下降了35%以上。幸好顺景对此早有防范，在精益生产下，以300万最低盈亏为平衡点，采取了一系列的生产控制手段，让顺景免于一场突发浩劫，顺利渡过了难关。

技术革新使顺景源头工序的质量得到不断改善，工艺流程的优化步伐也在日趋成熟的制度下稳定地进行着，因此，300万的盈亏平衡点，使得顺景在人民币逐步升值的情况下，勉强可以维持自身最基本的发展。从这一点上，可以证明精益控制手段对成本的遏制是持续且有效的。

在胜利与成绩面前，向顾问有些飘飘然起来，和"老顺景人"也产生了一些冲突。这时候，"拓荒者"对他进行了直谏式的严肃批评，这让他开始反省自己的行为，并逐步回归了与人为善的本质，利用自己的优势逐渐消除了业界管理团队中存在的"零和"猜忌心态，与顺景的合作也逐步进入了稳定期。

以顺景当前的运作模式和客观情况来看，顺景已经拥有了一条最合适的发展之路。这不仅因为顺景有效控制了源头模具的质量问题，也和向顾问精益生产的手段分不开，再加上现任副总经理汪建军"尽采百家之长"所塑就的复合型能力，顺景正可谓厚积薄发，在危机四伏的当今，一枝独秀。

在经历了一番风雨后顺景终于迎来了绚烂的彩虹。如果是其他企业，可能会在这个时候更上一层楼做强做大，但顺景却选择了稳定发展的道路，苦练内功、夯实根基。

经历了风雨洗涤的顺景伴随着现代化厂厦的诞生，在管理层次得到质的飞跃的同时，还将迎来属于它的辉煌盛世。

第四节　顺景的双刃剑

对饱受"前后夹击"痛苦的加工型中小企业来说，"精益生产"提供了一个很好的思路，使其制造成本大幅降低，但当来自供应链下游的采购客户同样采用零库存积压转嫁的"精益生产"时，无疑又给这些企业一记重击。这就是所谓的"精益转嫁"，精益转嫁成为许多中小型企业面临的另一大危机。这一危机让互惠互利的合作伙伴开始"反目"，并向适者生存、弱肉强食的原始形态演变。顺景也不例外，不仅要默默地承受着"精益转嫁"所带来的冲击，还要遭受上游供应链所带来的品质和交货期不稳定等问题的困扰。另外，越来越频繁的人员流动，也让顺景时常感到头疼。

2010年8月，政府曾经以提升产业之名推行的"腾笼换鸟"政策带来的却是"鸟亡笼空"的悲惨现实，最终不得不以新的口号"筑巢引凤"取代。然而事实证明，"筑巢"与"腾笼"是一丘之貉。8月5日突然出台的《广东省工资集体协商和民主管理条例》犹如一枚重磅炸弹在香港各中小企业间猛然炸开。不久后，由36个商会组织联席邀请内地著名的法律专家、欧美问题专家和港府高官召开了紧急协商大会。大会中，大家都表现出对《集体协商民主管理条例》的恐惧和不安。面对深圳各类传播媒介一面倒地对企业声讨与鞭挞，之前义无反顾响应改革开放号召而投身内地、报效祖国的外资企业先驱者们均感到阵阵心寒，为之痛心不已。

2010 年 9 月 14 日 15 时，香港工业总会紧急召开了全港商会针对《广东省工资集体协商和民主管理条例》而举行的咨询大会。不过，在与会人员激愤的情绪下，咨询性质的大会骤然变成了香港商界有史以来前所未有的控诉大会。

在这风雨飘摇之际，政府及时推出"1＋3：一个平台三方对话"政策，与前一条例相比它显得动听了许多。与此同时，顺景的企业内部刊物创刊号正式诞生，"拓荒者"并亲自撰写了"创刊号留言"。愿与大家共勉。

创刊号留言

在"顺景园"——顺景人的家，历经风雨终迎来彩虹、顺利诞生之际，在经历"金融海啸"后的企业何去何从之时，创刊号的问世别有深意。这是顺景一贯走"以人为本"这一和谐企业文化的标志，也是顺景继"远远走在了 1＋3 前面"之后又一划时代的里程碑。

环顾西方工业革命的进程和人类发展的历史，两百年间，社会主义和资本主义不断地排斥、纠缠、交融，最后不管是姓资也好，姓社也罢，双方都会在梦醒时分突然惊觉，自己早已面目全非。于是，一直斗个不停的冤家终于共同发出了"以人为本"的呼声，回归到以"人"为主体的世界大同的价值观中。

这是人类的进化轨迹，也是人类的发展历程，历史终究会如一江春水东流般消逝，问题是，我们如何在历史的长河中引以为戒，杜绝像山西黑砖窑那样泯灭人性的梦魇重演。

同样的，企业的劳资对立，在经历了西方资本主义国家的压迫和漫长岁月的流血抗争后，在 21 世纪的今天，一切都将过去。以人为本、和谐发展、互惠互利共谋利益，才是如今文明企业的发展主旋律，是不可逆转的历史潮流。

我认为，只有挥别过去才能展望未来。而令人欣慰的是，"顺景人"

已经了解到了这一点，包容、与人为善的价值观早已植入了顺景的企业文化中，这是"顺景人"不懈努力的结果，是"顺景人"引以为自豪的精神财富。

"顺景园"的内部刊物，将作为"顺景人"沟通的平台，肩负着承前启后的历史使命和构筑令"顺景人"安心工作、愉悦生活的快乐家园的重任。顺景作为良驹与伯乐的家园，有责任给公司精英一个施展特长的舞台。另外，顺景内刊还是维护家园的园丁，是扫除一切良性互动障碍的使者，为了让它扮演好透明、公开、公正、民主的申诉渠道的角色，我在此祈盼全体顺景人一定要积极参与其中，为我们共同的家园出谋划策。为了打造顺景的辉煌盛世乃至百年顺景老店，让我们风雨同舟、携手共进。

在此，本人衷心祝愿创刊号百花齐放、翠绿长青。

第五节 反常的"淡季"

已经投资了 500 万的新顺景园为顺景带来了全新的现代化配置，但生产成本随着人民币升值及周边成本的增加却也因此急剧上涨。向顾问在提出"精益生产"计划时曾算计出的"300 万的盈亏平衡点"，在电费、最低工资、材料采购等固定支出大幅增加下，骤然大涨，客户的"精益转嫁"成本控制也削弱了顺景原本就有限的利润，让因搬厂而出现的流动资金紧张问题不断加剧。

2010 年 10 月—12 月，本属旺季的三个月份订单却不断下滑，银行放贷也变得保守起来。和 2009 年一样，银行对放贷逐渐从热情主动变得观望被动。尽管事实上顺景负债率仅为 25%，远低于安全线 60%，但银行对制造业的风险评估中负面信息仍占上风！

紧张的资金让顺景的生产供应链难以达到顺畅运行的要求，生产供应不上，资金回收就慢，而资金不够，更加重了生产供应的难题，在这样的恶性循环下，顺景的利润日益下降。在这种紧要时刻，几年前就不断提出的"压缩内部成本，优化业务结构，强化制程和品质控制系统，扩大产能持续增加人均产值，把产值大幅扩大到与企业规模相匹配的水平"管理方案，显得迫在眉睫，刻不容缓！

"顺景人"深深体会到从来没有过的紧迫感。外部成本被人为飞速抬高，在传统优势疲弱不振和政府变相"落井下石"的双重摧残下，全球经济正在发生着诡秘莫测的变化。因连月来的亏损，尤其是 2011 年 2 月份创下的有史以来的最大亏幅，让顺景管理层对既有的分红政策产生了焦虑，紧接着，对薪资挂钩的成效也产生了质疑，公司管理层成员信心日渐动摇。

顺景过于人性化的政策，使"拓荒者"不忍当月就兑现亏损，这使得"顺景人"没有那么强烈的紧迫感与危机感。于是，自然而然，"顺景人"普遍产生了惰性，并因成本预算的绩效流于形式而毫无约束力，开始自我松懈。这些都使得落后的生产流程和效益在惯性中转眼间被想当然地合理化了。僵化让"顺景人"逐渐迷失了方向。向顾问提出的"盈亏平衡点"也随着人民币升值、原料价不断上升、最低工资飞涨、通货膨胀带来的周边成本攀升以及搬厂带来的负债摊分等五大负面因素的激化而急剧攀升。尽管搬入新厂后，"顺景园"以环保电炉取代传统的柴油做燃料而带来了一系列的间接效益。例如，耗能相应减少、物流成本大幅降低、转序更为便捷、直接成本压缩、工厂环境大幅度改善、空间大幅度节省、招工更为有利、企业形象提升等，此外，客户的认受性、接单的成功率也大有提高。但这些正面因素还是无法与急剧恶化的五大负面因素抗衡。因严重拖欠贷款，供应商不断地投诉，陷入焦虑与无奈的 PMC 疲于奔命。

这一年，顺景仿佛又回到了危机重重的 2008 年，当年的一幕幕再度重演，刚扛起顺景这面大旗一年的副总经理汪建军，还没有从圆满完成历史性不停产的搬迁创举的骄人成绩中醒来，严峻的现实以及未知的风险便扑面而来，让汪副总经理终于惊醒。但是，不知不觉沦为好好先生的角色让汪副总经理的执行力大幅削弱，他只能看着眼前发生的窘况而手足无措、一筹莫展，似乎只能在听天由命中苦待转机！面对这一严峻形势，逐渐放手疏于监督的向顾问和"拓荒者"如梦初醒，开始苦苦冥思：怎么做，才能让顺景冲出重围呢？

这时的顺景，茫然失措者不仅仅是无计可施的汪副总经理，整个曾经以"精益生产"而赢得辉煌成就，并创造了赢利神话的顺景团队，甚至是"拓荒者"本人，也陷入了迷茫的"深渊"而难以自拔！

在力争上市的业界朋友的收购试探以及外资企业传达的合作信息中，"拓荒者"曾经萌生过从善如流的念头。

阳春三月，乍暖还寒。当月，"拓荒者"主导总经办，对搬厂以来的困局做出了重大决定：告别软弱无力的月预算制度，改为以历年来的事实数据为依据，把成本结构格式化。当"预算"被"当然"取代，"成本控制"便逃脱了无休止的未知与猜测，也免除了精算和公信之争。这一决定"拨正"了顺景的方向。"拓荒者"以日本丰田公司"精益生产"的"拧毛巾"故事反驳了"没有空间"的自我武断式定性，既扫除了模糊焦点带来的迷思，也让各部门深刻反省了"亏"的背后代表着什么。"亏"，既意味着顺景前期导入的把关失当，也是人为的损耗、返工、报废、品质过剩、工艺落后、达成率长期滞后、工序不均、物流不畅和有法不依等一系列问题造成的。可以说，这是顺景内部完全可以规避的损耗，也是顺景内部可以自主开发的"金矿"，更是顺景与外部成本飞涨进行赛跑的主要动力！

"拓荒者"认为，缺乏系统专业的营销服务功能与客户管理能力，长期抗拒回佣让长单业务严重流失等问题，是顺景抗拒融入中华经营文化的沉重代价，这让"拓荒者"不由得想起了北大教授的忠告。

因为顺景长期缺少长单，而不得不陷入常啃骨头式的短单境地，因而导致顺景制程控制难度加倍。另外，生产成本长期居高不下、客户满意度始终不高带来的恶性循环，也是顺景业务难以提振、无法突破的症结所在！

在总经办做出压制成本最终决定一个月后，顺景终于止亏转盈，这让"顺景人"欣喜不已，同时也让"顺景人"进一步相信"精益控制"才是企业抵御外部成本上涨的不二法门。但是，顺景成本压缩后所形成的"金矿"让"顺景人"深信，这座"金矿"足以消化外部成本的上涨。这种想当然的思维被持久定格，并且在以后的一段时间内，深深地误导着"顺景人"。

当然，误导的结果不仅仅在于以"精益控制"创造赢利的方式，还体现在公司决策的思维方式以及与客户的议价态度上。在这段时期内，顺景在与客户就依据游戏规则上调价格的博弈谈判中表现得理直而气不壮。之所以理直而气不壮，问题在于"顺景人"对成本的精算制度和手段还不成熟。尽管顺景已用自身的"精益控制"消化了绝大部分外部成本的上涨，但可量化的数据和具体的细节因为"精算制度"尚未完善而一直无法提供。"顺景人"因无法有效证明自己已恪尽商业道德，通过"精益控制"主动消化了大部分的外部成本，而欠缺说服力，从而削弱了与客户讨价还价的筹码。

面对着严峻而恶劣的经营环境，部分客户的企业道德以及与供应商"双赢共存"的理念，在但求自保的潜意识下，受到了前所未有的考验。幸运的是，顺景的大部分客户均为知名且优质的企业，因此并没有出现大的问题。这也是顺景一贯"坚拒随波逐流不给回扣，凭借着技术与服务的实力"对客户去芜存菁的意外收获。

"不断以精益控制压缩内部成本，共同面对挑战和竞争"，以往客户对供应商经常采用这种居高临下的说服方法，在毛利高且管理粗犷的"日不落"年代屡试不爽，几乎成为"放之四海而皆准"的信条和供应商无可推卸的责任。但是，随着经济大环境的恶化和微利时代的到来，往日看似正确的方法和原则已经行不通了。

在"精益生产"成本控制的思维下，"拓荒者"与汪副总经理和向顾问进行了推心置腹的交流，共同探讨再次聘请外部精英担任总经理，以进一步优化顺景的精益能力抗衡日益严峻的经营困境。

第九章
攀登高峰

第一节　第四任总经理上任

　　2011 年 5 月 10 日，香港佛诞日。这一天，曾在 2005 年加入顺景后被任风雨以有理论无实际理由辞退的谭澜，又阴差阳错地成了任的继任者。谭澜一篇洋洋洒洒逾两万字的关于企业管理的心得文章当时打动了"拓荒者"，而且他接受过多年日系精益生产管理的经验洗礼，与向顾问在精益生产控制管理理念上高度一致，在听取朋友"明哲保身"的对其背景的评价后"拓荒者"决定起用让其成为第四任总经理。

　　谭澜上任后，即大刀阔斧地进行编制紧缩和部门合并，而且走访基层、贴近生产线，表现出一副有丰富实践理论、能重振顺景的高姿态。考虑到前车之鉴，对其寄予重托的"拓荒者"及静观默察的汪副总，在权衡得失下，决定给予能说会道的谭澜公开支持而私下则有选择性地加以制约，尤其要求他对人员编制的缩减之事要慎之又慎。

　　前期产品导入、过程精益控制乃顺景长期需要优化的持久工程，但问题的症结不在于流程手段本身，而在于与人性化管理存在平衡关系的执行力。同质化和"合理化"了的"兄弟连"的执行力的折扣效应长期困扰着顺景和"拓荒者"，一开始我们便意识到在管理层次进一步提升过程中难以回避此课题，总经理的职位亦因此而长期悬空。

　　能言巧辩又具备生产管理的实践经验的谭澜，常以拯救者自居，在对其寄予厚望的管理团队的包容下，他更是咄咄逼人。于是，随着一班管理团队对他的反感情绪日渐加剧，团队开始涣散，生产精益控制的成效也受到影响，更为严重的是大量的货物积压和应收账款的追收迟缓又导致了现金流的异常紧缺。然而，面对着频繁追讨欠款的供应商，谭澜的解决方法除了贷款，还是贷款，且不惜报以两分的高利企图割肉补疮、饮鸩止渴。沉溺于贷款填窿的谭澜，几乎把自己最擅长的生产精益控制抛之脑后，他似乎在寄希望通过更正财务报表使亏损成为其口中轻描淡写的数字游戏。

到了6月底，近10%的大幅亏损仍然没有让谭澜作出深刻的反思，相反，他还在不断质疑财务报表中的数据，并干扰财务的正常运作。对财务几乎一窍不通的谭澜手持新购买的财务教材，咬文嚼字式地不断为他的"施政"失误自我辩护。当然，财务报表并非绝对完整合理，尤其是内地与香港在财务统计上的差异，成了谭澜集中火力攻击的目标，而且他还一意孤行地想铲除财务经理，屡次欲安插亲信入主财务部，幸好被"拓荒者"婉拒了。

7月11日，经理层和总经办循既定流程对总经理任职表现进行评审，谭澜毫无疑义地获得了不能胜任的64.4分，与80分的合格分数相差甚远，评述如下：

优点：
生产管理经验丰富，管理理念新颖，有一定的冲劲。

缺点：
总经理的专业知识匮乏；

缺乏系统思维；

影响力与感染力差；

严于律人，却不能先严于律己；

抓小放大，越级协调指挥；

自我意识太强，以势凌人不利于团队建设；

自省能力不足，将职位与权力看得太重，唯我独尊的集权思维造成管理真空和管理断层。

这种情况下，"拓荒者"不得不介入和提醒，但这非但没有让谭澜悬崖勒马、反思纠正，善意的批评反而换来他恼羞成怒的顶撞，冲突开始频繁发生。尽管如此，"拓荒者"再三权衡之下，仍然违规地运用董事长的特权，抱着优劣七三、缺点先曝的心态对谭澜勉强予以继续留用，因为他与客户讨价还价的谈判能力、游刃有余应对潜规则的技巧和强势领导下的执行力的确明显提振了顺景，"拓荒者"抱着可以让他与顺景的管理团队互补的心态，萌生出一线企盼。

"拓荒者"推心置腹，向谭透露了经理层对其做出的不合格任职评审结果，未想这非但未能触发谭澜的自省，反而让他更变本加厉了。在拟定了目标后，他开始进行一系列的报复行动，首先要对付的是财务经理、PMC 经理，"电子眼"行政经理也成为他必欲铲除而后快的眼中钉。

谭澜对经理层的刻意批贬，包括他妄自尊大地想改变顺景人的口吻，以及种种行为背后莫测的动机，令"拓荒者"反感。为此，"拓荒者"特意严正而毫不客气地群发公开电邮，对其进行反驳和警告：

谭总：

听到你口中的改造顺景团队的豪语，感觉像极了当年不可一世的任风雨的口气。

你知道顺景团队欠缺什么吗？不知道你能给顺景带来什么价值，但千万不要带来以下早已被顺景人深恶痛绝的几任总经理的缺点：

自高自大，自以为是；以自我为中心，居高临下；目空一切，到处树敌；高高在上，不懂得自省；心胸狭窄，经不起批评。做事随意，不循制度流程；拍脑袋的山寨思维；口若悬河，但只务虚不务实；以权谋私的威权；不自律，以身试法；否定集体智慧的独裁。

顺景的团队精神、和谐合作、互相尊重、新旧融洽、自律节俭、虚心学习是独一无二的！尽管顺景的管理层次仍有待提高，但顺景人有的是虚怀若谷、知耻近乎勇的学习心态，这是无法抹杀及不容受到破坏的！以前是，现在是，将来更是！

顺景的经理层绝不仅仅是执行者，他们既是智囊团，也是中低层管理和总经办之间的桥梁纽带，是顺景结构的屋脊，是保证顺景上下和谐及沟通渠道畅通的最重要的基石！这与执行力的不到位没有太大关系，而是与执行的方法和质量有关，我们要面对的是如何加以改善和引导，绝非改头换面的改造！

当下除了营销业务的优化能力滞后外，顺景最急需加强的能力包括：对生产管理层面的前期导入的持续改进能力、过程制程控制的能力和精益生产成本持续压缩的能力。

利益代表

"电子眼"行政经理张允和之所以会成为谭澜的眼中钉，是因为一次谭澜约谈经理管理层时，张经理的一句"我应代表劳方还是代表资方"的质询。从此，"领着资方工资违背资方利益"就成为谭澜铲除"电子眼"的最佳借口。

"代表劳方还是代表资方"的问题，一时也让"拓荒者"陷入沉思。"领着资方工资违背资方利益"的指责，显然是"受君之禄担君之忧"陈旧思维在作祟，通过一番思考，"拓荒者"最终清醒地认识到落后守旧的不是行政经理张允和，而正是谭澜，但鉴于话题比较敏感且容易造成理解误区，因此点到即止。

其实，行政部经理与品质部经理类似，品质部经理常站在客户的标准、观点角度，为客户把质量关，行政经理则需替员工考虑。品质部经理只有精通客户产品的质量标准才能把握好品质灰色空间的"度"，在使品质符合标准的前提下避免品质过剩。"与客为伍"实质上是从知彼知己的角度去考虑的，根本无损公司利益，相反还是在为公司消除质量隐患站岗。质量出现问题的后果，不仅是交期延误这么简单，客户自然蒙受损失，更大的损失则出现在生产方，不仅企业信用会受损，还可能导致血本无归！

　　所以，一个真正合格的行政经理，实际上应该代表弱势群体劳方的利益，并获得劳方的信赖，在处理矛盾时必须坚持守法奉公、中立息事、以和为贵的原则，在弱势群体中树立可以为之发声主持公道的形象。这样，企业发展中劳资双方难以回避和平衡的一些矛盾，就可以通过双方平和而非资方居高临下的有效沟通，成功消灭在萌芽之中。同时，这样的行政经理还能通过有效传播，让和谐共赢的企业管理文化植根到整个企业思维中，让劳资双方在实践和切身体会的过程中逐渐摒弃原来"劳资对立"的惯性认识和主观意识，而抱团成为同舟共济的利益共同体，最终双方都得益，实现"拥有美好生活"的最基本的共同愿望。

　　一旦利益代表的身份失衡，危机发生时，倘若企业又没有对症下药，而是继续在失衡了的天平上胡乱加码，那么企业最终无可避免地会陷入恶性循环而无法自拔。

　　任何失衡了的事物都必将造成两败俱伤的结果，这无助于"强"的一方继续恣意逞强，同样"弱"的一方亦不会一直忍受生存备受威胁的恐惧。

第二节　无奈的博弈

　　顺景的会计制度得到银行的高度评价，以属于外向型的来料加工企业中"财务制度最为健全"而著称，但其实成本的精算模块还是历经营销专才的不断加盟和几度优化，最终在连续亏损的鞭笞下才完成，而此时成本上升了20%，毛利率必须残酷地保持在20%以上方能赢利。

　　几年来，成本的飞速增长已悄然将顺景几经艰辛精益省出的35%效益无情地吞噬殆尽。事实的真相让一班经理层、总经办成员和"拓荒者"幡然醒悟，大家深深地意识到，埋头苦干于精益生产控制，坚信通过对内部管理"金矿"的加速挖掘能够抵御外部成本上涨的幅度，这是过度自信，是矫枉过正。事实上，企业内部成本的"金矿"，已难以进一步挖掘，残余价值不及10%，企图以它去抵御20%以上的毛利落差乃至有增无减的成本上涨快车，这无异于螳臂当车！

　　有别于缺乏健全财务制度和成本精算能力的企业的盲目向客户转嫁成本的不负责任行为，顺景却因过度负责任，丧失了逐步"斩香肠式"地向客户温柔加价的机会。

　　一封坦率诚恳而理直气壮的公开信，揭开了顺景不得不为之的大幅加价行动：

产品价格上调通知

尊敬的客户，XXXXX 公司：

您好！

首先，我们非常感谢您多年以来对顺景的鼎力支持。

作为您可信赖的供货商，顺景一直致力于为您提供优质的服务，以回馈您对我们的厚爱。

但是，伴随着国内及世界经济趋势的急剧变化，从 2005 年开始，工业生产各项成本均大幅上涨，我们实际的生产成本也在不断地大幅攀升。尽管如此，除了原材料上涨无法吸纳之外，其余大幅上涨的成本，本公司均凭借着内部的精益生产进行有效控制，艰难而独力地一一克服着。各项成本的大幅增加相信大家有目共睹：

1. 人均保底薪资从 2005 年的 690 元上调到了现在的 1320 元，上升幅度达 91.3%，连带涟漪效应对非一线员工的工资牵动，致使产品成本平均上涨约 20% 以上。

2. 人民币对港币汇率从 106∶100 上升到了 83∶100，对美金汇率从 828∶100 上升到了 645∶100，这分别导致我们的净利润直接损失达 21.6% 及 22.1%。

3. 国内居民及工业物价指数持续上涨，人民币购买力持续下降，工业辅助材料、包装物料及运输价格均水涨船高，平均大幅增长近 50%，这导致产品成本平均上涨 10% 左右。

4. 来自政府的结汇增幅、劳动报酬如加班工资大幅上调、五日制、社会保险、能源涨价、电力荒、住屋强积金等方面的政策，也都使得产品生产成本不断增加。

综合考虑以上因素，尽管本公司竭尽全力对成本的上升作出最大限度的自我消化，但殚精竭虑的结果仍然敌不过外部成本的飞速攀升。为维持敝公司的稳定运作，以继续为广大客户提供服务，我们不得不作出对所有产品价格进行适当上调的痛苦决定（因产品种类及最后一次价格确定的时间不同，实际要上调的比例会有所不同）。

我们相信贵公司亦已体会到以上成本的增加所带来的供应链失衡的危机，期望贵公司能给予顺景理解和支持，尽快确认并回签附件中最新的产品价格清单。同时，我们也将不断进行自我完善，持续为贵公司提供优质服务，全力回报贵公司给予的帮助。

此次价格调整给贵公司带来不便，我们深表歉意，并敬请谅解！

谢谢！敬祝商祺！

顺景压铸制品厂

2011-07-18

7月份逾10%的大幅度亏损，更坚定了我们大幅度加价以维持最起码的服务素质和商业价值的决心。

平均15%～20%的加价幅度得到了绝大部分客户的理解和支持，余下占顺景产值较大的两家老客户，也在顺景面临的不加价无法赢利甚至会亏损的困境中，在顺景提供的无可争辩的量化数据面前，在顺景斩钉截铁的非加价不可的态度以及多年来已主动消化大部分外部成本的客观事实下，最终于8月的最后期限到来前同意顺景的加价要求。

这时，别有用心的谭澜对大幅加价活动表现出极大的热情和冲劲，能言善辩的他对企业加价起到了临门一脚的作用。虽然他此举有着证实大幅亏损乃价格过低造成的而非自己施政之过，并意图在加价给供应商后从中谋取回扣的不良动机，但客观地说，他对此次的大幅加价仍功不可没。

通过与业界朋友的对有关加价的心得交流，"拓荒者"几乎颠覆了几十年来力争做世界五百强业务的大单、长单而不得不多家竞争的惯性思维。在传统的、区域性的经商游戏规则被全球化共熔一炉且彻底摧毁了的当下，多家竞争的恶性杀价甚至不惜采用自残式的割价，让企业在成本与日俱增的恶劣环境下几乎处于挣扎求存的状态，不但丧失了资本的累积能力，而且因为过分依赖又丧失了最低限度的议价能力。

长单因为可引入流程精益或者自动化流程能带来效益的大幅增加和相对稳定的品质，但却无法绕过恶性竞争中薄利多销的红海泥淖。但由于原材料价格的大幅波动，薄利多销的传统赢利模式已濒临寿终正寝的末日。可以说，"薄利多销"是一把难以驾驭的双刃剑，双刃剑的锋芒在此次加价博弈中被演绎得淋漓尽致。

波涛汹涌的商海，历经了几代人沧海桑田的洗涤，又经过了全球化了的、诡谲莫测的西方金融讹诈炒作的进一步摧残。这还不够，在地方政府片面的 GDP 挂帅的急功近利政策推动下，几乎所有的资源都被金融、地产以及第三产业贪婪地占有，而处于供应链前端的代加工中小企业的生存必备筹码——内部精益生产能力、业务优化能力和成本转嫁能力，也正在前所未有地被快速进化着：

健全报表财务制度；

工序细化下的成本精算；

精益控制下的成本消化能力；

利益共享下的团队同舟共济精神；

计件制度取代大锅饭的散漫计时制度；

业务及时优化与合理转嫁成本的两者兼备。

第三节　超薄压铸技术开创新蓝海

面对制造业成本几乎令人窒息的增长速度、面对政府下达的催命般的非升级转型提高附加值无以生存的"最后通牒"，"拓荒者"决定"重操旧业"。

顺景十几年来陆续加入而出师的模具师傅逾百个，分散于大江南北，顺景的技术因此开枝散叶。借鉴其他行业的技术创新经验，"拓荒者"开始考虑在将已有技术进行优化组合的条件下申请专利，并利用专利技术开发新产品，企图让纯加工的代加工形式逐步蜕变，向高端的高附加值的产品设计制作制造模式升级，从而让企业摆脱在底层挣扎的困境，为企业的永续发展开拓全新的蓝海。

经过半年潜心研发和挖掘，全球独创的可循环使用并且免粘贴的环保节能型"铝合金乒乓球拍"，打破百年传统的和谐式无冲撞"模具离合器"和超越全球铝合金压铸最薄 0.8 禁区的具划时代意义的 0.55 超薄极限压铸模具结构"洒点式任意点浇口"设计技术相继应运而生，并首次申请实用新型专利和发明专利。

打破传统结构的"洒点式任意点浇口"铝合金压铸模具压铸出来的、全球独一无二的超薄铝合金球拍铸件，在 8 月参与了广东省东莞厚街镇展览会上的铸件比赛并一鸣惊人，众多专家学者都对其表现难以置信，这使

"拓荒者"深受鼓舞。另外，众多日本行业专家的高度肯定和对铝合金乒乓球拍的浓厚兴趣，也让"拓荒者"坚信，通过对产品的进一步开发和应用，企业必将在模式变换的进化过程中成功升级转型，并再放光芒。

此外，"拓荒者"在这期间又撰写了一篇论文，"拓荒者"相信其将颠覆一百多年来的冷室压铸机压铸原理，但鉴于专利申请仍在审批中，所以计划在成功获得专利后，在中国铸造学会的年会上隆重发布。

2012年5月7日、6月3日、6月18日，"拓荒者"接受邀请，就"洒点式任意点浇口"论文分别在北京两岸三地铸造论坛、广东佛山压铸学术论坛、上海铸造学术年会登台演讲。论文的技术创新颠覆性地打破了自有压铸历史以来的传统压铸原理，受到与会专家、教授及学者的高度肯定，这让"拓荒者"倍感荣幸与自豪。"洒点式任意浇口"论文亦被登选入中国最具权威的《特种铸造及有色金属》杂志。

第四节　辞退第四任总经理

　　2011 年 8 月 30 日晚，应汪副总的紧急邀约，"拓荒者"听取了总经办一干成员对总经理谭澜忍无可忍的揭露。

　　谭澜自曝在当年任职台资上市公司采购主管时曾长期收取回扣，并视之为理所当然，借此力证对国内企业的潜规则非"从善如流"不可的必然性。在上任顺景时信誓旦旦立下的以职业经理人道德自律、不再收取回扣的誓言，原来不过是一文不值的"竞选语言"。

　　尽管"拓荒者"早有戒心防范且坚持把负责采购的 PMC 交予汪副总直辖，但谭澜认为自己曾经乃汪副总的上级兼恩师，自恃拥有策反能力。一次酒后竟和盘托出了自己的惊天阴谋，即拉汪副总下水合谋通过加价予供应商而"计划性"从中收取回扣，并且通过部门调动和换血安插亲信党羽，目标直指财务部、负责采购的 PMC 和"电子眼"行政部这三个阻拦"财路"的部门，以把控整个顺景。

　　听取了紧急的汇报后，"拓荒者"为之震惊，做梦未想过这种只有虚构小说里才可能出现的明目张胆的妄为，竟然活生生地出现在早已高度制度化且拥有一班忠心耿耿的兄弟连骨干的顺景。"拓荒者"权衡再三，征求了多方意见并汲取了聘请前三任总经理的失败教训后方最终下决心聘请的第四任总经理，竟然会是"引狼入室"，从来未有过的挫败感让"拓荒者"痛心不已。

尽管如此，经过整夜的沉思，在 8 月 31 日早上 9 点，"拓荒者"还是以平和的心态正式召来谭澜，宣布即时解雇其总经理职务并要求其即日离开顺景。一阵错愕之后，谭澜才知自己功亏一篑，便开始恼羞成怒，犹如泼妇骂街般在写字楼大厅里大吵大闹。原形毕露的谭澜在一班管理层的鄙视眼光下，领了额外的相当于两个月工资的补偿金后被请出了顺景。

依照惯例，司机在一百个不情愿下送谭澜走完了他口中的最后一程。至此，谭澜结束了他三个月总经理任期。

第五节　推出新的赢利共享机制

建立在财务盈亏公开透明下的奖惩兼施的薪资挂钩，因企业赢利的日益艰难而形同变相惩罚措施。于是，薪资挂钩的变质导致了员工负面情绪的不断蔓延和心态的消极低落。由于长期执行精益控制，整个团队对成本的沥滤已呈现出力不从心的疲态。尽管缩减损耗的幅度、缩短交期的时间、加强品质的稳定性以及工艺流程优化等方面仍存在进步的空间，但眼看着无法一蹴而就的成本缩减速度被日益飞涨的外部成本的增幅无情地抛离，顺景曾经的自信正在遭受前所未有的打击，也引发了中低管理层乃至经理层的不满，副总经理和总经办的直谏，让"拓荒者"不得不面对现实，搁置奖惩兼施的薪资挂钩制度，取而代之以正面激励的"赢利共享"机制，重新链接利益共同体。

2011 年 9 月，顺景召开全盘检讨会，召集了包括主管工程师在内的所有参与赢利共享机制的管理层与会发表意见。会议在高度透明、充分民主和坦率尊重的气氛下进行，并得到全部管理层的一致同意，谭澜在任时作出的大幅加薪承诺，其中的一半如期兑现，其余部分则纳入赢利共享机制中。

在赢利共享机制的激励下，顺景的独特企业文化重新迸发出光芒，团队精神再次得到凝聚，关乎切身利益的精益生产意识发生了前所未有的

"质"的蜕变：自打工者心态转变为主人翁态度。

全体参与赢利共享机制的管理层，发自内心地签署了合约，这再一次为顺景的未来发展，为其应对更加诡秘莫测的全球经济动荡下的挑战，注入了及时而全新的动力。

同时让人倍感安慰的是，在 8 月份的涨价事件中，顺景优质的客户群没有一个因此而选择与顺景分道扬镳。即使是顺景最大的客户，与顺景早已形成相互依存的关系，在唇亡齿寒的关键时刻、在优质的供应商更难寻找的客观现实下，在经过多年磨合而累积的难以取代的资源权衡下，最终还是继续选择了垂直与横向合作早已紧密无间的顺景团队。就这样，顺景以最透明公开的"配合度"和"服务意识"，凭借着领先业界的技术优势，赢得了客户的信赖和理解。客户的信赖便是企业生存的另一重要要素，也是顺景长期变革所生成的应变基因在关键时刻迸发出能量的最佳体现，它为企业带来了举足轻重的特殊贡献。

在以内部精益控制的成本消化作为筹码的前提下，顺景加速了业务的优化步伐，并增强了基于商业道德和信用的成本转嫁功力。而这三者的兼备，成为企业在复杂动荡的商业社会中生存与发展的崭新砝码与必备盔甲。

自 2011 年 9 月到 11 月，顺景连续赢利。

第六节 顺景园，顺景团队模式

2011 年 12 月 23 日，在一年一度、业界独一无二的顺景在职管理层与离开的一群老顺景人的联谊会上，60 多位顺景人情绪高涨，真情流露出对顺景的无限深情和寄托，这让"拓荒者"深深感到作为众人口中的一校之长和众兄弟口中一家之长应承担的责无旁贷的重担。

人应该懂得感恩。作为一校之长与一家之长的"拓荒者"，内心深处更加坚定了十年前立下的共富共荣的信念，决心矢志不渝地以更加和谐博爱的人性化企业文化，打造承载着顺景人共同愿望和肩负着社会责任的崭新的顺景园！

顺景园

2012 年 1 月 1 日，这是顺景扎根深圳观澜二十周年的重大日子。历经半年多不停产的就地转型，这一天顺景终于结束了"寄人篱下"的"来料加工"这一改革开放早期的贸易形式，新的拥有法人地位的外资独资形式的"顺景园精密铸造（深圳）有限公司"从此正式营运。

之所以命名"顺景园"，是因为以前的"顺景"有限公司已不能再注册，于是就替换为这个崭新的名词。

"顺景园"这个充满温馨与家园气息的名字早在新厂诞生前便已确立，"拓荒者"对"园"字一见钟情，得益于中华文化的智慧和底蕴。一开始"拓荒者"几乎搜尽了能与"顺景"这个词"攀龙附凤"的字，但无论是坊、庭、营、域还是天、地、家等，都无法与"园"字相提并论，纵然动员了顺景的所有"文胆"绞尽脑汁，结果同样徒劳无功。最后，"顺景"与"园"字竟天造地设般一拍即合！

让"商"的铜臭锈迹消减殆尽，让交易与博弈的陈旧意识形态随风而逝，以人文关怀和博爱的中华悠久文化重新打造整个顺景，让所有顺景人在以平等和谐、共富为理念的"快乐营"中安心工作，愉快生活，这是顺景矢志不渝的目标和宏愿。

2012 年春节，顺景园大门柱上的对联描绘了这一宏伟蓝图：

顺景园平安工作快乐营
和谐坊舒畅生活温馨家

顺景团队模式

港资企业与台资企业中有众多所谓香港干部和台湾干部常常故步自封、夜郎自大，延续了一贯的改革开放初期对管理知识一片空白的内地后辈们的鄙视眼光，这无形中在两者间筑起了一条永久难以拆除的楚河汉界。而后进的内地精英们，他们怀着知耻近乎勇的"菲薄"心态，以海纳百川的精神如饥似渴地直接对西方各种先进管理知识进行汲取，这些后辈们集成的管理功力，早已把围城自困且严重落伍的港台干部们远远抛离，尤其是他们糅合了传统的李云龙式的兄弟连无坚不摧的团队作战精神，充分发挥了先吸收、后同化、再加工并据为己有的中华文化特质。海尔张瑞敏、华为任正非以及联想柳传志等人，便是这批后进精英中的灵魂代表人物。

短短二十几年间，一大批管理大师雨后春笋般相继出现，这与近来港台企业管理人才近乎枯竭的状态形成了强烈反差。

　　港台干部为各自企业的北上扩张立下了汗马功劳，帮助企业奠定了基础，却因客观条件的限制和意识形态的差异而未能与时俱进，因无法跟随先进管理潮流而面临大浪淘沙的冲击。慢慢地，这些港台干部不但悲哀地成为企业蜕变的阻力和包袱，还遏阻着企业内部对更多国内社会精英的纳贤。不仅如此，因为管理思维的严重滞后，他们还成为企业内部管理中人事推诿、内耗严重的一个根源，也让企业的以精英团队为管理核心的本土化政策成为泡影。

　　许多优秀的港台企业，适时引入了世界上最先进的管理体系，在打造了训练有素、功力十足的作战团队并形成了看似固若金汤的生产流程后，却堕入了管理队伍"十个人一条虫"的困境。归根结底，是先进体系下"机械物化"的负面延伸对人造成了无形的伤害，在企业中早已占据多数、青出于蓝的内地精英们长期备受压抑，虽争取最后却仍被漠视，从而引发内讧。

　　内讧的双方纵然各自拥有了十成功力，但其中的三成却错误地用在了相互勾心斗角和人事推诿上，这就抵消了另外的三成功力，更悲哀的是余下的四成功力也随着内耗余波的冲击和干扰，呈现出残酷的衰减现象。

　　过度依赖先进管理体系规限外在"躯壳行为"，却严重忽视对人性的尊重，众多曾经风光无限的港台企业，在日益"被和谐"的中国特色社会主义经营环境下，已走到了发展的十字路口，面临着上或下、存与亡的最后抉择！

　　视本土化战略为无法逾越的鸿沟，这是港台企业乃至其他外资企业永远的痛，他们无法面对现实，调整对国内后起精英的居高临下姿态，更无法直面早已被国内后进精英远远超越的残酷事实。在新的世纪，企业无法形成以团队为核心动力的管理模式，则意味着其发展动力在扶弱抑强的社会形态下，必然要面对无以为继的困境。面对着潮水般的扶弱抑强政策的出台和不断升级，尤其是《企业民主管理条例》的逐步实施，面对着内外交困、日益恶化的经营环境，混战式的经验管理形态必然要面对寿终正寝的命运。

　　不仅如此，罔顾人性和尊严把人"驯化"成机械的所谓先进的纯西式流水作业式管理体系，在人的"能动"和尊严的无声抗争下同样难以为继。

西式管理体系下的所谓企业文化的内涵，与真正的以人为本的精神其实存在着本质上的区别。自上而下层压式的单向驱动的西式管理模式，以为包含了发泄功能娱乐设施将其作为员工工作之余的舒压手段便可视作企业文化。这种居高临下式的施予，无助于摆脱员工"被机械物化"的枯燥；这种无视互动互尊而基于商业目的的"侧面增效"手段，和以人为本的人文关怀真谛相差千里。有着丰富的号称冠绝制造业的业余娱乐设施的富士康，出现前仆后继的跳楼事件，便血淋淋地印证了一切。

缺乏利益共享并否定"主动而为"的团队智慧和能量、迷信自上而下的"黄埔军校"式层压驱动的诸如精益生产、TS16949、六西格玛等的管理模式，虽号称当今最先进的西式管理模式，但却无一例外地仅仅是在规管人的躯壳行为，是在让"能动"的心态逐步机械物化。因此，在以人为本的人类最文明的新发展时期，单纯的西式管理模式开始在残阳余晖下，显得步履蹒跚、老态龙钟。

历经不断变革和披荆斩棘，导入西方先进管理体系，引入财务透明公开的赢利共享机制后，再配以李云龙式团队合作精神和尊重"人性能动"的企业文化，顺景最终成功地探索出了勇于承担、互勉共进、共富共荣、不断探索的和谐的、人性化的"顺景团队模式"。

"顺景团队模式"的精髓不仅仅在于众志成城下各个流程的自我增值及行政内耗降低从而大幅提高效益，更重要的是让劳资关系因形成利益共同体，摒除劳资对立的惯性思维，埋葬陈旧而腐朽的剥削与被剥削的意识形态！这是在扶弱抑强的中国特色社会主义经营环境中，企业与社会共富共荣、永续发展的关键所在。

从创富到创业，再从创业进化到共富；从原始的"跟我这样做"的落后管理形态，到科学管理下的"怎样让你做"；从科学管理的"怎样让你做"到企业文化管理过程中的"让你怎样做"；再从企业文化管理的"让你怎样做"到共富共荣下成果共享的"大家一起做"，顺景人以开拓创新的前瞻性思维，让传统保姆式的企业文化内涵在融入了和谐共存、共富共荣的中国特色社会主义元素后，又进一步得到了质的飞跃。

自 2005 年以史无前例的企业管理变革成为中小企业的成功典范后，顺景再一次以融合了共富共荣理念、使企业文化有质的飞跃的"顺景团队模式"，成功地开辟了一条中小型企业生存、发展、适应于新世纪、新的历史潮流的崭新康庄道路。

标杆企业的标杆定义

随着历史的变迁，全球一体化不断加深，人们的价值观已在潜移默化中不断作出自我修正，行业标杆榜样中的标杆定义也正发生着深刻的变化，但清晰的轮廓却并未浮出水面。

一些管理能力低下、人员素质三流的企业，却能让产值不断创新高，这尽管与企业的形象大相径庭，但事实却反讯地呈现出其"咬住青山不放松"的旺盛生命力。

为此，"拓荒者"决意标新立异地为所谓的标杆定义作出具体的描述，并将其作为对"顺景团队模式"的长效鞭策。

标杆企业的标杆定义：

1. 规模与人均产值；

2. 企业性质；

3. 加工性质；

4. 硬件设备；

5. 挤出泡沫节流能力；

6. 开拓业务开源能力；

7. 潜规则的涉足程度；

8. 以实力取胜的能力；

9. 管理流程的先进性；

10. 团队模式建设能力；

11. 企业文化建设能力；

12. 管理层素养与层次；

13. 社会地位；

14. 皇亲国戚家族化色彩；

15. 持续进修的进步动力；

16. 吸纳精英人才的能力；

17. 劳资关系；

18. 与政府的关系；

19. 品牌效应；

20. 行业地位；

21. 7S 能力；

22. 技术与创新能力；

23. 专利申请能力；

24. 人力资源的培训能力；

25. 人才储备状况；

26. 流动资金状况；

27. 成本转嫁及议价能力；

28. 产品开发能力；

29. 赢利能力；

30. 可持续发展空间。

  在对竞争对手进行分析和评估之后，"拓荒者"为公司的长远发展作出了全新的规划，借以确定方向、制定目标，希冀在方向与目标的引领下激发顺景团队的能量，并使能量最大化和持续化。

  随着"拓荒者之歌"自白书面世后即将带来的阳光化运作，以副总经理汪建军领军，以副总工魏将华、厂长刘玲霞、PMC 经理张继清、人力资源经理张允和、财务经理潘国权、总监助理邓桂花、品质部经理代印，以及技术部经理、营销部经理、制造部经理新一代高层精英为骨干，透明、和谐、共富、公平、博爱、民主的顺景团队模式，必将在机遇与挑战并存的崭新顺景园里，在这一孕育了浓浓的优秀企业文化和承载了前人艰辛厚积的舞台上，接受新世纪的全新洗礼。这群团队精英将肩负起全体顺景人所赋予的构筑顺景美好明天、打造顺景百年盛世的历史重担，承前启后地谱写更加辉煌的新篇章。

后记

如果说"啃骨头"式的拔尖技术力量为顺景建立了一片天地，那么迎头赶上的生产控制能力则成为顺景抵御"金融海啸"的锐利武器，但这些仅仅解决了初期的生存与中期的发展过程中的一些问题。

"鼓足干劲，力争上游"式的落后生产手段，因缺乏持续稳定的动力，势必成为历史，亦难以应对"金融海啸"致命冲击下重新洗牌的更加复杂不确定的经营环境。因此，挖掘企业永续经营的生命力，找到企业历久常新的动力源泉，正是顺景当下必须进一步优化与传承的，作为"顺景人"的管理团队乃至员工都必须参与其中。这个动力源泉，就是让所有顺景人怀着共同理念、价值观及和谐相处的归属感而愉快工作、愉快生活的人性化的企业管理文化。

企业文化管理之于顺景乃至所有企业任重道远。

第十章
我的创业历程

第一节　风雨磨炼早当家

凡是故事都有开始，"拓荒者"的故事，还要从儿时说起。儿时的一穷二白，反成为"拓荒者"激发抱负的乐土，那荒芜而寂静的原野能让人心无杂念，让人即使身在浑浑噩噩的时代也能有所作为。

儿时的那个年代有些特殊

1961年农历七月，"拓荒者"出生于闻名全国的华侨之乡——福建晋江位于泉州平原的柴塔村，那里是泉州平原南端的制高点，是一个充满文化气息的美丽小山村。家中除两个胞姐外，"拓荒者"在四兄弟中排行老二。

"拓荒者"依稀记得，村子的东北面，鸡母山与鸡角山两山相伴矗立，古木参天下清澈的小溪划开了平原，蜿蜒地从山前潺潺流过；一望无际的平原上，绿油油的水稻随风起伏，宛如翻滚的波涛，蔚为壮观；一条南接东阳村、北邻清蒙村的南北走向通道"路街"，成了划分西倚小群山、东望泉州平原、西高东低山形地貌的柴塔村的交通枢纽，也成了小村最繁华的商品交易集散地，而且还是雅俗共聚的文化交流中心。

这个仅有1500人的小村，除了有众多世代旅居菲律宾、印尼等东南亚国家的华侨外，还培养出了许多教授、大学生和老师，总人数超过 100 人。

在那里，书法家、画家、南音乐队应有尽有；南拳北腿习武切磋风行一时，中医西医诊所荟萃一堂，铁匠木匠打石匠远近闻名。在物资匮乏的年代，小村里的小吃摊、熟食档、杂货铺、理发店、农产品、副食品等显得格外丰富，与"路街"两旁墙上横、竖、斜贴满"以阶级斗争为纲"、"批判封、资、修"的标语相映成趣，构成了小村独特而丰富的人文景观。

小时候，小吃摊上一分钱一串和两分钱一大片夹着花生糖粉的糖水白萝卜是小"拓荒者"的至爱，小"拓荒者"每次好不容易向母亲讨到的零花钱，几乎都花在了小吃摊上。

每到初夏，美丽的小村便会被淹没在像大伞一样的龙眼树的绿色海洋之中。

在"天、地、人"共一色的"不爱红装爱武装"的均贫年代，人们的生活虽然平淡乏味，但也无过多计较，因为缺乏交流，没有与外界的对比，反而让乡村充满了祥和宁静，邻里互助互爱的状态也让人觉得虽"差钱"，但并不是那么"穷"。

然而还是未能躲过那一场"打倒右派"的运动，村里众多高级知识分子被扣上"反动右派"的帽子，这使小村在很长一段时期都被愁云惨雾笼罩。

"拓荒者"的父亲蔡尧皇，人如其名，乃德高望重的"江湖"义士。"文化大革命"期间，在小村"八二九"与"红战总"仇人般惨斗厮杀的恐怖岁月里，唯独父亲能同时游走于两派之间，备受各方敬重。于是，家中俨然成了"八二九"的总部，每天门庭若市，烟雾腾腾，我们六个孩子以及生性好客的母亲都忙得不可开交，但也乐在其中。正因为从小受这样的熏陶，我们四兄弟也养成了好交朋友的性格。

村与村之间的冲突也是连年不断，封建械斗此起彼伏。由于父亲是全村的灵魂人物，且盛名远播，每次他都手持长斧冲锋陷阵，而且一定会冲在最前面。

回味无穷的童话世界

与其他拥有较好物质条件的孩子不同，当年的小"拓荒者"并没有许多新奇的玩具，却与村里的儿童成群结队地玩过不少大型游戏：过五关、掷沙包弹、捉迷藏、集体跳绳、打自制水枪战、自制纸弹铁线枪打狙击战等等。"第三次世界大战"并没有打响，于是村里生产队在"深挖洞，广积粮，备战备荒为人民"年代挖的六个地洞，后来也都成了全村青少年免费避暑和玩大型捉迷藏游戏的地下迷宫。

记得当年挖洞时还挖到两座用糯米拌陶泥作为"混凝土"建筑而成的古墓，不过因为"破四旧立四新"遭大肆破坏，最终毁灭殆尽，考证小村历史的珍贵凭证和最宝贵的文化遗产随之消失。而伴着"拓荒者"成长的"顶大厝"建筑群上那些巧夺天工的艺术石雕，也同样被破坏得面目全非。

话说：童年决定一生。村里的老人家最擅长讲故事，"喜亚叔"老人的故事最是动听。小"拓荒者"经常在远近闻名的百年古屋"顶大厝"大厅里，听着"喜亚叔"讲悠远的小村历史和古代的英雄事迹，渐渐进入梦乡。

现在"拓荒者"也有3个孩子，儿时的经历加上后来的反思使得"拓荒者"总结出教育下一代的一些与众不同的方法，希望能够帮助到那些对自己孩子教育迷惘的父母们。"拓荒者"是这样教育自己的孩子的：

扬弃传统的居高临下的说教方式，通过做好生活中的每一件小事让孩子在潜移默化中成长；保证沟通渠道的畅通，用平和的心态与孩子相处。勤奋工作，健康规律的个人生活，以家庭为轴心的价值观，以及和孩子的幽默风趣又不失严肃的沟通方法，都有助于培养孩子健康、活泼、上进的人生态度，让他们学会敢于尝试、勇于承担责任。这些方法都是"拓荒者"亲自实践过的，效果非常不错，希望对当今绞尽脑汁教育孩子的父母们有所帮助。

物欲横流的客观原因导致当代青少年在意志、自律、恒心修为上缺失。因此"拓荒者"希望未来的主人翁们切记不能好高骛远，要在多元的、令人眼花缭乱的商业社会中，根据自身的条件，尽可能去发挥特长，并不断充实和武装自己，把握奋斗的方向，做好现在，规划未来。

激情不燃烧的读书岁月

1969 年，"拓荒者"进入由华侨集资修建、坐落于秀丽青山上的村办小学开始念书。不知道是爱好还是天分，"拓荒者"的语文成绩从小学一年级到毕业一直名列前茅。万幸的是，"文化大革命"并未对"拓荒者"带来直接的冲击。

1974 年，父亲离开大陆到菲律宾谋发展，母亲独自一人挑起整个大家庭的生活重担。这一年，"拓荒者"也小学毕业，进入远隔两个乡村的停店村凌霄中学读初中。在"四人帮"横行的年代，尽管教学一片混乱，但胸怀抱负的"拓荒者"还是经常自习，看了很多书，语文水平仍然长期保持在前列。

在一切为了革命，结婚和离婚都是为了革命的"赤色岁月"里，"侨工商"这个被定性为"里通外国"、与"贫下中农"不可同日而语的身份，一度让"拓荒者"全家在政治上遭到歧视，但伴随着"外汇券"的出现，菲律宾祖母每月汇来的 50 元钱以及配送的"外汇券"带来的物质上的相对丰富，使"拓荒者"的优越感开始与日俱增。

1934 年，只有 5 岁的父亲和大他三岁的胞姐蔡丽英，被祖母从菲律宾带回祖国抚养。就这样，父亲在中国生活了 40 年。1953 年，父亲与同村"路街"以西的"卢厝"的母亲（一个胞姐两个胞妹三个胞弟共七兄弟姐妹）结婚。

为全村最大族群的蔡氏宗族，与卢氏宗族联姻，加上父亲与生俱来的领袖人物特质，让"拓荒者"六兄弟姐妹从小就生活在令人羡慕的环境之中，有着不同于其他孩子的安全感、优越感和自豪感。

尽管蔡氏与卢氏宗亲的势力一时无两，但在"文革"时期，外祖父卢秉鸿——一位备受尊敬的知识渊博的校长，还是惨遭批斗，不能幸免。在历经无数次的申请和政治审查后，父亲才终于在 1974 年被批准返回出生地菲律宾，与阔别了 40 年的母亲团聚。

"拓荒者"无缘目睹曾祖母和姑妈的慈容，因为她们在上世纪 50 年代时便已相继去世。祖母长年居住菲律宾，但有过辉煌事业的祖父蔡璇玑在 28 岁时便不幸去世，她便把当时才 5 岁的父亲和 8 岁的姑妈带回祖国抚养，后来她又带着伯父蔡尧銮改嫁旅居菲律宾的林姓华侨，此后便没再踏足中国。（"拓荒者"六兄弟姐妹中，只有上世纪 70 年代移居澳门的大姐秀玉，于 1985 年赴菲律宾探亲，才与祖母有缘一聚。）

1976 年，"拓荒者"因政治觉悟较高、品性端正被选进学校文艺宣传队。1977 年，"拓荒者"加入共青团，并升任语文组组长及政治股股长，负责黑板报的编辑、书写和宣传工作。

随着"四人帮"的粉碎，知识分子被视为"臭老九"的年代也逐渐逝去。于是，和煦的春风吹进了百废待兴、久旱逢甘露的校园。

当时，"拓荒者"强烈感受到时不待我的危机感，便如饥似渴地一头扎进了闲置已久的书堆里，并对学习产生了从未有过的浓烈兴趣。

数学考试破天荒地取得 100 分，让擅长文科的"拓荒者"阴差阳错地被调入了生源较少的理科班。

那时，在那个年代可以看的著名小说《雾》、《雨》、《电》、《家》、《春》、《秋》、《三国演义》、《红楼梦》、《水浒传》、《封神榜》、《西游记》等等，"拓荒者"几乎都已看遍。但对"拓荒者"影响最深的，却是"舶来品"《海上劳工》及《钢铁是怎样炼成的》等世界名著，尤其是来自苏联的《钢铁是怎样炼成的》，那真是一部令人心潮激荡的励志巨著。

《钢铁是怎样炼成的》的保尔·柯察金形象，以及作者 H. 奥斯特洛夫斯基的伟大名言：

"人生最宝贵的是生命，生命属于我们只有一次。一个人的一生应当这样度过：当他回首往事的时候，不因虚度年华而悔恨，也不因碌碌无为而羞愧。这样，临死的时候他就能够说，我整个的生命和全部的精力都献给了世界上最壮丽的事业——为全人类的解放事业而斗争。"

这些话深深地影响了正在寻觅人生意义的"拓荒者"。令"拓荒者"至今难以忘怀的，还有童年时代的"童党"蔡文宾、张忠义、"白糖"蔡重三、"黑人"蔡宜宜,以及中学时期的知己挚友史美盾、吴抒文等人,他们让"拓荒者"的童年与少年生活变得更加充实、快乐。

1978 年,全国经济濒临崩溃,随着"四人帮"的倒台,以邓小平为首的党中央吹起了挽救中华民族、改革开放的划时代号角。7 月,17 岁的"拓荒者"读完高中,从福建泉州凌霄中学毕业。但由于高考的落榜,刚毕业的"拓荒者"心情十分彷徨,这在当年的一首七绝诗中表露无遗:

咏叹

日历嘶嘶飘遥去,夕阳依依又回迁。

问山望江何所思?询云悠悠安唏嘘?

而另外的一首五律诗,则流露出"拓荒者"含蓄而无奈的少年情怀:

情窦

流云何如斯?悠然天边驰。

几度我不曾?拥有无忧时。

常驱一阵风,盘旋春花池。

自从梦见她,昨日一统逝。

年少时,除《钢铁是怎样炼成的》及许多讲述英雄事迹的书籍对"拓荒者"产生了一定的影响外,儒家思想中孝敬父母的传统美德,也对当时的"拓荒者"起到了极大的启蒙熏陶作用。

那时,"拓荒者"也养成了不信命运,也从不惧怕失败的性格。"自欺欺人"这个古老的成语,一直是"拓荒者"在遭遇无数次挫折时的自我慰抚良药。"拓荒者"坚信,只要还能站起来,失败不过是暂时的,根本无碍未来奋斗的方向与目标。

农民的辛酸

高中毕业后，"拓荒者"没有其他出路，只能加入农民的行列。顶着烈日酷暑下田插秧、挑粪、施肥等，这些"挑战极限"般的农活，除使"拓荒者"的体重在两个月内剧减八斤外，肤色亦被晒得黝黑发光，俨然像个非洲饥民。

劳累了一天，"拓荒者"拖着疲惫不堪、饥肠辘辘、满身酸痛的身躯回到了家中。"你猜今天赚了多少钱？吃了五餐饭，花了五毛五分钱；赚了三个工分，合算一共四毛五分钱！"听了母亲的一番话，"拓荒者"的脑袋顿时一片空白，难道这就是农民的生活写照？难怪这个家会是长年的"超支户"！

异常艰苦但却入不敷出的"非常"生活，体现了自古以来的农民"日出而作，日落而息"的枯燥沉重吃苦耐劳然而乐天知命的精神。

农忙

插秧水田中，酷日正当空，
热汗串串流，背脊赤赤痛。
青禾未竖直，拇指已化脓，
五餐五毛五，一日三分工。

农闲时可饲养火鸡和去山上摘取"叶艾红"野菜喂兔子，此外，赶着水鸭在池塘饲养，望着小鸭子在水中嬉戏，也成为"拓荒者"最开心的时光。

"拓荒者"还以共青团团员身份，在农闲时参与开设民办"共青团香厂"的筹备工作，并在经过培训后出任了技工兼出纳。

不抽烟、不喝酒、不赌博，"拓荒者"于是成为村民眼中的"另类"，虽然掌管着厂里的现金，但"拓荒者"坚决拒绝随波逐流，甘愿两袖清风

"一尘不染"。

是什么让"拓荒者"能够吃得了那样的苦呢？或许是因为母亲，因为孝！在"拓荒者"13岁时，父亲便离开大陆到菲律宾谋发展，母亲便只得独力拉扯6个孩子长大，满腹艰辛、委屈与无助，这对天生痛恨不孝行为（做"拓荒者"朋友的前提是必须孝顺父母）及有大男人倾向的"拓荒者"，产生了莫大的教育作用。说实在的，身为老二，"拓荒者"曾是兄弟姐妹中最不得宠的，但这也使"拓荒者"的意志得到了很好的磨炼。

技术基础是这样练就的！

刚开放的泉州、晋江沿海一带，不乏"赔本生意没人干，砍头行当不怕做"的潜质。于是，在百业待兴的摸着石头过河的社会形态下，秉承敢为天下先的挣钱传统的一批批泉晋人大肆"投机倒把"、"海上走私"，泉州、晋江因而在全国得以先富起来，同时也带动了大批民营企业如雨后春笋发展壮大起来。

其时纺织业火暴扩张，导致纺织机械配件的严重短缺。而这，却恰恰为机械加工厂创造了千载难逢的发展机遇，为泉州晋江一带的工业奠定了良好的基础。

1979年，通过亲戚黄天星先生的关系，"拓荒者"进入泉州市临江区棕蓑头的国营地方机械厂做学徒。但入厂没几天，师傅就辞职了。无奈之下，"拓荒者"只能靠一本教材无师自通地学习如何操作刨床。当时，"拓荒者"真的是从什么叫刨刀、合金刀粒、铸铁等开始学起的，当月的工资仅18元。

1980年，"拓荒者"顶着家人的压力，暂别机械厂重返凌霄中学补习，日夜苦读，每天仅睡5个小时的觉，希望能考上大学以改变命运。但是，那次考试"拓荒者"仍然无功而返，再次回到了机械厂临时工的岗位上。

那一年，"拓荒者"除了在白天做临时工以外，还和胞兄子辉购置简易台面车床以家庭作坊形式开设工厂，并身兼数职，经常骑着自行车往返于市区（泉州，又称鲤城）和郊区（柴塔村）之间，每天都要工作14个小时以上。

　　家庭作坊的设备原始而简陋，"攻螺帽"的工序必须在将螺母紧固于大树主干上之后去完成，"拓荒者"当时就是光着膀子艰难地进行加工作业的。辛劳且不断重复的机械式生活，怀才不遇和不安于现状的情绪，在当时的几首诗篇中表露无遗。

俗世

骑车出鲤门，黄昏夜渐深。

匆匆道奔波，默默为世人。

平淡度年华，空虚积幽恨。

前路纵茫茫，风霜为一刃！

彷徨

柔日临蔡家，邀余去钓虾。

蓝天弄浮云，烦心倚闲暇。

江边纵生草，渔竿青发芽。

满腹惆怅事，亦同水南下。

狂想

垂钓倚江滨，凉风拂野林。

山空天地宽，日薄黄昏近。

蜻蜓掠水去，浮标成知音。

何时俯仰间，钩住鱼和云？

遐想

我爱李谪仙，身酒常浑然。

神游世方外，魂泊彩云间。

1981 年，远赴菲律宾的父亲逐渐中断了每月给家里的汇款。于是，为了节省开支，改善日趋清贫的家境，"拓荒者"每晚至少会加班 4 个小时，而且只以开水掺酱油充饥。结果，导致胃痛，加上长期每日近 14 个小时超负荷劳作，"拓荒者"的体重迅速减到了 90 斤以下，但倔强的"拓荒者"不仅拒绝服药，还坚持以冷水洗澡锻炼身体，而且每天早晨都会做 20 分钟的吊环健身，无论冬夏，风雨无阻。

"少壮不努力，老大徒伤悲"的古训，成为"拓荒者"欲出人头地、不为那些物质享乐所诱惑的精神支柱。不仅如此，"拓荒者"刻苦钻研技术，且越来越沉迷，简直到了无以复加的地步。

庄子言："吾生亦有涯，而知也无涯。"从这一哲理中，"拓荒者"更悟出了"施"的意义，因此虽在兄弟间排行老二，却任劳任怨，从不计较得失，只义无反顾地挑起家庭重担。而这种扛起重担的使命感，在那段清贫如洗的岁月里，又成了"拓荒者"克服一切艰难困苦的无形动力。

1983 年初，"拓荒者"受一纺织机械配件厂老板青睐，以高薪（每月工资近 500 元，当时一般学徒工资仅 25 元）受聘高级刨工。当时，"拓荒者"的技术在福建泉州机械界已无出其右，备受推崇，自行设计的刨刀更令业界争相冒仿。这时，"拓荒者"艺成"下山"，十年磨一剑的抱负已溢于言表：

沉浮

匆匆三年堪出师，茫茫烟海何处是？

我身虽与浪沉浮，我志永无沉沦日。

不仅如此，"拓荒者"出人头地、一枝独秀的满足感也油然而生：

悠然

二郎腿边二郎笑，美人扇里美人娇。

头上落叶悠悠下，一片清心随云飘。

"拓荒者"最迷茫的时期是从高中毕业到技术未被业界肯定的 1982 年之前那段时间。随着技术名扬业界，"拓荒者"对自己的前途越来越有信心了，当时有一个想法：是在原有的家庭式机械配件加工厂基础上，将其扩大规模，并一直发展下去。

父亲、母亲及一些事儿

母亲是一个地道而淳朴的农村妇女，她热情好客，并因此赢得乡亲邻里尤其是年轻一代的特别尊敬，而一手烹饪绝活更是让"拓荒者"每每想起便馋涎欲滴。过年时，母亲必做蒸碗糕（以蒸出来的碗糕是发酵后绽放的"笑"，还是发酵失败而扁平的"不笑"，来预测来年是否风调雨顺），她蒸出来的四瓣甚至五瓣的怒放的"笑容"比谁家做的都灿烂；炸醋肉、炸排骨、炸肉丸、炸鸡卷、炸红薯等也是香飘四溢；酸醋炖鲫鱼连骨带肉滑嫩酸甜，带鱼卤面的浓汤清鲜、豆豉拌煮的各种小菜等等，都让人胃口大开。但这些还不算最棒的，母亲的拿手绝活还是"炆爆狗肉"。

然而，这道无法用笔墨描绘形容的佳肴，却从 1982 年的夏天开始，让"拓荒者"深恶痛绝，并发誓今生今世绝对不会再吃狗肉！

那年夏天的一个下午，一场名为"预防疯狗症"的猎杀全村所有家犬的运动残酷展开，家里那条名叫"黑鼻"、与"拓荒者"有着多年感情的黑狗也无法幸免。

回想从前，每天傍晚，"黑鼻"都风雨无阻地摇着尾巴在离家三公里外的马路上乖乖等候骑着自行车回家的"拓荒者"；冬天，"黑鼻"会睡在"拓荒者"怀中取暖，形影不离，这为枯燥乏味的日子平添了几分生活的气息和寄托。

那个下午，望着一班刽子手用绳子勒紧"黑鼻"的脖子，将它吊在墙上，并用木棍狠狠敲打头部一直到它死，望着"黑鼻"流着眼泪绝望求助的眼神，"拓荒者"心如刀割，暗自发毒誓不再吃狗肉，甚至一度闪过为

"黑鼻"复仇的念头。

　　说来奇怪,父亲异于常人的个性——一是有着重面子的江湖侠义与豪爽性格,二是有着极强的意志与非同寻常的吃苦耐劳精神,三是有英俊帅气的外表与雄辩的口才,四是有超乎常人的悟性与执著的追求——好像非常均匀地分给了我们四个男孩:老大传承一,老二传承二,老三传承三,老四传承四。也就是说,"拓荒者"在意志与吃苦耐劳方面,完全传承了父亲的衣钵。

　　除了父亲与母亲外,"拓荒者"还想再说说那个美丽的柴塔村。小村永恒地传承着一种古老的风俗,就是一年一度的孝感动天活动:村的西面,满山遍野的坟墓安息着祖祖辈辈的先人,平时宁静肃穆的原野,每逢清明时节便愁云密布,族人无论大小和远近,必然会放下手中的工作和繁重的农活集聚在一起,哪怕冒着风雨,也要带着锄头和祭祀用品上山锄草拜祭,俗称"巡风水"。

清明祭

> 纸钱悠悠何处寄?想必寻魂欲归西。
> 山上孝子苦追思,地下先灵早安息。
> 去年野藤披墓丘,而今杂草蔓坟基。
> 雾缠烟雨色空蒙,风和哀乐声凄迷。

　　每年夏季,家乡人又会迎来每个村庄正副两次轮流举行的大型"普度"拜祭上苍、祈求风调雨顺的漫长传统节日。而这,其实也是年轻一代成群结队,跨村过乡恣意狂欢、豪饮斗酒的醉生梦死季节。

　　"拓荒者"也不例外,记得1983年的农历八月十五日,我们在赤土村史美盾家喝得酩酊大醉。但酒意还未消,隔天的八月十六日,"拓荒者"又在顶大厝宽敞的石板大坪上设宴款待一众好友,连同胞兄弟各自的朋友都请来了,大家猜拳狂饮,一醉至天亮。

　　那些日子里,闽南一带的所有城市和村庄都会沸腾起来,平时的省吃俭用，仿佛正是为了在"普度"日一洗一穷二白的面貌，感觉像是进入了共产主义的美好天堂。

普渡

七月八月酷暑天，龙眼满枝绿满园。

赤土划拳声刚落，柴塔酒香又扑面。

醉生原自生乏味，普渡更非渡凡缘。

穷则思变心躁动，改革不觉已五年。

1982年前后，"拓荒者"显得非常迷茫。先是报名参军，欲当兵谋求出路，但这一念头随即被有"里通外国"之嫌的、远低微于"贫下中农"的"侨工商"成分所打消，后来机械厂又濒临倒闭，面对农村枯燥且入不敷出的生活，以及暗淡前景，"拓荒者"甚是苦恼。惶恐、焦虑与无助在一次春雨后农闲时的醉意中猛然"聚焦"，在特定的时间、特定的环境中，"拓荒者"忽然涌现灵感，竟然促使自己写下了超乎当时自身文学造诣的、意境深远的醉诗，且一气呵成，之后连一个字都没有修改：

醉诗

干了吧，

这一杯，

愿与君同醉，

携手信步梦幻清境。

你曾知道？

虚无世界里的地球，

早已摆脱太阳的约束，

开辟新的轨道，

绕着酒杯运转。

干了吧，

这一杯，

愿与君同醉，

携手信步梦幻清境。

你可愿意？

和我沐浴在芳酒之中，

乘着自酒壶而下的瀑布，

飘然共欢，

与归海的东流汇合。

干了吧，

这一杯，

愿与君同醉，

携手信步梦幻清境。

你也设想？

跳出大地的怀抱，

扭住头上悠扬的云朵，

随风飘荡，

向天堂、极乐靠近！

干了吧，

这一杯，

愿与君同醉，

携手信步梦幻清境。

你既明白，

又何必放下酒杯？

难不成酒海里的漩涡，

会把你卷入，

地狱深处？！

第二节　命运的转折

　　1984 年 1 月 13 日，是揭开"拓荒者"命运新篇章的重大日子。1983 年 12 月，"拓荒者"家中收到了批准前往香港定居的通行证（批准母亲从孩子中挑选一人陪同前往）。因为担心"人民来信"的诬陷干扰，"拓荒者"与母亲未等过完农历年，便匆匆忙忙经过海关的政治盘问后入境移居香港，寄居到本就拥挤的老乡张英黎的家中。到港的那一天正是 1984 年 1 月 13 日。因老乡全家回乡过年，母子两人便在穷困与冷清中过完毕生难忘的农历新年。

　　之所以在兄弟姐妹中挑选"拓荒者"一同赴港定居，并非母亲刻意地偏袒"拓荒者"。几个孩子中唯独"拓荒者"拥有技术，可以在城市中快速谋得饭碗，而且"拓荒者"一直对家庭奉献出自己所有的工作收入，可以说无私承担、孝顺、任劳任怨才是主因。老四仍在读书，老三在顾家方面还未成熟，老大已成家立室并赋闲在家，两个姐姐已出嫁，只有"拓荒者"才能照顾身体一向不好的母亲（到港后没有让母亲上班），并挑起整个家族的经济重担。所以，所有的兄弟姐妹、亲戚朋友都异口同声决定让"拓荒者"陪同母亲远赴香港。后来的结果证实了母亲当初的选择是正确的，因为"拓荒者"最终不负众望地扭转和改写了整个家族的命运。

打拼和责任

初到香港，适逢年关，日子非常艰难。盘缠耗尽的"拓荒者"，无奈而羞涩地向亲戚借了两千元港币，顾不上欣赏香港闻名世界的都市风情，便迫不及待在农历正月初五即年后第一个上班日，顺着报纸上的广告到处奔波求职。

"拓荒者"的首份工作是任职老本行"刨工"。然而当年刨床在香港已成为夕阳机械，近乎淘汰的工种加上"新移民"的身份，使得"拓荒者"备受歧视。"拓荒者"在做了一个月才知道工资被严重剥削了接近一半。后在老乡的介绍下转职九龙官塘"宝源机械厂"做车工。

"拓荒者"很快适应了这里紧张而劳累的生活节奏（一年只休息四天），甚至有一种如鱼得水的感觉。尤其是有了六倍于内地的报酬，让"拓荒者"发疯似的加班而乐不知疲！"拓荒者"在香港打工的日子，一向埋头工作，绝少看时钟，所以时间过得特别快。

打工者的身体无疑是劳累的，但心累不累全在一念之间。当你望着在酷日下赚取微薄收入的农民苦工时，你有资格言累吗？你会觉得累吗？"拓荒者"17岁时已开厂，早已深怀抱负，能够在别人享受青少年快乐时光时埋头苦干，代表了早已成竹在胸，从来不怀疑自己"早晚会成功"。

（同样是打工者，当代的年轻人与开放初期的年轻人相比有太多的选择、太多的机会，尤其当代青年面临中国腾飞的绝佳机遇。但是与那个年代的年轻人相比，在责任感、孝道、耐心、刻苦耐劳、自我鞭策和工作态度方面明显存在着不小的距离。实际上，当代年轻人只要肯学习，不怕吃"眼前亏"，做好本分肯承担，有方向有目标，胸有抱负，倘能掌握一技之长，绝无不成功之理。）

1985年，因福建老乡被厂方严重歧视，"拓荒者"跟随福建老乡参加集体罢工，然后愤然辞职。离开"宝源机械厂"后，"拓荒者"进入港岛柴湾"德昌电机厂"任职车工，同样以无师自通的车床技术以及精湛的磨刀技术技压群师，被评为最具价值的新人，并于同年被QC（质量保证）

部誉为"免Q"。

虽然"拓荒者"能够很快地适应紧张而劳累的生活节奏,也能背起家族经济重担和兴衰重任,却对学生时代童话般无忧无虑的生活倍感怀念。

梦回

孩提钟声多悠扬,青春将暮亦在响。

晌午时钟十二下,方知并非入梦乡。

在初次回乡探亲时,"拓荒者"与史美盾等要好的同学慕名拜访仙公山,因抽到上签有感而发:

问卜

步步直上仙公山,人间琐事渐飘散。

欲卜我命之先知,蓝图历历已不远。

1986年初,"拓荒者"租住有"福建小天下"之称的北角区的春秧街仁德大厦,并与1985年一样,夹杂在滚滚的回乡大潮中回乡过年。

春节短短十天的故乡游,弥漫着浓浓的乡愁:

故乡

汽笛响,

船开了,

带着无边的惆怅,

虚掩落寞的心扉,

随着岸上送行的人影慢慢地消失于茫茫,

道别了芬芳的土地。

再一次,

随着大海的延伸，

　　缓缓南下。

　　海风吹，

　　倦鸟飞，

　卷着秋天的童话，

　缅怀村里的点滴，

极目天边夕阳余晖下那缤纷醉人的彩霞，

　幻化出故乡的山川，

　　恍惚间，

　与童伴嬉戏其中，

　　流连忘返。

　　浪汹涌，

　　甲板上，

　滑着踉跄的脚步，

　紧抓摇晃的船舷，

孩儿时摇篮里无法忘怀的温暖涌上心头。

　没有了满天的星星，

　　夜空中，

　母亲慈祥的双眼，

　　历历在目。

　　云雾里，

　　晨曦下，

　朦胧了海市蜃楼，

　腥风渐渐的浓烈，

春秧街渔贩的吆喝声又再一次把我催醒。

　消失了村庄的宁静，

又回到，

人如潮水的香港，

梦幻如初！

辛酸苦辣的体验

1987 年年中，"拓荒者"与朋友及同事在港岛的西营盘露天大排档酒后话闲。当"拓荒者"听到朋友因厌恶打工而消极面对、胸无抱负却怨天尤人的一番话后，严肃表示："开创自己的事业，对我来说势在必行。我与你不同，我选择在当下积极面对打工生活，努力做好每一天，累积经验和财富，为将来的创业创造条件。"

相对于内地远未成气候、手续百般繁杂，且民营企业备受歧视、仍未正身的创业氛围，香港税制简单、高度自由、廉洁高效、发达完善的经营环境简直是创业者的天堂。"拓荒者"感叹之余夸下了"来港五年后必开厂做老板"的海口，在受到香港同事鄙以不知天高地厚的嘲笑时，以一句"小燕雀安知鸿鹄之志"给予淡然的回敬。

在香港认识的一班老乡"死党"陈燕卿、蔡小玲、莹莹、亚佘、贞贞、曾文月等便成为都市枯燥而机械式生活的"快乐根据地"。亦因此冲刷走了一段鲜为人知的、昙花一现然而错爱的感情失落。

如梦

云海汪汪竟如斯，卷我所爱天边驰。

梦中轻姿宛翩翩，耳边娇声犹痴痴。

情有独钟昨日终，爱无双志今朝至。

恨将伊人绝尘影，左右开弓上下撕！

无题

天涯浪人游香山，峰回路转思漫漫。

暂将心中飘零花，寄予林阴曲径间。

1987 年年初，"拓荒者"因不满足现状又看好塑胶行业的前景，遂于农历年后离开了德昌电机厂。2 月 22 日"拓荒者"购买了塑胶模具教材开始自学，同时在对广东方言半生不熟的情况下，大胆地以补师身份进入九龙官塘工厂大厦的山寨式小型模具厂"偷师"，但未等车床等机械技术发挥，不足 15 天便被辞退。

吸取失败的教训后，"拓荒者"遂采取迂回的战术，以车工身份进入官塘裕扬兄弟制模厂再次涉足塑胶工模行业。虽然备受排挤，"拓荒者"以精湛的车床技术作为交换筹码，未满一年便成功地掌握了模具制作技术。当年的一首七绝诗道出彼时的艰辛境况：

江湖

三年香江三年梦，辛酸苦辣冶其中，
若非受命事江湖，不然扭头过江东。

1988 年农历年后，"拓荒者"正式以塑胶模师傅的身份加入新界葵涌峰林公司，首次独立承担整套塑胶模工序的一条龙制作，结果出色完成工作，效果更被判定为优于样板。

"拓荒者"可以用车床车刀慢速直接车削螺牙，而且无须人工艰难磨光就能达到镜面效果的技术，让所有工程技术专家及制模师傅惊叹，令一众做了几十年的老师傅汗颜。

此一技术在业界被誉为"前无古人"，相信亦难有来者。此外，"拓荒者"自行创新设计"弧形无定向后角球形刀"。将它应用于车削红铜，效率高出普通车刀最少三倍，因此经常被要求借出，因所有师傅都无法模仿磨制。

1988 年 3 月，一场突如其来的病痛让拓荒者对生命之苦有了更深的认识。"拓荒者"平时有着优于常人的体质，所以难以体会身边的亲朋在患病时的痛楚感受，甚至常遭到染病的亲朋好友抱怨：漠不关心。但在峰林公司的一次拜神仪式后，不知是患急性肠胃炎还是因冰冻可乐和冰冷烧肉而食物中毒的"拓荒者"，真真切切地感受到难以言状的病痛。

一罐可乐、几块烧肉，让"拓荒者"在一条不足两公里长的道路上，竟然踉踉跄跄地扶着墙壁足足走了将近 30 分钟。当时福建老乡回乡未返，单位空荡荡。上呕下泻的腹部绞痛、食物无法下肚带来的饥寒交迫，让"拓荒者"终于明白何谓凄凉与孤独、痛苦与辛酸。

熬过了漫漫的长夜，"拓荒者"对"病"的理解，终于有了深切体会。

抱负未酬的怅惘

1988 年 5 月，此时的"拓荒者"就职峰林公司，独居于香港葵涌一住所。时乃春夏之交，看着窗外的烈日青山，与靠在床边的一幅友人曾文月相赠的夕阳、海浪沙滩的油画，以及墙上的长剑相映，触景生情，三十而立然而抱负未酬的怅惘，使创业的决心在在酒后挥毫的七律诗中达到沸点：

蓄势篇

眺望远山色青蒙，卧观波涛浪千层。

户外烈日挂碧空，屋内斜阳渐入梦。

倚剑凭窗恋星河，把酒轻咏到三更。

欲扯彩云垫脚下，独驱不羁风飞腾！

1989 年，"拓荒者"在寄给菲律宾的父亲的一封信中写道：

"我既不相信、亦不甘心，蔡氏家族永无出头一天。我既已付出了十年青春，更当为之奋斗一世，我坚信我必定会在这地球上留下属于自己的哪怕是轻微的足迹。"

回顾踏入社会投身机械界至今，"拓荒者"从未拜过师傅，但是未被束缚的奇特际遇也使得"漂亮、整洁、利索"和"快、精、准"成了自己独特的技术风格；踏实诚信、勤奋刻苦、坚毅恒心、乐观自信、健康活力代表了"十年一剑"的形象；孝顺持家、无私承担、魄力精干更让整个家族寄予莫大的复兴期望。

"拓荒者"就职的"峰林集团"是一家印尼华侨全资公司，业务遍布世界各国。这样一个不断扩张的知名跨国公司，却是采用盘根错节的落后家族式管理模式，与其旺盛的膨胀状态完全格格不入。

最原始的管理手段及经营方式都能够让企业不断壮大，可以想象 20 世纪 80 年代时电器产品生产制造领域的利润空间如何大，从中可窥豹一斑。

（当然，当时只是感触，以现在的高度才能看得出当时"峰林公司"的管理手段落后，谈不上看到什么机会，只有自己做了老板亲历其境才有机会遇到管理瓶颈，及几经探索付出代价又才换来突破。）

"拓荒者"作为一个打工者，在 17 岁首次创业之时便有了抱负及奋斗目标。因为有了目标和动力，所以当"拓荒者"初来香港开始打工生涯从来都不觉得苦。作为打工者，当你做到敬业乐业，行为便变得主动。当把打工的日子视为将来创业的前奏和铺垫，是在累积经验、累积财富，一切便觉得有意义及有价值。

孑然一身几乎一无所有的条件，加上一切以事业为重的使命感，让"拓荒者"的缘分显得浅薄，之前三个女朋友均未让"拓荒者"有结婚的冲动。创业前的家族经济负担非常重，在澳门的大姐夫后来几乎半身不遂，更加重了"拓荒者"的负担。除了在香港自然而然地跟随国际化都市的都市文明提高了素质外，其余的作风特性则属与生俱来。最特别的收获是惊喜香港绝对是创业的天堂，最深的感触则为人与人之间的距离大大拉开。因为香港是一座移民城市并且高度自由，自我保护意识导致人与人之间的互不信任，各人自扫门前雪，与农村的守望相助大相径庭。

第三节　踏上创业路

1989 年 8 月 25 日，为移居香港第 5 年，这一天，对于"拓荒者"来说是个值得纪念的日子。

一个偶然的机会，"拓荒者"应工友兼好朋友李志江之邀，用三年间积蓄的三万元港币购入其股东（拍档）股份。为此，"拓荒者"在 28 周岁的生日纪念宴上郑重地宣布从此结束打工生涯，并将开设于新界屯门的原名"文锋制模厂"的公司易名为"逢源制模厂"，原址合伙继续经营，从此步入营商的道路。

两个分别来港只有 7 年及 5 年的"大陆仔"，以"初生之犊"的勇气，仅靠着平时艰难打工的微薄积蓄，硬是闯进了尔虞我诈的商业社会。此时的"拓荒者"对前景充满期望，深信创业绝对比打工更有前途。后来的事实也证明，创业绝对是命运的转折点。

第一次合作经营

逢源制模厂的股份两个股东各占一半，我们既是东主也是"打工仔"。各自完成从头到尾的一条龙的独立模具制作，各自接洽业务，便是大家的分工。当时几乎没有什么流动资金，事实上也不怎么需要，因为可先收取

40%的订金（订金先付40%，试模付30%，完成交模后付30%，行业俗称4:3:3），而购买制模所需的材料却可以在30天或者60天之后才付款。当时的主要业务是塑胶产品的注塑模，竞争力一般，生意仅仅够做，收支也仅仅维持平衡。

为了节省开支，"拓荒者"将住所搬到元朗的郊区唐人新村，以协助看更为条件免费入住老乡谢国泰的"顺兴塑胶厂"中用铁皮瓦搭建的工厂宿舍。

入夜，铁皮屋因乡郊野猫凄厉的叫声显得格外诡异阴森，虽吓倒众生，但并未吓退在这里独居近一年、"命格"够硬的"拓荒者"。

在与魍魉魑魅"和平共处"了三百多个夜晚后，临走前的最后一个晚上，"拓荒者"亲历了被"鬼"压得不能动弹的情形，然而凭借着与生俱来的意志与无畏的勇气瞬间弹起，怒目望向窗外。荒野中那日治时期乱葬岗的残垣发出近乎惨绿色的青光，令人毕生难忘。事隔十年，每当谈起此事，仍然让从来不敢单独过夜的老乡毛骨悚然。

1990年初，在机缘巧合下，"拓荒者"接到了一张铝合金压铸模的模具订单，从此便与之结下不解之缘。从塑胶模到铝合金模，"拓荒者"同样无师自通但誉满业界。香港第一套硬盘磁臂铝合金零件模"二指勾"便出自"拓荒者"之手，而且是以当时最普通的铣床、火花机配合独步业界的夹具技巧，以误差不足0.05mm圆满完成交付量产。

香港的模具制造行业中，最不值钱的是五金冲压模，其次是塑胶模、锌合金模。最值钱的是极为冷门，但必须非常细心，不许做错的铝合金模。铝合金模与塑胶模、锌合金模成本相当，但售价却高出最少两倍。因为极少有人掌握此一技术，议价条件筹码非常大，绝对是当时的"蓝海"。

因为掌握了此项技术，在营销中便占据了主动地位，这让向来不喜欢应酬的"拓荒者"初期的创业之路相对平坦许多。

1990年中，为更好地服务于最大客户"合昌科技公司"，"拓荒者"遂将厂房搬到新界青衣岛并扩大了经营规模。

在青衣期间，由"合昌"邀请的郭建庆老师用短短一天的时间给我们做了"铝合金压铸模流道水口设计"的培训课程。这一次培训为顺景今后独树一帜、傲视群雄的模具设计奠定了重要基础。虽然对"拓荒者"的技术提升并无特别帮助，但"先流道设计而后模具结构"的正确做法，在很大程度上避免了出现致命的结构性失误。

1991年初，因与李在合作及发展取向上出现重大分歧，"拓荒者"从逢源脱离出来另成立公司，新公司命名为"峰景制模公司"。拓荒者的第一次合股经营也宣告失败。

港企北迁

改革开放后，港资企业开始大量北迁，并在10年后进入了高峰期。然而，摸着石头过河的先天局限，使无序建设和排放对环境造成了破坏。与"一切向钱看"赢得的经济效益相影随形的是竭泽而渔式的发展模式，为未来埋下了不可回避的苦果。

1978年至1991年前后，港资企业潮水般集群式北迁，其深远意义之于粤港两地政府、港资企业本身、北上生活的个人都是划时代的重大分水岭。北迁革命性地改变了两地经济的战略格局与生态，更彻底改变了北上生活一族的前途与命运。

"拓荒者"也不例外，从生在新中国，长在红旗下，到接受资本主义再教育，然后又摇身一变，以资产阶级的身份加入改革开放的大潮，一起摸着石头过河，共同见证了中华民族的伟大复兴。

选择北上珠三角是大势所趋，你的客户大都北上了，你不跟随等于坐以待毙。"拓荒者"的第一个做模具的拍档没有看到这一点，延至2000年才搬上东莞，却因失去先机而最终倒闭。

1991年刚开放的深圳，地方政府和百姓万众一心，在百废待兴的土地上，用近乎"放任自流"的优惠政策，敞开胸怀拥抱捷足先登的港资企业。

全国各地尤其是来自四川、湖南、江西的民工兄弟姐妹排着长龙等待工厂招聘的情景，让在香港因严重缺乏劳工、成本飞涨，经营难以为继的老板们眉飞色舞。绝处逢生带来的期盼及自信，让所有港资企业以几倍于香港规模的速度快速膨胀，尝到了前所未有的甜头。

"拓荒者"反思第一次合作产生重大分歧的原因，有以下几点：

其一，夹在"合昌公司"和"乐丰公司"之间难以取舍（以当时的小规模的压铸模具制造作坊或公司，如果不依附于压铸厂很难生存）。

其二，是否随潮流北上深圳谋求发展有分歧。

其三，个人的价值取向。

1991年，"拓荒者"将"峰景制模"与另一徐姓朋友的"CNC加工厂"一道入股加盟设在新界屯门的"乐丰压铸厂"。年中，我们以三厂合并的形式将工厂迁入深圳平湖镇"白泥坑村"，以来料加工形式经营，"拓荒者"开始从模具制作涉足压铸行业。

还记得当时的情景，"白泥坑村"的本土村民早已沦落为"少数民族"，而4万民工则让整个小村沸腾起来。快餐店、时装店、理发店、照相馆、街头小吃、歌舞厅等如雨后春笋遍地开花，本来一穷二白的面貌顿时"换新颜"，呈现出一片生机勃勃、欣欣向荣的景象。

与香港本土同行相比，"拓荒者"拥有内地生活背景，沟通能力优于前者。加上孑然一身无后顾之忧的身份，理所当然地长驻在内地的"三来一补"加工外贸形式的工厂，负责生产及行政事务。

浪漫故事

1991年10月，"拓荒者"在"乐丰"厂区内的"广益厂"认识了来自江西的刘东风小姐。"拓荒者"深感其清丽脱俗、一尘不染的风姿倩影，竟然与理想中的情人惊人的相似。两人一见钟情，无须山盟海誓即决意长相厮守、终身无悔。

那时香港某些女孩在观念上以物质至上，以有楼有车作为择偶对象，让"拓荒者"失去兴趣，加上预感到若在香港结婚，又长期在内地工作生的两地分居必然会对婚姻生活带来负面的冲击，因此萌生了在内地结婚的念头。在与东风相处初期，因为"拓荒者"下意识中的身份优越感，而且正处于艰苦的寄人篱下阶段，让东风吃了不少苦头。"拓荒者"心中找一固定对象的另一目的是不想随大队夜夜笙歌、醉生梦死。艰苦岁月充斥着不安与不确定的情绪，让爱情故事中的浪漫、甜蜜之中带着丝丝的郁闷。

宁缺毋滥择优而取的原则、一见钟情的巧遇，加上面临夜夜笙歌与离群索居之间的艰难选择，让传说般的故事隐隐约约拉开了序幕——"东风"悠悠般地乘风而来，不但超乎意料地满足了"拓荒者"的原则，抚平了往日一段错爱的创伤，更让"寄人篱下"岁月找到了最佳的平衡。有了女朋友这个冠冕堂皇的正当理由，"拓荒者"便告别了夜夜笙歌。虽然"索居"然而并没有孤独地"离群"！

1992 年正月，"拓荒者"首次带着东风参与由一班香港"死党"组成的韶关丹霞山开心之游。

带着忐忑不安与情网的困惑，与东风的"准情人"的关系依稀飘入了丹霞山秀丽然而独特的风景画之中。随着曲径通幽的起伏，随着烟霞飘渺的跌宕，一掌之间的距离艰难而冷热交错地在张弛中靠近。

烟霞在身傍缭绕，
鸟语贴耳边轻声。
烟霞缭绕下朦胧了两人的距离，
鸟鸣轻声中模糊了窃窃的私语。

贪婪地吮吸着丹霞"赤"的气息，
燃烧着的情网随之铺张开来。
心却近了。

1992 年 3 月里的一天，抛开了艰苦而又繁重的工作，"拓荒者"偷得了浮生一日闲，带着东风几经周折到达深圳大鹏湾，欣赏东风渴望已久的梦中的大海。

　　"东风"伴着春风，

　　沐浴着阳光明媚下的海风，

　　在细软的沙滩上尽情盘旋。

　　天边如絮的白云衔着白帆，

　　与海鸥梦幻般在逐浪嬉戏。

　　拥抱着碧海连天的波澜壮阔，

　　让首次亲近大海而无比雀跃的"东风"，

　　回归了自我。

　　恣意欢歌！

　　少女的情怀踏着浪涛，

　　随着拍岸的节奏翩然起舞，

　　美得惊世骇俗，

　　美得让"拓荒者"忘乎其形。

　　没有了一掌之间的距离，

　　大海违规地闲静了下来，

　　恍惚在息迹静处中，

　　倾听一对恋人内心世界里：

　　纯净的山盟和由衷的海誓！

　　1992 年 11 月，刘东风与"拓荒者"在九江注册结为夫妇，那是最艰难的岁月。我们举行了简陋得堪称一无所有的婚礼，踏上人生的另一段旅途，在风雨飘摇中共同进退、同甘共苦。太太勤俭持家，任劳任怨，在幕后默默大力支持，让"拓荒者"全无后顾之忧，得以全神贯注地奋力拼搏。新婚之初，"拓荒者"便曾因为全神贯注于事业而早出晚归，无形中冷落了家庭。面对丈夫在商场上饱受欺凌而产生的情绪起伏，以及给自己带来的莫名的责难，刘东风都坚强面对。可以说她为顺景的浴火重生同样立下了不可磨灭的汗马功劳。

第二次合作经营失败

模具制作、压铸、加工乃铝合金零件加工必需的三个步骤，缺一不可。这种绝对互补的关系让模具、压铸、加工的三方小型加工厂合在了一起。以当时三个公司各自的规模及条件均无能力独立搬到内地投资设厂，因此"峰景制模公司"与"CNC 加工厂"才同时入股加盟"乐丰压铸厂"，随即以三厂合并的形式搬到内地，并以来料加工的投资条件继续生存发展。

三个不同加工形式的工序同时也就是大家的三种分工。当时的现象是典型的港资山寨式经验管理形态，资金流非常紧张。"拓荒者"的打算是积累压铸及加工的经验，为日后难以避免的"独立"做准备。

1991 年，胞弟蔡子增和老乡万明哲也自福建来深圳，开始进入模具组跟随"拓荒者"学艺。

乐丰压铸厂属于"三来一补"外向型外销出口企业，当时全厂只有200 人左右。"拓荒者"除了负责模具制作维修外，同时负责技术指导及全厂的日常行政管理。当时的企业大都严重缺乏正规的管理体系，乃典型的凭感觉、经验管理的模式。

1992 年 8 月，因股权及利益冲突，另外两名股东不欢而散，"拓荒者"也萌生去意。在好朋友刘仲麟先生的协助下，"拓荒者"离开深圳平湖，第二次合作宣告失败。

峰景制模公司和 CNC 加工厂，是将设备估价入股属于有限公司的"乐丰厂"做小股东，随着 CNC 加工厂合作的无疾而终，"拓荒者"的第一反应是唇亡齿寒。"三十六计走为上计"，有计划的撤退比措手不及的撤退代价必定小得多，因此虽大股东极力挽留，"拓荒者"还是执意退出。

现在想来这便是危机意识，倒无关是非与错对。"拓荒者"完全出于感性地作出了影响深远的重大决策，事隔多年，随着时间的流逝，当以设身处地的角度换位思考，心底里的种种不愉快便不知不觉间烟消云散。

开始第三次合作经营

1992 年 8 月，"拓荒者"带着峰景制模公司自平湖镇白泥坑村搬进观澜镇福民村第四工业区，与老乡的顺兴塑胶厂合股经营。各取双方"顺兴"和"峰景"中的一字，易名为"顺景铝合金模制造厂"，是当时香港唯一注册专门从事铝合金压铸模具制作的企业。

其时，顺兴塑胶厂规模有 200 人左右，从事塑胶零件注塑制作，乃传统的经验管理型来料加工港资企业。老乡以公司名义入股 12.75 万，占顺景 51%的股份（顺景资产在当时估价 25 万），两家公司完全独立互不关联。老乡并不参与任何公司管理事务，他看中的是铝合金压铸制品远优于塑胶行业的前景。

初期，工厂规模仅 40 平方米，员工则仅有"拓荒者"夫妇、胞弟蔡子增以及万明哲四人，一切都要从头再来。

1993 年初期，虽经营举步维艰，但"拓荒者"以令业界趋之若鹜的模具制作技术，通过拉着新模到处让压铸厂试模的广告方式，成功地打开了市场并创下年度纯利 50 万元（当年销售收入 100 万元）的创举，为转型压铸厂打下了基础。

当时，"拓荒者"每天骑着单车，六趟来回于南木峯村宿舍与工业区之间，从头开始了"返璞归真"的生活。由于出外"试模"经常劳碌至凌晨才回家，好在艰辛并未在豁达乐观的"拓荒者"脸上刻下任何沧桑的痕迹。

1993 年年中，知诚公司因委托模具厂开发的射灯模具失败报废而蒙受重大损失。"拓荒者"把握了这个千载难逢的机遇，在老乡谢国泰的协助下极力招徕"知诚"这个新客户，为其重新开发了一系列射灯模具并全权负责外发压铸加工，拿到压铸订单的"第一桶金"。也让知诚公司如释重负，如获至宝。

知诚公司业务的成功引进，为日后顺景业务的扩张以及成功升级转型为压铸制品厂打开了关键的一局。

同时，合作伙伴顺兴塑胶厂在业务上及加工贸易进出口合同手续方面给予的支持协助，给顺景打下了稳定的基础。

1993 年 6 月，大女儿诞生于福建老家。"拓荒者"初尝为人父的狂喜，对"家"的感受有了全新的体会。

1993 年 10 月，"顺景"扩大规模，并搬入相邻的 500 平方米的厂房。

然而模具仅仅是制造零件的工具而已，是典型的"为他人做嫁衣裳"。模具公司的发展受到极大的限制，极难将公司做大，若转型为压铸制品厂则可踏入产品制造的门槛。

由模具制作转型升级为压铸厂，与各压铸厂的供求关系便蜕变为竞争关系，模具订单也会逐渐减少。在"做嫁衣"的安稳与转型做大但亦将担负莫大风险之间，"拓荒者"再次基于主观而直觉判断：

1. 身为知诚公司的模具制造供应商兼压铸生产产品的全权代理，乃从模具向压铸转型的千载难逢的机遇。在外发压铸加工的同时，可抓紧难得的机遇购买压铸机，进而将外发委托压铸厂加工的模具逐步收回，自行压铸开始转型。

2. 压铸行业在当时非常冷门但又需求量巨大，应有立足之地，且心理上有合作伙伴顺兴塑胶厂做后盾（后来证实适得其反，在最终退股时，用于购买顺景股份的 12.75 万仍未付清）。

3. 怀着摸着石头过河的心态。

同年农历年底，即 1994 年 2 月 3 日，"顺景"购入第一部冷室压铸机（二手日产东洋 250T），正式跻身压铸厂行列。

第四节 最艰难的岁月

1994 年 1 月 15 日 （农历春节前），"拓荒者"与母亲远赴菲律宾探望肾病日趋严重的父亲，同时也探访祖父时期曾经盛极一时的家道。父亲侠义式不计工本帮朋友加工的经营风格与中落的家道一样，日渐式微。与父亲的经营方法相比，"拓荒者"没有父亲江湖侠义的包袱，一切可完全依商业规则来运作，因此更具备市场的生存适应能力。

1994 年 4 月 30 日，"拓荒者"自日本购入的东洋牌压铸机，历经艰难的配套调试终于成功投入使用。自单纯的模具制作的小规模山寨小厂转型压铸制品厂，在顺景的发展史上具重大里程碑意义，转型虽风险重重，却是企业拓展生存空间必须闯过的重要关卡。

天资聪颖的老四蔡子增，在乐丰厂期间，快速掌握了冷室压铸机精密压铸的系统操作及维修技术，为"顺景"自简单的模具制造厂成功升级转型为压铸制品厂作出了至关重要的贡献。

单纯的模具制作的小规模山寨小厂，业务一般是做模具，只是生产一些不断复制产品的工具，而压铸制品厂的业务不仅是做模具，还制造产品。

1994 年到 1995 年，"拓荒者"通过平湖建准公司接触到风机用铝框产品，以令业界惊叹的模具结构及流道浇口技术，将中国国内的铝框质量推向领先日本、德国同业的水平，并扭转了内地的散热风机长期进口台湾的局面，转而以价廉物美的姿态一举出口各国。

在当时，散热风机用的铝合金外框被香港压铸行业视为畏途，难度大而价格低，因此无人染指。当时国内民营企业的压铸行业则仍处于非常落后的状态，基本不懂流道浇口设计及压铸模具结构，可以说时势造就了顺景在铝合金外框市场的"独领风骚"。

1995 年，顺景公司加入香港压铸学会，开始重视商会活动。同年，全球唯一的 12038 铝框一模两腔模具成功完成并投入使用，更成为业界争相窥视及仿冒的对象。全国同行的铝框压铸模具几乎清一色地沿用"顺景结构"。

此时，"拓荒者"的父亲因肾病病重自菲律宾远道来深圳医治，两兄弟也因生意失意而到深圳来"暂避"。虽说亲人团聚叫人喜悦，但负担亦是加重，为摆脱浓厚的家族色彩，也为了顾及家父和受糖尿病缠身的母亲的久病长医，"拓荒者"抓住顺景公司雄霸风机铝框市场的机遇，遂新成立闽泉实业股份有限公司，并交由老大和老三经营。

但业务的相对低层次还是带来了众多的三角债，令顺景本已紧张的资金流更显窘困。供应商采取恐吓式的追债方式，甚至带着部队军官持枪威胁已司空见惯。

所谓的三角债，乃行业潜规则恶性循环的结果。当时，行规中代料加工的压铸企业应收账款大约有两个月的账期，应付账款大约月结三个月，因此资金的积压呆滞非常严重。模具厂因可先收取 40% 的定金，资金流动完全没有问题。当转型为压铸厂后则完全不一样，在未完成循环周期（一般的企业资金流周期：存材料 1 个月，生产周期 1 个月，月结付款 2~3 个月及滞纳存货的资金）之前，就算有非常好的利润，在月结 2 个月准时收回应收款的情况下，也必须先垫出几个月甚至半年的资金（材料存仓＋生产周期＋滞纳存货期＋月结两个月赊账期）。当时的顺景每月虽只做 20 万左右的生意，但在转型时并没有储备足够的应垫入资金，因此资金流格外紧张。

采取恐吓式追债的，多数是不正当经营而产生纠纷的供应商。第一质量存在问题，第二收取回扣，第三本身资金非常紧缺，在顺景的客户拖欠货款时，难以承受延长付款期。当时的顺景亦无能力筛选供应商。

为了能让企业正常运作和获得周转资金，顺景也想了几个办法：其一是顺景当时的散热风机的铝框在国内市场已独占鳌头，全部以现款现货交易，甚至先付定金预订，铝框产品帮了顺景很大的忙；其二是挑选由客户自行提供铝合金材料的业务，尽量回避代料的来料加工业务以减少成本投入；其三是当时的压铸行业有非常高的利润，因此采取让利的方式延长付款期；其四是没办法的办法，被逼以三角债拖欠，以夷制夷。

1995 年农历年前，"拓荒者"从香港回观澜工厂，面对十几个供应商讨债，只身"力退群雄"的场面令人难以忘怀。

供应商最担心的是无法付款，而非拖延付款。而顺景公司的采购人员的素质差（不排除收取回扣），导致沟通上的误会而产生冲突。越是回避，问题将越严重。当"拓荒者"主动面对，让供应商先吃定心丸，再动之以诚地让供应商清楚存在的实际情况（顺景绝对是健康守法的企业，绝无不良的炒股、炒楼、赌博、花天酒地、借贷挥霍、资不抵债等行为）及行业所处的前景，在给每家供应商象征式地支付一部分款后，问题便容易解决了。

靠技术渡过了生死关

1996 年 3 月，次女在太太旅港期间诞生于屯门医院，"拓荒者"一家在香港租住的住所亦自荃湾三栋屋村搬入租金较廉价的新界的屯门。

次女的出生让"拓荒者"初次享受港府的医疗福利，深深体会到港府以人为本的人性化服务精神，及身为香港人的幸福与自豪。

香港的办公点也自顺兴厂的荃湾写字楼搬出，迁移到新界屯门住所附近的商业区。随着深圳原来的厂区面积无法满足发展的需要，顺景工厂也决意搬入由顺兴塑胶厂老乡承建的新的厂房。

但因承担施工的顺兴塑胶厂无数次地拖延新厂落成期，导致工厂无法搬出原来厂厦。1996 年 10 月 20 日，在遭到工厂厂厦所属的观澜镇供销社业主的多次逼搬，最终断水断电的情况下，不得不连夜搬入在南木軎村的尚未完工的工地上。

顺兴塑胶厂老乡的无数次食言违约，工期一拖再拖最后延迟了近一年仍未完工等于变相迫害，险些致刚站稳脚跟的顺景于死地。后来，尽管渡过危险期，但一边生产一边建厂的困扰，让顺景在足足一年内，都难以安定，因厂房形象欠佳，导致工厂业务在三年内几乎停滞不前。

自1996年至1998年，顺景公司以遥遥领先业界的模具技术、创新设计，成为唯一能够用铝合金与锌合金竞争灯具市场的企业。我们还通过香港协峰公司接下大量美国市场的灯具订单，奠定了以后的发展基础。

三年的困顿式经营，如同休养生息般意外地让顺景慢慢走出了转型后的困境。客户及业务虽基本没太多的增加，但因为包括"协峰"、"利宾来"、"知诚"及"铝框"生意的付款及时，债务趋于稳定，供求关系基本理顺。这期间顺景仍依靠技术魅力被动招徕客户，并未设立销售部门。

通过香港协峰公司顺景接下大量美国市场的灯具订单，而在这期间还发生了一件对顺景发展功莫大焉的小事。当时客户的一个看起来不可能的条件，反而促成顺景赢得了一个薄利多销的长单。

在参观完工厂后客户不经意提到："这款灯具产品在整个行业包括国内外市场，都没有任何企业有办法拿铝合金与锌合金竞争，只做铝合金的顺景，如果有办法打破常规与锌合金的价格竞争，则会有大把订单！"

"拓荒者"毫不犹豫地承诺，打破常规的一套模具只能做2或者4件的行业极限，将模具结构奇迹般大幅突破到一套模具做12件，成本真正做到比锌合金更低（当时的锌合金的成本整体低于铝合金最少两成），付款方式确定为月结30天。大量且稳定的灯具订单对发展相对迟滞的顺景，无疑是雪中送炭，给顺景带来了莫大的温暖。

利宾来公司乃老乡开办的大型港资企业，主营塑胶制品。当时用于装修的玻璃胶热熔胶枪正是红火，而胶枪的主要部件是带电热丝的铝合金射咀，但因为此产品以精细难以成形而让行家吃尽苦头，利宾来公司亦因此丢失大量订单。

当他们通过老乡黄清培介绍找到顺景后，"拓荒者"一看便知道客户的原有供应商沿用的又是传统而落后的模具结构、流道浇口，故而导致失败，成品率仅有五六成。最终，"拓荒者"突破性地完成了热熔胶枪配件1出6件及1出14件模具的成功开发（竞争对手1出2件且须后加工才能完成），以绝对的技术优势击败包括港资、台资、宁波等竞争对手，囊括了利宾来公司每日一万件的全部订单。客户许下的"有多少货都一概接受"的承诺，因顺景的产量暴增被迫收回（港、台、宁波三厂的总和不及顺景的一半，且质量与顺景相比简直天壤之别，顺景第一批货交付后导致其他三厂的十几万件成品必须全部回炉报废，客户并宣布非顺景生产的胶枪一律拒收）。

因为"拓荒者"设计的模具已突破一模14件，顺景公司便立下"每天12000件"的承诺，但在当时已找遍大江南北的老乡客户眼中，无疑是异想天开不可能的"吹牛"，因此才有赌气式的有多少收多少的豪言。

人体的进化奥秘

因长期缺乏运动，1996年"拓荒者"的体重飙升，最胖达160斤。在一次体检时验出血脂高及脂肪肝后，"拓荒者"意识到自己的健康已敲起警钟，在医生推荐的长期服药或长期运动的选择下，毫不犹豫地选择了运动。"拓荒者"锁定念书时期喜好的乒乓球，实行"持久战"，每晚自8点打至11点，几乎不间断。

"拓荒者"乒乓球运动取得的效果，对一些企业界朋友在健康上肯定大有启发作用。乒乓球运动对个人的体质健康影响深远，性价比高，比如：无需剧烈的运动、没有肢体碰撞、节奏可快可慢、场地局限性小、成本投入非常低，且老少皆宜等等，决定了它有可能是企业老板终身的健康伴侣。同时，乒乓球运动也有利于树立健康而朝气蓬勃的企业文化，企业在社会上的健康正面知名度必大幅增加，理所当然地受到客户及政府的表扬及支持。

"拓荒者"是因为需要改变生活习惯才引入乒乓球文化。但是环顾四周，健康与财富的平衡，对大部分企业老总来说，完全可以说是"先知难觉"，也因此难逃"五十岁以前为钱搏命，五十岁以后为命烧钱"的怪圈。

"拓荒者"长期坚持每晚 3 小时左右的乒乓球运动，四到五斤的饮水和大量出汗成为常态，彻底治愈了天生就胃寒的胃部经常性不适、每年秋天必例行的气管炎和肩周炎等等几乎无法治愈的慢性病。且无论冬夏中午午睡无需盖被，而从未着过凉，十年来从来未出现身体不适和胃口欠佳的现象，饮水时更略感些微的清甜。超逾 30 分钟的长时间泡在摄氏 8 度左右冰冷的冻水中，纵然全身已冰冷呈恐怖的紫色，但体内却丝毫不觉寒意。

诚如中医专家赵之心的研究结果，大量饮水和大量出汗可让体内自然产生独特的内啡肽物，酸性体质通过大量排汗排出酸性毒素物质而得到改变。

不但如此，"拓荒者"作为中国人寿保险的钻石贵宾，自 2009 到 2010 年一连三年的免费体检报告中发现"血红蛋白浓度"竟然逐年增加，到高于正常人 120～160 的 HGB171，"红细胞比积"亦高于正常人 35～45 的 HCT49.6 等等。"拓荒者"带着疑惑，在咨询了医生后知道了几年来几乎没有头痛，包括酒醉从不头痛和醉后两小时便几乎完全复原而不影响食欲的原因。

通过网上搜索，"血红蛋白浓度"高于常人的只有三种人：

一为刚出生的婴儿，二为长期居住在高原地带的人群如西藏人，三为因患病而血液严重缺水的病人。

"血红蛋白浓度"高于常人的"拓荒者"居然被踢出了人群，而挤进了"第三空间"！

原来大量剧烈的运动必须有大量的氧气提供，而"拓荒者"在室内的乒乓球馆因大量运动，饮水排汗致其含氧相对不足而变相缺氧。长期处于犹如高原缺氧的环境，神奇地造就了与等同西藏人种在严重缺氧下的生存基因，导致了"血红蛋白浓度"和"红细胞比积"的另类进化。

鳄鱼之所以拥有超强的生命力和无与伦比的抗菌血清，便因为它的"血红蛋白浓度"竟然远远高于人类的百倍！

这便可解释"拓荒者"为何由小时候的先天体弱，成功地进化成拥有超乎常人的体质。便是因为长期恒定的运动而大量排汗排毒、坚持冷水浴和长年常带五分寒的生活习惯。

长期恒定的冷水浴和常带五分寒的常态御寒习惯，以及长期的大量排汗排毒，把正常人体温的 37℃左右，硬生生地进化降低到了不及 35.5℃的"非典型"温度。

在压铸行业崛起及香港回归

随着顺景技术名扬业界，客户络绎不绝地主动登门造访。纸醉金迷应酬的接洽业务方式亦因此而逐渐绝迹。

顺景是以"啃硬骨头"打出一片天地的企业。在未转型压铸厂时已树立了口碑，当时压铸行业并不是很大，在转型后名气传得更快。客户有了难题后，自然会四处求解，顺景就成为客户自动找上门的公司。

顺景当时并没有财务报表，利润的概念只是在年底粗糙的盘点时才有体现，毛利相当高，估计有 50%以上，但被粗犷的管理耗掉很大部分利润。

1996 年 12 月 31 日，当天的日记中记载：

1996 年已成过去，回顾过去的一年，公司的表现并未因市道平淡而逊色，反而稳步增长，彰显出顺景的一枝独秀。

因眼光独到，成功将模具厂提前在行业兴旺时升格为制品厂，从而提前跨越了过渡时的危险期，并成功在压铸行业中崛起。

虽十月搬厂花费近 20 万，但因公司流动资金较以往充裕，并没有觉得十分困难。

1997 年 7 月 1 日，香港主权历经 100 年的沧海桑田，终于回到祖国母亲的怀抱。望着五星红旗冉冉升起，心中激动澎湃不已。

1997 年 10 月，一场惊心动魄的亚洲金融危机，让"拓荒者"目睹了资本主义掠夺与贪婪的本质，繁华背后的虚伪与脆弱，亦加强了经营企业的危机意识。

金融风暴虽来势汹汹，但因只是局限于亚洲，且只有韩国及南亚一些国家受影响大点，而顺景的客户及业务多在香港、日本、欧美，因此影响有限，不过接洽业务也较为谨慎。

金融风暴对压铸行业的同行也是影响甚微，尤其对那些出口日本、欧美市场，没有参与炒楼炒股等不务正业投机炒作的实体制造业，冲击远远小于预先的估计。

在物竞天择、适者生存的商场上打拼了八年，可谓历尽艰辛几经浮沉，可惜诗的灵感亦渐渐被蒸发，仿佛进入了文化沙漠，且逐滴逐滴地被沙漠化。

从商篇

八年商染臭铜锈，十载儒风几已丢。

秋深诗浅悲文荒，财粗笔短哀浊流。

尔虞我诈厚黑篇，弱肉强食笼中囚。

伶仃洋里自放逐，青马缆上荡悠悠。

（注：伶仃洋——在香港青衣岛对开；青马——指钢缆悬吊型的青马大桥。）

1997 年，家父因病重与世长辞。从事村屋建筑的父亲有着百折不挠的倔强性格，中年辗转远赴出生地菲律宾打拼创业，然而心愿未了，留下英雄落寞的身影与无奈。"拓荒者"心中以一副对联沉痛哀悼：

上联（上半生）：

磊磊风骨石砌成

下联（下半生）：

焱焱阳刚火炼就

横批：

木森森水淼淼

父亲传承给"拓荒者"最核心的价值观，总结起来以 12 个字概括：

待人以诚

刚正不阿

信守诺言

第三次经营合作失败

1998 年，"拓荒者"绝不贪污及不占人便宜的坚持，在这一年获得了回报：买下合伙人股份的计划异常顺利。

1998 年，也就是亚洲金融风暴爆发的第二年。因为金融风暴的冲击，"拓荒者"的合伙人对企业经营心灰意冷想打退堂鼓。遂召集会计师及律师（后证实是冒充的）对公司进行扫荡式大盘点，却也证实"拓荒者"对所有的收入分文不贪，全部入账，一些即使不入账也无从稽查的现金交易项目，也都完整而清楚地登记入账，包括废铝、废铜、烂铁，以及仅 80 元废纸箱的收入。带着难以置信的失望，以及无条件退股企图的落空，合伙人灰溜溜离去。

随后"拓荒者"在律师朋友陈国良的指点下，成功将全部业务转移到由老四蔡子增专程到香港注册的新公司。之后还以其人之道，得知"拓荒者"欲盘查账目时，掌控香港财务的合伙人惶恐而无奈地作出妥协，以最低的价格出让全部股份。此事即以握手言和告终。

但合股的经营模式也被迫结束。当第三次合股宣布失败时，"拓荒者"从此踏上独力面对机遇与挑战的征途。

在华人社会，包括香港、内地，创业征途上普遍存在一种有先天性缺陷的惯常形态：所谓合伙往往并非从能力互补的角度整合，而是出于资金短缺的一种"凑合"。这种合作形式显得无奈和被迫，一开始便只是一种权宜之计。由于合作目的模糊、出发点不健康，注定了"不能善终"的结局。

在度过创业的艰难期后，因为能力、财力、性格、处事方式、管理模式、发展方向、业务接洽量、价值取向、利益分配等的差距与分歧，以及裙带关系带来矛盾等因素，大多数白手起家的合资企业最后往往"无疾而终"。

"拓荒者"三次合作的失败因并非为了钱。第一次是缘于不成熟的性格及处事方式与发展方向的分歧，第二次则是受其他两个股东双方裙带亲戚冲突关系破裂连累，第三次又因合伙人的公司盲目扩张、大量建厂，当金融危机袭来时便产生严重经济危机，最后祸及"拓荒者"。

"拓荒者"认为，为避免酿成"双输"的结局，只有在合作前清晰评估各自的优缺点、财力、专长能力等，以互补作为前提以互相认同达成共识为出发点，制定清晰的权限职责及利益分配方式才是正道。并可协议在既定的非双赢的时机下不得拆散，当然最终的制度化法律化才是长治久安之道。

第十一章
企业家生活

第一节　生活琐事

懂事的女儿

2004 年 4 月 1 日，"拓荒者"加入观澜乒乓球协会，每周四晚上 6 点到 8 点因而有了例行活动。在协会活动期间，能与很多朴实无华、志趣相投的球友进行交流，丰富了"拓荒者"健康且规律的生活。

观澜乒乓球协会是以何衍栋、苏培玉、朗老师为首，由叶亚文、胡小聪、黄小虎、陈海鹏、黄彩军、王岸清、黎志勇、张伟烈等乒乓球爱好者所组织而成的团体。协会的群体活动健康而纯朴，在物欲横流、精神空虚的俗世浊流中，不啻是一股透彻的清泉，显得格外清新而耀眼。

遗憾的是刚刚加入乒乓球协会两天，"拓荒者"的家里就出了一件不大不小的意外。2004 年 4 月 3 日，"拓荒者"的三个小孩在家里追逐打闹，因一向粗心大意的大姐姐猛力关门，年仅三岁的小女儿"B 仔"雍云的右手无名指，被夹在房门缝隙里头，几乎被夹断。

当时"拓荒者"正开车准备前往香港接洽业务，接到家里惊慌失措的来电后，马上掉头返回。途中悉知女儿已经在观澜"伟光"私立医院完成拍片。电话中医生声称小女的骨头尾段已折断，指头无法接缝，必须切除。"拓荒者"很冷静地告诉医生只用纱布做简单的伤口护理包扎即可，然后等待"拓荒者"自行处理。

大约 30 分钟后，"拓荒者"带着小女自医院回到工厂宿舍。仔细检查了小孩的回港证件之后，在拥有旅港证件的小姨刘玲霞陪同下带着"B仔"回港接骨。当时太太恰好不在，她回娘家扫墓去了。

在深圳皇岗口岸海关人性化的特别照顾下，我们到达香港落马洲海关仅用了 30 分钟，这是平时的一半时间。（第二天回程时才知道海关因放行心切，对 B 仔的出境记录竟然忘记录入。）

到港之后，我们跟随应香港海关关员急召及时赶来的救护车，入住上水公立北区医院等待手术。医生一番亲切的安慰，令"拓荒者"深深体会到两地医疗水平与态度的天壤之别："别说只是骨折，就算是指头已完全分离，只要能找到，在 24 小时以内我们也会全力以赴接好，更何况经拍片证实骨头完好无损！"

手术必须全身麻醉，因为只有在小孩完全安静的状态下才能保证最佳的手术效果以利于缝合后的复原。而全身麻醉必须等待胃部食物完全消化，所以我们自中午 12 点苦候到傍晚 7 点，这期间内心经历了无数的焦虑与煎熬，真真切切地体会到何为"十指连心"的骨肉感受。

在北区医院护士无微不至的关怀和照料下，乖巧伶俐的"B 仔"异常安静，这些护士们无愧于"白衣天使"的称号。

"B 仔"的一句远远超出其幼小年龄心智的安慰话语，让为父为之深深动容惊讶，百般滋味在心头："爸爸，没事的，很快就好了啊！"

香港的医疗收费因为港府给予大部分补贴而极其低廉，出于对港府的感恩，"拓荒者"明知医院停车场收费昂贵且不设上限，还特意将小车长泊近一整天，缴付几倍于其他停车场的停车费用，聊作微薄的回报。

2004 年 6 月 1 日，"拓荒者"决定送长女及次女到深圳清华实验学校上学，在当天日记上写道：

"这是一笔毫不犹豫的投资，是一笔迫不及待且绝对超值的投资，亦是留给小孩最大的财富。只有将金钱转换成为知识，才能显示出它的最大价值，它才能永恒，才不会贬值。"

天仙骗局

1996 年年中，"拓荒者"遭遇了一场天仙骗局，这件事让涉世未深的太太与陪同的的士司机吓出一身冷汗。这对年轻的创业者来说未尝不是一个警醒。

一个曾与公司有过生意交往的本地人，前来工厂洽谈散热风机用的铝框业务。此人声称受一家叫做"建生集团"的上市公司"庄总"委托，联系采购铝框事宜，并与"拓荒者"相约三天后到东莞潦埗酒店与"庄总"会晤。

三天后，"拓荒者"按照来人的指示带着太太，雇了一部相熟的的士，准时来到潦埗的酒店大堂等候"庄总"的光临。选择在酒店大堂等候是因"拓荒者"与生俱来的警觉性及丰富的江湖阅历，当时便婉拒了"庄总"在酒店房间会晤的要求。

在约定的酒店，"庄总"并没有来。终于我们在相隔酒店不远的一家酒楼包厢与"庄总"见面了。西装笔挺的"庄总"以一句等待自香港赶来的"陈经理"来了之后才洽谈，开始了一场精彩的天仙闹剧导演：

在饭后等候期间，一个自称某太子爷的豪装阔绰打扮的青年上来，不久，另一个手臂纹着青龙、拿着一大叠人民币的自称"庄总"死党的中年汉子亦不期而至。客气的介绍过后，气氛一阵寂静。"庄总"于是提议："闷着等待不是办法，不如大家玩玩扑克消遣消遣吧。""拓荒者"再三表示不会赌钱，三人无奈只好把目标转向了的士司机。司机禁不住他们的诱惑，终于出手加入了赌博，最后被"拓荒者"狠狠地几次踩脚提示才悻然停手。

虽身在公众地方的酒楼，但"拓荒者"权衡之下仍决定不动声色地撤退，遂以"陈经理"到潦埗需经过观澜镇，为着不扫三人的雅兴为由建议由"拓荒者"在观澜恭候"陈经理"单独洽谈。偷鸡不成，无可奈何的"庄总"只好作罢。

上了的士返回途中，"拓荒者"告知的士司机他差点中了天仙局的圈套，刚出道的司机吓得半天说不出话来。"拓荒者"特意再致电时，包括"庄总"、"陈经理"等的所有电话已全部无法打通，更证实了此乃不折不扣的不知坑得多少好赌的"老板"倾家荡产的"天仙骗局"。

"拓荒者"一生痛恨赌博，不贪便宜，加上常怀警觉性和慎小谨微的处世之道，在奋斗历程中虽历尽江湖骗术，却也能一一化险为夷。

欣喜下一代的成长

2007 年底以及 2008 年初，"拓荒者"身边好事连连。

2007 年 12 月 19 日、21 日，"顺景球队"两次出赛观澜劳务杯乒乓球比赛，分别取得混双及团体赛的第三名。

2007 年 12 月 28 日到 2008 年 1 月 1 日，"拓荒者"携次女朗云，赴京参加全国少年作家学会第二次大会。朗云凭借《梅州之旅》一文得奖而入选这次大会。当"拓荒者"望着一大批来自华夏各地，聪慧而活泼上进、才华横溢的下一代时，感觉看到了中华民族伟大复兴的希望。

特附上朗云的参赛习作《梅州之旅》，以飨读者。

梅州之旅

4 月 9 日早上，我们匆匆忙忙地吃完早餐，整理好行李，就坐上巴士去梅州县贫困山区的一所学校——文田小学，参加"手拉手"活动。

我们很快就到了目的地。文田学校全体师生排成长长的队伍，站在道路两旁拍手欢迎我们。手拉手仪式进行完毕，我们把捐的书本、文具、体育用品搬到了他们的图书馆。

我和一个叫赖妙丹的小伙伴结成对子。丁老师、陈启华、关芷晴和我跟妙丹去她的家。一路上，我看见绿油油的梯田、吃青草的牛儿、在水中嬉戏的鸭子。原来农村的美是城市无法比的。

还没有到家，妙丹家里的小狗就汪汪地叫着朝我们跑来。它样子很凶，但是妙丹像变魔术一样把手一摆，小狗立刻低下头哼哼地叫，还摇着尾巴围着我们转。妙丹和她的弟弟带着我们去山上摘野果。路边的花儿开得真鲜艳，路边的野果很多，可惜我叫不出名字。下山到家后，妙丹又教我们怎样给鸡喂食。真有意思！

第二天，我们被安排在四年级的教室学习。这里没有空调，没有电视，墙上一块上了黑漆的水泥板，就是黑板，但是妙丹他们的学习热情非常高。我平时非名牌不穿，这不吃那不吃，想到这些我的脸不由得热了。

返校的时间到了，我们依依不舍地离开了。我下次还要去梅州，去看我的小伙伴。如果有机会，我也会邀请他们到深圳做客。

应老师的邀请，"拓荒者"也写下了自己的亲身感受：

从中国少年作家学会的诞生折射出的光芒
窥看蕴藏着的不可估测的能量！

孩提钟声多悠扬，青春将暮亦在响；

晌午时钟十二下，方知并非入梦乡。

这是近30年前我离开校园踏入社会工作时，为了缅怀学生时代如童话般生活所作的一首随想诗！诗中洪亮的校园钟声历经时间的洗涤，本已渐渐远去。可当我陪伴着女儿蔡朗云到北京参加中国少年作家学会第二次代表大会时，望着一张张自信、上进、活泼、智慧的小作家的童真面庞，久违的钟声仿佛又在心中悄然回荡，久久无法平静。大会的场面简朴而不失隆重、热烈却不带喧嚣、严肃中更到处洋溢着纯朴温馨，令人无法忘怀。

"中国少年作家学会"的学术形象中略现"市场经济"的背影，然是自发性组织，乍听起来平淡无奇。它没有造作的绚丽，更无夺艳的浓妆，完全源于自发而松散的架构，举办方也只得屈膝于资源匮乏的空间。就是这样的组织竟能让全国各地数百上千个出类拔萃身怀不凡文学潜质的少年学子趋之若鹜，让无数家长欣欣赴会。这一盛况在功利至上、物欲横流的当下，着实让人惊讶！

　　然而，一股幕后清流、一群胸怀强烈使命感的师尊、一支支燃烧自己照亮别人的蜡烛，说明了一切！——中国少年作家学会总会的无私奉献的老师所做所为有别于"市场规律"，是一群不求报酬的现代雷锋。这群让人肃然起敬的老师，用有限的业余时间，以非凡的文学造诣和崇高的情怀为全国各地会员纷至沓来的投稿不厌其烦地辅导、批示与推荐，无偿为祖国的未来主人翁搭起了一座座展示才华通向成功的平台；他们为价值观逐步扭曲、方向日渐迷惘的"悲情"一代点燃了人生的明灯；他们用简朴的条件和与庞大会员极不对称的孤援，领导和驾驭着如滚雪球般不断膨胀的能量——全国数百上千且正在快速增长的会员包括他们的家长这一庞大的社会力量。面对一群群优秀的如待哺雏鸟般渴求知识的一代，面对家长一双双寄以厚望的目光，他们背负起把优秀一代引向未来的历史重任。反观松散架构难以支撑的客观现实，焦虑与压力可想而知！

　　本人有幸在香港商会组织长期从事各类活动，深知源源不断的社会资源对自发性组织的至关重要。在资源有限且后继无常的客观条件下，单凭少数几个人的满腔热情，而缺乏系统的运作管理机制，绝非长久之计。如此全国性规模的组织，想要健康持续地发展，非得到社会大众的关注、政府的辅导及商业界支持不可。只有让能量聚合产生共鸣，才能赋予组织生气勃勃的力量，并薪火相传、长盛不衰。

　　充分评估组织自身对当今社会的价值、所能发挥的影响力，才能寻找可持续发展的生存空间。在保持创作独立、纯洁的精神下，在健全而透明的管理体系架构下，挖掘自身存在于商业大潮中所具备的、潜在的可利用价值，本人认为此乃上策：

　　其一，从大众利益的角度出发。此乃东南与西北融洽和谐的基地，通过全国各地数百上千的会员连带家长的坦率沟通，可缩小贫富间的分歧，减少民怨。通过文化创作的互动交流，可提高公民素养，树立正确的普世价值观，更为下一代营造健康的成长空间。

　　其二，从建立中国少年作家学会基地的所在政府的角度出发。可借此提升知名度和形象，并发掘社会综合效益。对发展无烟工业，转型并提升层次与增值能力更是难得的契机。

其三，从商业的角度出发。企业捐赠既可充分体现企业的社会责任，对企业文化的建设与弘扬同样裨益良多。少年作家协会所隐藏着的潜在商机，亦值得发掘与应用。因为涉及公益和教育事业，必将得到当地政府的大力扶持而可直接和间接地从中受益。面对内地、港、台的歌词创作质量的青黄不接，特别是香港歌词创作水平严重枯竭、低俗与难以入流的现实下，拥有绚丽多姿生动题材且取之不尽的创作基地，亦必有一番作为。

在纷繁多元的当代社会里，从人与人之间、企业与企业之间，以及企业内部之间的文书往来中，不难发现文学底蕴普遍正在下滑，甚至已经下滑到了令人瞠目的地步。倘若创作基地的管理机制得以完善，能够发挥遍布全国的人才创作资源优势，利用现代先进的电脑网络对自全国各地网络发来的文书（订单）给予有偿修改或起草，亦即大众化支持，不但可以借此提高社会整体的文书文化层次，并可减少纠纷。如律师代理起草、修改合约，翻译公司代理翻译文书合同般合理商业化运作，则本身同样蕴涵着无限的商机且永不枯竭。

中国少年作家协会的建立，将是"伯乐"与"良驹"交汇的驿站，更是天才少年作家创作和成才的摇篮。在"独生"的一代难以调教的客观现实下，在多元的物质泛滥的当今，完善及发扬壮大学会的重任，便显得非常迫切，其意义深远而非凡。本人在此祝愿中国少年作家学会桃李芬芳、翠绿长青。

深圳宝安区观澜镇　顺景压铸制品厂
蔡子芳于深圳
2008 年 1 月 11 日

传播同舟共济互助友爱的信息

2008 年 5 月 12 日，汶川大地震。其时正值顺景有史以来连续三个月亏损的最艰苦之际，"拓荒者"仍旧紧急向家乡受灾的员工提供援助，并号召全体员工踊跃捐款赈灾。同时，"拓荒者"个人还通过香港铸造协会再捐出与全厂捐款总和同等的赈款。

2008 年 5 月 21 日，在香港铸造业协会主办的论坛及 22 日全国哀悼日期间，"拓荒者"撰写了散文诗《一溜烟，我走了》，以此来悼念地震中殉难的同胞。"拓荒者"此举是为了传播同舟共济互助友爱的信息，当然这也是大难当头每个公民应尽的义务。

一溜烟，我走了

一溜烟，我走了，

天崩地裂的一刻，

教室沉了，

我的灵魂却放飞般一溜烟升了。

往日，一溜烟离巢的野鸽，

回家时每次总是带着忏悔与愧色。

不知经历了多少个回合。

然而，这一次却一溜烟，

永远、永远走了。

一溜烟，我走了，

目睹金晶以残躯紧抱圣火，

力抗妖魔的一刻，

我便不再任性，反复自责！

共和国需要千千万万个金晶捍卫尊严、

复兴中华呀！

我哪能任由燃烧着的青春黯然无歌？

于是我用功读书不再旷课，

从此没再耽搁，

屡获老师的嘉奖，

更赢得爸爸的和颜悦色。

可是啊，中断了歌声与欢乐，

天地间骤然漆黑如墨。

就这样，一溜烟，我走了。

一溜烟，我走了，

没有藤条的追舍、

嘶哑的吆喝，

有的是裂肺的哀嚎

与滔滔的泪河。

爸爸……当我知道您是如此疼爱着我的时候，

我却没再回头，

一溜烟，就这样走了。

一溜烟，我走了，

爸——爸！藤条呢？

我不该折了家里的藤条，我错了！

我这就去！

粗的、长的，我这就上山采折！

我……宁要爸爸藤条下的落荒逃撒，

哪怕是遍体鳞伤、

青紫交扯！

也……不要天国路上冰冷苍凉的沟壑！

不要与爸爸的永别，

我要回家！

不要与爸爸天人相隔！

撰写《一溜烟，我走了》还有一个原因，便是铺天盖地的传播媒介，包括电台、电视台、报纸等等全部一面倒地在歌颂母亲的母爱，似乎父亲的父爱在地平线上突然消失得无影无踪。作为一名父亲，"拓荒者"要为天下父亲的伟大父爱"鸣不平"。

这首散文诗不但在公司网页发表，在上海采购大会演讲，还登上了中华压铸网、中国压铸网、香港铸造季刊等传播平台。

汶川地震深深地震撼了家里三个孩子的心灵，让她们明白了什么是世事无常。三个孩子纷纷表示要珍惜现在的条件读好书，长大了多做公益事业，不要有独善其身的观念。

大奔的故事

阳春三月，万象更新。

2011年11月，太太用了近十年的宝来车终于荣休，接任它的是一辆全新E系奔驰。今春，陪伴着"拓荒者"三个小孩度过十年美好童年时光的大奔也将正式"功成身退"，并于3月8日退港，随即一辆新款7系宝马承接两地车牌，正式接棒。这块车牌的黑市价已超逾百万，抵得上一辆好车的价格了。

当知道二十高寿的大奔将面临被肢解报废命运后，三个小孩死活都不肯接受这一残酷现实。一方面她们与大奔"风雨同舟"十年，产生了浓厚的感情，另一方面也是遗传了"拓荒者"与生俱来的念旧基因。"拓荒者"何尝不是感同身受，毅然否决了残价肢解的行规惯例，借着好友开设于西贡的车行之便，为大奔寻找新的主人，哪怕是免费相赠，前提是延续大奔的生命！

为了打破常规让大奔"安度晚年"，"拓荒者"只好依照香港运输署的要求提交破例的依据：

尊敬的香港运输署：

600SEL平治（奔驰）车停用原因：

该平治车首次登记于1992年，十年前即2002年本人通过朋友的转让二手购入，因为时至现在耗油太大（24公升/100千米）而不得不停用。

鉴于平时保养得当，该车性能仍然正常，因此深感报废实在可惜。最主要的是该车十年来老骥伏枥，陪伴着本人的三个孩子度过了人生最为留恋的童年快乐时光，三个孩子与"大奔"产生了难以割舍的感情，一致要求无论如何必须善待而不得结束大奔的生命（本人亦深有同感）。无奈之下得好朋友陈先生的帮助，暂时存放于其西贡的"广兴车行"托管，希望在继续使用以延长大奔的生命条件下寻找有兴趣的朋友免费赠送。

来自 B 仔雍云的一篇作文更反映了本就特别念旧的 B 仔对老奔驰的深沉无比的感情：

那部老奔驰

B 仔蔡雍云

当我有记忆的时候，有辆比别人又大又气派的小车——奔驰车便一直陪伴着我，从香港到深圳，无论是冬天还是夏天整整十年。

十年，我坐着它上学；十年，我坐着它旅游。这十年里它默默奉献，赤胆忠心。我爸爸也很爱护它，无论什么时候车厢里都保持干干净净、整整齐齐，从不凌乱！每次上车前爸爸都叫我们先把鞋底下的灰尘拍打干净，也不准在车上吃东西。

爸爸说不在于逢年过节一定要"拜车神"，平时也一定要用心爱惜它，你怎么对待它，它就会怎么样对待你！

我总觉得它更像是一个人，风雨无阻无怨无悔地服侍了我们十年。从车的正面看，车灯像眼睛，入风口像嘴巴，两个镜子像极了耳朵，一只状似风向盘又像是车的鼻子的小标志稳稳地钉在了车头。坐进车厢里，那深蓝色豪华宽敞的空间，让人倍感舒适和安全。

那时候我还很小，所以见什么都觉得好奇，车厢里有好多的"机关"，爸爸都不准我乱碰，比如说窗子按钮、座椅按钮、天窗、化妆镜、方向盘、放东西的匣子，更不用说驾驶控制系统和密密麻麻的一些神秘的开关。

这辆产自德国的曾经的豪华小车，并不是只有我们使用过的，十年前买下来的时候是二手车，因为这辆车特别贵——它是600SEL加长版，听爸爸说这辆车诞生的时候是奔驰系列最顶级的，与总统座驾同款，只差一个防弹功能。

我说它老，也确实，一般的车子，主人用不了多少年就会再换，而它，尽管宝刀未老，威风不减当年，但自诞生到现在毕竟已整整二十岁了。我说它老，没有别的，因为是老款，与妈妈刚买来的簇新的奔驰相比，确实很老。

它非常稳重、非常扎实，记得有一次我们一家五人在香港屯门八佰伴逛商场后，准备返回荃湾，当时老奔驰正停在小路口等候，在准备转入屯门公路时，意外地被一辆遭到追尾相撞后的中型货车猛烈撞上车子的右边侧面，尽管中型货车撞上奔驰车后因刹不住飞快的车身，向前冲了好几米远，但我们的奔驰车除了车尾和车门被撞凹外，整部车却依然原地岿然不动，我坐在车内也只是感到轻微的振动，丝毫都不知道刚刚死里逃生，躲过一劫。听交通警察叔叔说，如果不是这部超级坚固的顶级奔驰车，换做是日系汽车，不知已被撞飞到哪里去了，恐怕你们一家人都难以活命！

也因为这次老奔驰的"护主"立下了这么大的功劳，我爸爸和全家人都更加爱护和珍惜它，尽管后来维修开始多了起来，但从来都没有放弃的打算。

但是一年多前回江西老家探望外婆的经历，才真真正正地感觉到饱经风霜的老奔驰的"老"和艰辛。当迢迢千里行至江西婺源，但未及到瑞昌市上山见外婆时，我们的老奔驰的十二个心脏因为电脑故障，其中六个意外地停止了的工作，尽管如此，鞠躬尽瘁的老奔驰，硬是靠着仅有的一半心脏奇迹般艰难地把我们从婺源带到瑞昌，而且坚持把我们背上了绵绵不断的高山，最后又把我们安全地送回远在千里之外的深圳观澜，不负所托地完成了后来的修车师傅所说的不可能的使命。

因为这次去江西发"心脏病"的原因，加之特别高的每百公里24公升的耗油量，而且维修所需要的零件越来越难找，爸爸无奈地对我们三个姐妹说："应该换车了。"听爸爸曾经说过，小车如此高的耗油量及其年龄，意味着"退役"后便要面对惨遭肢解的命运，因此和老奔驰已结下深厚感情的我们三个姐妹死活都不肯接受这一悲惨的现实，一致反对爸爸的决定。后来在爸爸得到修车的朋友的答应，为老奔驰找到了临时的容身新家避免被肢解下，才同意爸爸换车的决定。

上星期六，爸爸开着取代了老奔驰位置的宝马豪华新车，载我们前往香港的西贡"广兴车行"探望我们的老奔驰。当我看到老奔驰还没有找到新主人而"流落街头"，孤独地停靠在路边任由风吹雨打的时候，情不自禁地流下伤心的眼泪……

我迫不及待地抚摸阔别多月的老奔驰，拉开了车门，看着里面熟悉的深蓝色温馨无比的车厢，让我再一次回忆起以前的一幕幕情景。当把车门关上，啊！先进的自动吸门的功能依旧正常！爸爸的那个朋友说上次有人来试车，对车的性能非常满意，开着它感觉很沉稳和舒适。是啊，多么好的一辆车啊。

老奔驰，我们不会忘记你的。

在贪婪地拍下了很多照片后，终于又要告别我们的老奔驰，望着老奔驰仍然孤独地"流落"在街头，并慢慢地消失于我们的视线，我的眼泪忍不住又掉了下来。

购置新的奔驰和宝马也是接受了一班高层管理的"直谏"的结果。他们说新车可以提振一众供应合作伙伴的信心，消除顺景是否存在资金流动困难和赢利能力的疑虑。当今的商业环境中有一个不争的事实，那就是已变相把企业领导者的代步座驾潜化列为企业的健康指数之一。结果确实也是如此，两部豪华车的"加盟"，确确实实地让顺景企业形象大幅改观，也让供应合作伙伴产生了不言而喻的安全感。

第二节 产业报国之赤子心

为让更多的人理解本人的想法，"拓荒者"接受了《香港铸造》行业精英的专访，讲述自己在协会等方面所做的一些事项以及一些建言。

行业精英专访
——顺景铝合金模制造厂 副会长蔡子芳先生

诗人工业家的三代家族使命
从家庭上的一心一意到事业上的三起三落

自学精神、奋勇向前

踏进蔡子芳先生在深圳的办公室，一幅由他亲题的七律诗挂在显眼的位置，尽诉这位诗人工业家的情怀。

十载扬帆了无岸，一足留痕复坦荡。

六年磨剑沐秋雨，八面落叶霜刃寒。

三波三折别泥坑，七擒七纵屹观澜。

九牛二虎惊涛后，五湖四海吾逸然。

祖籍福建的蔡子芳先生，年青时期已是胸怀大志，以创业与作家为一生追寻的梦想及奋斗的目标，并义无反顾地背负起家族三代的复兴使命。蔡先生在 1989 年写给父亲的一封信道：

我既不相信，亦不甘心，蔡氏家族永无出头的一天，我既已付出了十年青春，我同样地将为之奋斗一世，我坚信我必定在这地球上留下属于自己的哪怕是轻微的足迹。

早年在福建创业的艰苦岁月，17 岁的蔡先生凭着坚忍不拔的自学精神，每天工作超过十四小时以上，以家庭作坊的形式去开设自己的工厂。经过多年艰苦奋斗，终于能在福建泉州机械界渐露头角，而他自行设计的刨刀更为同业争相仿效。这时期可说是蔡先生事业发展的良好开始。对他而言起了很大的激励作用，正如他为一展抱负所写的一首诗：

匆匆三年堪出师，茫茫烟海何处是？
我身虽与浪沉浮，我志永无沉沦日。

但蔡子芳先生并没有满足于这些成就。1984 年与母亲移居香港，面对陌生的环境，一切又重新开始。由于当时刨床在香港已成为夕阳机械，灵活变通的蔡先生，遂转职"宝源机械"任车工。初到香港虽生活相当紧张繁忙，一年只有四天休息，但蔡先生却如鱼得水般很快便适应下来，接受未来新的挑战。之后，蔡先生转到德昌电机厂工作，以无师自通的车床技术及精湛的磨刀技术而获得赏识，当年更被评论为最具价值的新人。1986年对于蔡先生又是他的事业的另一转折点，由于看好当时塑胶业的前景，他转投塑胶工模行业，同样以锲而不舍的精神，无师自通地掌握了模具制作技术，奠下他在模具制作事业上的基石。当年的一首诗正道出他艰辛的奋斗历程：

三年香江三年梦，辛酸苦辣冶其中。
若非受命事江湖，不然扭头过江东。

对于勇于挑战自我的蔡先生，不断进步是相当重要的人生理念。1989年8月25日正是蔡子芳先生踏上事业新里程的重要日子。他以毕生的积蓄正式入股逢源制模厂，结束多年的打工生涯，踏上营商的道路。

1990年，在偶然机缘下接到铝合金模的模具订单，从塑胶模到铝合金模，蔡先生的事业再度迈向另一个新领域，并从此与之结下不解之缘。

由于经营理念和发展方向出现分歧，蔡先生的合股公司出现多次危机。1991年合作终以分拆告终，其后蔡先生独自成立峰景制模公司，同年加盟乐丰压铸厂并以三厂合并形式将厂房移入深圳，以来料加工形式经营，并始涉足压铸行业。可惜由于股权及利益冲突的问题合作于次年亦告结束。1992年，公司从平湖搬往观澜福民村，与顺兴塑胶厂合作继续经营，易名为顺景铝合金模制造厂，该厂成为香港唯一的专门从事铝合金模制作的工厂，并在国内注册顺景压铸制品厂，为日后由模具厂转型为压铸制品厂做好准备。

"顺景"的真正飞跃，始于1998年的第三次合作终结，没有了羁绊的蔡先生以每年平均20%的增长，将"顺景"带入全新的广阔天地。

生活平衡、知足常乐

每一位成功男人的背后，总有一个女人的支持和鼓励，蔡子芳先生也不例外。而且蔡太太更是一位贤惠与美貌并重的女人。谈到家庭，蔡先生脸上洋溢着幸福满足之情。蔡先生回忆起在事业最艰苦的时候，无暇顾及家庭而全心投入事业和工作，时间上的分配难免对家人稍有疏忽，而蔡太太的体贴关怀和不离不弃，让蔡先生得以专心致志发展事业。取得今天的成就，蔡太太当然功不可没。

蔡子芳先生的人生理念和经营理念是不谋而合的，他认为做事要一心一意，这是成功的重要法则。

在人生方面，他认为对太太要用情专一，才能维持彼此感情，家庭才会幸福。幸福代表着有平衡的生活，蔡先生认为平衡的生活包括以下五大范畴：家庭、健康、事业、财富和朋友。

家庭

蔡先生认为家庭最重要。提起太太和三位女儿，他说感受很深，为了家庭可以牺牲一切。回忆当年先辈的一句警语"少壮不努力，老大徒伤悲"，对蔡先生的一生影响甚为深远。家中兄弟姐妹六人，他排行老四（兄弟排行老二），由于早年家道中落，他的童年几乎是在艰难中度过的。自幼在艰苦生活中磨炼自己，凭着个人坚强的意志，蔡先生逐渐肩负起整个家庭的重担。虽然，蔡先生目前可以说是功成名就，但他认为精神富足比物质丰盛更为重要，自我满足才可以达致身心健康。

健康

要先拥有健康，才能享受人生。蔡先生提倡简朴生活，低调而不追逐名牌。他认为只要有足够的实力与自信，是不需要依靠华丽的外表去刻意证明自己，反而要注重内在的能量。他认为能充实自己的才是能量，充实自己才是根本，才会赢得别人的尊敬。心态方面，"穷不丧志，富不张狂"是他为人的作风，他以先舍后得的人生哲理去面对得失，因而活得潇洒。"欲望只可以做动力，绝对不可以变成牵引力，把欲望压制在能力之下，此乃生活愉快的泉源。"这是蔡子芳先生的人生哲理与感悟。而他亦身体力行，积极面对未来。

事业

对大部分男人而言，穷尽一生精力去完成事业成功的霸业。蔡先生早已从这种心态中超脱出来，目前事业有成的他，最向往从和谐中取得平衡的生活，不值得以健康换取财富，更不可以因事业影响家庭。因此，累积多年营商的宝贵经验，配合从生活中磨炼的智慧，蔡子芳先生自有一套独特的成功经营理念。

财富

累积财富是很多人一生追求的目标，甚至是生存的意义。蔡先生的见解与世俗不同，他认同金钱的重要性，但金钱只是一个工具而不是目的，对于没有能力驾驭金钱的人，突然获得大量的财富，反而是生活平衡的敌人。一个亿的痛苦堆砌，绝不如一百万的快乐形成。因此，财富的累积需要量力而为，有能力赚取财富，却无能力支配金钱，才是人生的悲哀。

朋友

在蔡子芳先生的思维世界里，没有敌人，只有朋友，两条生命线能在茫茫人海中交集已属缘分，无论结果如何都丰富了人生。无论世界有多少纷争，人与人之间有多少冲突，蔡子芳先生相信共富和谐、共存共荣才是最高境界。全世界幸福，才有个人的幸福。所以他有每天写日记的习惯，珍惜每一天，过着充实的生活。他认为凡事不可以只用金钱去算计别人，要有平衡的心态，否则只有双输的竞争对手，不会有互惠的合作伙伴。

创新技术、知人善任

从管理和领导的理念去看，蔡子芳先生可说是个中高手，可从以下五方面去看：

1. 人事决定企业的潜能

蔡先生了解自己是技术专才，而非管理人才，因此自己的时间主要用在创新技术的领域发展，而管理方面，早在 2005 年进行了重大管理变革，聘请大批专业管理精英，包括总经理及七位部门经理，突破管理瓶颈，提升管理的效率和层次，所谓用人唯才，才可收到事半功倍之效。

2. 关系决定企业的士气

和谐的企业文化对企业整体发展是相当重要的一环。蔡先生深明此道，他努力建立共融的团队精神，鼓励互惠互利，一起成功的工作气氛，借此提升员工的归属感。此外，蔡先生将自己对乒乓球的热爱，融入员工的工余活动中，将身心健康的讯息，带入企业文化中。

3. 技术决定企业的发展

蔡先生对产品技术的开发及创新极为重视，事实上"顺景"是名副其实靠超凡的突破技术禁区的"啃骨头"战略，开发一片天地的企业。更是铝合金压铸模具设计行业的标杆，独特而非传统的模具设计理念，使"顺景"的模具设计频频突破压铸模具设计制造的极限而达致一个更新更高的境界。蔡先生认为，企业短期的核心竞争力是资金或技术，中期的核心竞争力是制度与流程，长期的核心竞争力是企业文化。他认为优化客户对企业发展有正面的影响力，现今国内高质素的供应商很少，只要有优质的产品，具竞争力的价格，自然能吸引到要求高而又愿意付出合理价钱的客户。

4. 目标决定企业的方向

所谓目标分短期和长期两方面，短期目标当然是继续发展企业目标产品，突破生产技术，累积研发资源，培训专业人才，全面提升企业素质；长期目标则是成为有实力的上市公司，迈向国际化的企业。

5. 领导决定企业的成功

出色的领导就是要懂得权力下放，知人善任。蔡先生相信管理阶层每位都有专长，要有效分配资源，做到平衡的效果，才能发挥个人最大的潜力，精英制度是令企业成功重要的一环。当然，蔡先生作为企业的精神领袖，对企业文化意识具有举足轻重的影响力。

企盼远景、享受人生

蔡子芳先生亲自撰写的"顺景发展策略"：

> 广纳精英，增强实力，
> 培训人才，优化管理。
> 囤储粮草，厉兵秣马，
> 全员运动，蓬勃发展。
> 锐意创新，提升层次，
> 俯瞰大局，洞察先机。
> 泰然处变，居危勇往，
> 顺景之舟，和衷共济。

从中可以看到这位诗人企业家对自己企业的远景规划。著名的"松下"企业的至理名言："与地球共存"，深深地触动及启发了蔡先生——取之社会用之社会，用社会资源及社会精英打造企业，而后企业反哺社会，让企业与社会共荣共存，乃至长盛不衰，此乃蔡先生对事业的坦然心态及为企业设下的终极目标。

一直强调谈笑用兵的蔡子芳先生，目前正过着自己理想的平衡生活，除了工作之外，每天打乒乓球为强身健体的运动。蔡先生认为没有健康的身体何以笑到最后？保持积极的人生态度，最重要是以家庭为生活重心，与家人共享努力的成果，从而真正享受人生。

把太太的家乡推荐给香港商界

2005 年 2 月春节，"拓荒者"以自驾游形式和太太带着三个小孩回太太娘家江西省瑞昌市横立山乡过年。农历年三十，竟然出现了传说中的瑞雪纷飞的景象。以往"拓荒者"虽多次"求见"瑞雪，均无缘得见。

此前与三个小孩早已约定好早睡，并事先声明因地球气候变暖，瑞雪着实难得一见，但三个小孩依旧不停抱怨和嚷闹不已，不得已才带着满脸的不悦，进入了梦乡。

然而气候变暖似乎同样也让天公心情烦躁，经不起三个小孩的抱怨与嚷闹，趁着太阳老头还没起床，竟然发起了脾气，把厚厚的鹅毛般雪花洒满了整个小村、整个庭院。

从未见过下雪的三个"始作俑者"揉着睁开了眼睛，在瞬间惊呆过后欢欣若狂地扑向了雪堆。她们堆雪人、扔雪球，与银装素裹的大自然融为一体，所迸发出的在都市孤独的方寸空间所没有的童真欢声笑语，给宁静的小村，意外地带来了春的气息。

瑞昌横立山乡的"魔鬼洞"地底世界四通八达，延绵跨省几十公里。因为"魔鬼洞"的独特自然环境，让人类不敢冒险涉足其中，相较四周大自然已被严重破坏，反而给予人"另类"的完整。

魔鬼的狰狞却带来天使无法企及的守护效果，让人欷歔。

期间，"拓荒者"顺道考察江西瑞昌及赣州，之后去信香港工业总会、铸造协会等部门推荐赣州作为珠三角企业的发展腹地，呼吁开辟工业区为企业寻找栖身之处，避免香港企业最终因一盘散沙而逐步被边缘化。

给香港商界的推荐信

致：香港工业总会 钟志平先生

　　香港压铸业协会 陈宇杰先生

　　香港铸造业协会 梁焕操先生

　　现敬奉江西赣南赣北工业区考察随记及几点拙见：

　　对聚集于珠三角的香港中小企业，特别是"三来一补"传统加工外向型企业来说，劳工短缺较诸缺乏电力影响严重得多且深远。众多企业人士包括本人对这一结构性症结深表忧虑，何去何从彷徨难决。

　　过去一年因大量缺乏劳工造成的损失相信众厂家仍心有余悸，今年更是无法乐观。一方面是中国电力部门已断言电力将比2004年更加缺乏，而电力不足导致的劳工短缺，因加聘劳工及被迫加班，更加剧电力供应僧多粥少现象的恶化；另一方面从本人于此次在江西考察的亲身体会可见，当地政府以种种方法（手段）"截流"（劳工向珠三角及外地流出）以保障本地厂家用工（工业区正加速扩大）；再加上因全国开放，工业区遍地开花，经济腾飞带来的是就业多元化，对劳工来说，机会不再只是集中于珠三角。客观形势要求企业开发除传统劳工大省，如湘、赣、川、皖等外的其他省劳工，否则情况堪虑形势严峻。但此做法就算成功亦无法从根本上解决问题，亦是治标不治本的短期"止痛"而已。来料加工企业也许可以转型做产品制造从而减少对劳工的过分依赖，然而这谈何容易，坐观其成更是不切实际的，因远水难救近火。未雨绸缪防患于未然显得迫在眉睫。

　　曾经让应"三来一补"这一历史产物而生的香港绝大多数中心企业引以为傲的地缘优势——相对于缺乏地缘关系的台资及其他"中原逐鹿任我行"的外国投资者而言，现时已成为包袱——已导致严重依赖珠三角而难以向内地劳工大省腹地挺进，从根本解决劳工短缺——可以说形成了困局。因外向型的"三来一补"企业运输成本难以承受。对当地税收的贡献不及内资及合资、独资甚至外向型大型企业的缺陷，也致使其更难以赢取当地领导的青睐而备受冷落。本人接触的招商局领导以"税"论优次的观念倾向非常明显，倘香港商会组织不积极加强沟通，陈述庞大的"三来一补"企业大军能给当地带来巨大社会经济效益，如珠三角经济腾飞的实例，加强相互的了解，则将更加寸步难行。

本来"三来一补"企业的各项特殊条件，在中国加入世贸五年过渡期后当修改，但至今仍未实施。此一困扰至今未解，亦是香港许多中小企业向腹地延伸的不确定因素的阻力之一。此问题值得关注，应列入须迫切面对的议题，如何适应转变应及早制订方案。

现就赣北瑞昌的考察简略汇报：

1. 对外来投资，除中央政策规定的应上缴税等硬性指标外，企业所得税属于地方的部分，五年内先征后退，优惠政策与其他偏远的开发区相若，但增值税 10 年内 50% 以先征后退方式奖予企业。

2. 土地政策方面"四通一平"，每亩 1.5 万元，属于农田的购买后须及时建厂，两千万投资可购地约 25 亩。

3. 水电供应均优于深圳、东莞。电力由三峡电站直接输入，价格介乎每度 0.5 元左右。

4. 除以上优惠外，招商局及市领导对招商引资的殷切从向投资赠发绿卡（甚至被企业滥用而到了到包庇犯罪的地步，可不接受公安调查甚至凌驾之上，导致当地台干常与当地居民产生冲突）可见一斑。鉴于此一做法将会让瑞昌的治安因两极分化而加快恶化，反而让素质高的投资商却步，影响深远。有关领导考虑接受本人建议的对绿卡加入时效限制并缩窄功效，最终取缔的临时过渡措施。

5. 瑞昌的矿产资源十分丰富，包括储量可观的镁合金矿，现时已有一福建冶炼厂准备捷足先登。

6. 现时瑞昌外来投资以台湾亚东水泥厂最大，台资占主导地位，福建内资次之，香港企业只有寥寥几家，主要产品大都为内销。

7. 以瑞昌的地理位置，左可以沿长江直上重庆西北，上可直达河南中原腹地，右可顺长江而下接上海出口，下则因独特的南北走势长形板块连接于泛珠三角与长三角之间，从抢占国内市场上观乃战略要地，且属劳工大省，乃大型企业投资的理想地方。

8. 在九江市设有海关，货物可直接在九江上船由运输公司内部在上海驳轮船出口世界各地。自九江至上海只需一天，而且每柜货以输往南美计可省300美元左右。

另一本人考察的地区，江西赣南——赣州。

值得推荐的是距深圳只约400公里的赣州市（全程高速将于今年7月间开通，届时自深圳至赣州4小时便可到达）。这里将成为"三来一补"出口加工企业的战略后方，相信中小企业将"柳暗花明又一村"：

1. 税收、土地、水电政策赣州与九江市相若，其周边市镇亦与瑞昌相若，如距赣州市仅2～3公里的南康镇，现时山地三通（不含推平），每亩1.5万元人民币（邻近机场，在7月通高速后势必大幅涨价，因仅3公里之距的赣州工业园每亩3万元人民币）。

2. 经本人与招商局局长及几位领导协商后，现时已同意本人的看法并承诺尽快出台针对"三来一补"外向加工企业急需的优惠条件，包括特殊税安排及结汇、报关（当地报关）、出口（当地封关直达深圳出口）、运输（陆路：汽车、火车，空运）等。

3. 赣州乃劳工大市，人口800万，教育水平在江西省平均水平之上，地处通往全国的运输要地，对战线无法延伸于腹地太深的"三来一补"外向型加工企业俨然是首选之地，如用工密集型及环保因地理难以达标的工序可先作转移。附加值较高且用工较少的工序可留在深、莞作接待外商洽谈业务的窗口。

4. 涉及三地（港、粤、赣）税务、报关等安排有待与政府进一步商榷，但商会组织需主动推动。

5. 赣州招商局表示最近将组织相关人员来深圳、东莞深入了解，针对香港中小企业的实际条件，制定一系列政策务求成为中小企业的战略要地、广东省的后花园，届时务请商会有关领导安排迎接及认真磋商。

后记：

香港的龙头大企业，如工业总会的领导层，甚至港府若能出面在赣州及相若地区，如湖南等开发类似台资的大型企业工业区，让中小企业栖身寻找第二春及出路，相信是最佳的选择。时下分散而无序、各自为政的香港中小企业正在"逐鹿中原"的战场上处于下风，并逐步被台资、外资边缘化，所谓情何以堪？值得各商会高度重视。

谢谢！

顺颂商祺　新年大吉

对经济政策的争鸣和建言

2007 年 3 月，"拓荒者"在《香港铸造》春季号发表《柳暗花明寻"一村"》一文，首次对政府的梯度转移政策，及"腾笼换鸟"以行政切割市场规律的长官意志，予以尖锐批评。并警告长此以往必将导致企业、员工、政府三败俱伤惨剧的降临，社会无可避免地将因此付出动荡不和谐的沉重代价。

柳暗花明寻"一村"

2006 年 10 月堪称萧瑟之秋，139、145 号文件引发的"大地震"重重地震醒了一向默默耕耘、不问政治的港商们。历史将为仍然偏安一隅、一盘散沙的非"群居"模式，再次画上句号；历史更把一向被冠以"联谊机构"的商会组织，推向不可替代、不可或缺的崇高顶峰；当存亡系于一线，挥去"联谊"面纱，肩负凝聚集群力量、争取合理政策及公平营商环境使命的商会的"核聚变"便释放出巨大的能量，挽狂澜于既倒、大厦之将倾！

但 82 号文的"动态调整"之剑仍高悬横梁，惊魂甫定的绝大部分加工贸易企业，随时面临被发配"边疆"的厄运。当远离珠三角这一供应链机体，昔日广受欢迎的投资内地"排头兵"，面临的将是予"同情收留"的寄人篱下境况，待遇上的落差不说，连仅存的"奶汁"也被挤干；配套供应链残缺不齐；物流成本大幅上涨；人民币升值；材料价格、柴油价格居高不下；工资大幅上升；营运成本大幅攀升；管理精英因偏远山区的生活质量大幅下降而大量流失；普通工人难以招聘。在管理素质无可避免难逃下滑的结局下，遑论发展，存活的概率有多大相信大家心中有数。

在与"完全市场地位"大相径庭的长官意志行政手段切割下，被称为第二梯度转移提升产业结构的"产业种族"大迁徙突如其来，和自香港迁移深圳、东莞的第一梯度产业转移的理念相同，但它其实严重忽视了两种转移的背后有着截然不同的历史背景与诱因：一种是香港价格内地成本，巨大获利空间让人甘冒刚开放时政治环境之天下大不韪，前仆后继，另一种则是价格不变成本上升的不得已而为之，明知山有虎被迫虎山行，客观条件的天壤之别岂能等闲视之。偏远山区廉价购地几年之后建厂利益的远水，是否能够救迫切的近火？管理素质下滑的同时，优质业务也将随之流失，难以幸免，能偿失乎？本人认为应三思而行。在远近和配套、政策与条件之间可找到一平衡点以寻得发展的第二春；倘若通过商会、业界群策群力，共同进退，则必能起到事半功倍之效，生存的空间则必大幅扩大。

然而，面对迫在眉睫的存亡抉择，却仍有为数不少的抱着侥幸心态、企图独善其身的企业，浑然不知大难将临，在山雨欲来的宁静下哼着"明天会更好"的歌，何其优哉？

在此背景下，江副会长冬季号的"139 风暴——拯救来料加工运动"论文显得弥足珍贵及不可多得，商会应不遗余力地广而告之。

将真相大白于业界，把讯息渗透每个角落，让更鼓长鸣——此乃商会组织发展壮大的契机，亦是在大时代风云变幻下责无旁贷的历史使命。

2007 年 4 月，面对政府的进一步加紧行政切割导致企业经营危机日益恶化，"拓荒者"再次以《山穷水尽寻出路》公开信代表铸造协会去信工业总会高层，紧急呼吁建立香港工业园区，拯救香港中小企业。

山穷水尽寻出路

致：尊敬的香港工业总会　丁午寿主席、刘展灏副主席由：香港铸造业协会副会长　蔡子芳敬呈。

首先多谢工总长期以来的关怀及指导，对工总为维护属会会员利益及对香港工业的发展作出的巨大贡献及不懈努力深表敬佩。

鄙人三月中旬于粤东考察途中曾发唐突而冒昧的"批评意见"，在此致歉，正所谓爱之越深怨亦而生，还请谅解。在下素来耿直，不吐不快，眼见业界面临前所未有的危机，实在坐立难安，对拥有强大能量的工总寄以极大的期望，但能量却与所发挥出来的效果极不相称，自是失望。

在下认为商会传统的沟通、桥梁、联谊、互助的角色，仅适用于常规的商业纠纷、讯息传递、与政府的良性对话、零星的援助个案，如今已经难以适应当前因长官意志被迫集体"种族"大迁徙的严峻形势。与其做屈从游戏规则下疲于奔命的消防员，倒不如凝聚集体能量，挟巨大筹码从而左右甚至参与制定游戏规则，从源头上杜绝火种，以防患于"未燃"。

作为香港工业界唯一法定的商会——工业总会，地位超然，影响力巨大。倘再如港府的积极不干预政策般高唱被动的"凝聚"这一已证实无法凝聚的消极方法，而让淌血的时间继续流逝，那么业界引颈期待的栖身之地"香港配套工业园区"将成为泡影。若干年后当工总的决策层回头观看，若看到遍地"尸骸"的惨况，这种"我不杀伯仁，伯仁却因我而死"的历史责任，恐怕难以开脱，"不作为"之嫌难逃，又何以释众？

还望工总领导三思！

被动的凝聚等同静止的"胶水"，守株待兔的"对愁眠"何以为聚？珠三角地区历经二十余载才自然而无序地形成配套供应链，而眼下形势，对一向惯于自由、一盘散沙，面对迫在眉睫危机才惊慌失措的业界而言，等如坐以待毙。主动的凝聚则乃具备吸力的"磁石"，在工总主动地制定工业园规则、条件、权利、义务，甚至由会员集体授权予工总作法定权力等后，对行业分类后的所需配套统筹划分，在制定程序后设定进度及时限，并以交付意向保证金（可以按行业及规模收取 10 万至 100 万不等）签下意向书，愿意接受规限约束为入园条件，一旦消除先进工业园恐成"先烈"的疑虑，加之有工总做后盾，则必会有大量的会员响应，工总属下逾 4000 家企业若有 1/4 加入，产生的群聚效应将无可估量：

其一，鉴于粤港两地的共同利益，以及广东省政府一向对港资企业的了解与支持，加强与广东省政府沟通协商，共同面对新的政策带来的困难和危机。

其二，作为强大的筹码可向愿意廉价优惠开辟工业园（绝无不愿意者）的招商方，争取最佳条件（1000家企业等于让一个镇实时致富外，产生的辐射效应更深远而广大）。

其三，港企的生存攸关香港的经济及社会稳定，可据此向港府申请兴建工厂的贷款（类似由政府担保银行批核用于专项兴建工厂的贷款）以资助缺乏资金的中小企业。（因土地和工厂在不断大幅增值，政府与银行几乎无风险。）

其四，所需物流运输、生活配套、娱乐设施（时下普工最热切期望的）、零件供应等相关配套必会在短期内应运形成，珠三角穷二十年才无序形成的完整供应链可在工业园内短期形成，其深远意义不言而喻。

其五，可打破区域束缚，与台资、外资一样无地缘限制，可轻易地走出广东省，中华大地任我行。

其六，因聚群效应，普工的流向亦将趋之若鹜，势必成为亮点，因配套娱乐设施的完善，更能留住人才。

其七，工总只是运用得天独厚的影响力而已，并无财政负担，相反更可增加财政收入，加入工总的会员亦必大幅增加，所谓百利而无一害。

其八，重新洗牌后供应链将更加成熟及完善，竞争力必定提升，资源的配置亦将更为合理有序，环保及循环经济将成为现实，正所谓顺应潮流，一劳永逸。

其九，改变分散而无序、资源浪费、布局不合理、配套不均的现象后的工业园区更是工业界培训各类人才的训练基地的最佳选址。

其十，符合港府的长远策略，可加强粤港两地的合作，随着工业园区能量的不断辐射、渗透及延伸，香港更不会在逐鹿中原中被边缘化。

面对风雨飘遥的困境，工总面临的困难可想而知，工总的劳心劳力更有目共睹，所谓天降大任于斯人，工总万万不可错失良机。善哉，千秋功过必留痕，还望工总决策者尽早定夺。

以上愚见敬请指正及包容。

谢谢。

顺颂康安，

并静待佳音。

2007 年 4 月 17 日

2007 年 5 月 23 日，与铸造协会李江海会长和江汉波副会长代表协会会晤工业总会刘展灏副主席、钟志平副主席、孙启烈副主席（三位皆为太平绅士）及邱继龙总裁等五位工总的领导层，再次提出建立香港工业园区的建议。

建立香港工业园区的建议

本文为 2007 年 5 月 23 日赴刘展灏副主席之约，会谈内容草拟。

（催生工业区的历史背景）

首先多谢刘主席百忙之中的接见，并祝工总伟业昌盛。

1. 各自为政一盘散沙式的香港中小企业，绝大多数已无法单独面对形势逆转下，新的政策带来的史无前例的冲击，以往的人际关系在大环境下已无济于事，唯有工总加上政府的协助才能应对。

2. 纯粹的优胜劣汰无可厚非，但随着营商环境的不断恶化，一刀切下被误杀的企业持续增加，银行必将逐渐收紧融资条件，如此将严重地殃及无辜且牵涉广泛。对许多企业来说几年来挣扎求存，本来充裕的资金积累所剩无几甚至已经干枯，难以承受人为干预下无从预测的成本增加（原区发展已艰难，新的欠发达地区相信更为严重）。

3. 工业区乃聚集集群能量的基地，非工业区无法起到"聚"的作用，台湾、日资企业等工业区乃明证，只有工业区才能把影响力发挥到极致。

4. 面对所谓的污染行业，如电镀、表面处理、化工等企业，发达地区已不屑考虑，而欠发达地区因缺乏管理监督能力及财力，又在环保至上的无限上纲下，无视（或者根本不懂）工业链的配套事实一刀切地将其拒之

· 235 ·

门外，由工总建立工业区则可填补此一断层。权威的统筹分工、严格的监督、法律程序化的管理、科学而有序的控制——这些欠发达地区无拒绝接受的任何理由，理应欢迎，相信他们明白只有面对而后克服才是长治久安之良策，否则招商引资亦为空谈。

5. 工业区的建立以"卖楼花"合约交保证金形式催生（可先登记待形成规模后才收款），政府从中协助（不管是否愿意亦必定会牵连进去），随着土地增值及前景明朗化，银行亦必乐意涉入而从中获利，从而形成良性驱动。

6. 工业区的建立应预留后续发展空间，具体规划、分类、统筹、设施的配套等相信以工总的实力绝对驾轻就熟。

7. 对香港政府来说，上有过界干预的顾虑，下有"民主监督"、程序正确掣肘，难以正面介入。如以工总催生后再将港府带入，相信港府会顺理成章成全，因为若港府主导有干预自由市场及干预内地运作之嫌，被动介入则属道义的协助，两者性质不同但效果一样。

8. 游说港府主动介入，必须有量化的依据做前提。若要大量的调查拿出具体的数据，在当今大多数中小企业缺乏团队意识，有着各扫门前雪、明哲保身的惯性思维的现实下，乃强人所难之举，而且就算拿出数据，客观的衡量标准何在？经不起质询的同时，浪费的时间相信会造成更大的损失。

9. 工总理应借鉴台湾商会的模式，拥有权威的驾驭能力及法定权力（由各会员投票授权相信并非难事），改变单纯的桥梁角色。事实证明这种角色已无法应付当今的严峻形势，疲于奔命的到处扑火绝非良策，且必定事倍功半。

10. 以前港资企业沾沾自喜的地缘优势相对于台资及外资，时移势易已变成围城自困的包袱，此乃故步自封、一盘散沙的结果。历史赋予工总整合、团结、凝聚、互助的重任，同样的亦应赋予与之相适应的权力，否则任凭工总疲于奔命亦回天乏术。

11. 最后请教刘主席：

为何香港缺乏如台资或外资有远见的巨头及财团建立的工业园区？既

可做避风港，更可保存属于本土的核心价值，台资做得到，港资为何做不到？

　　工总辖下独立成立工业园区法人管理机构的可行性？存在的困难？

　　若没有港府主导是否就无法成事？

　　工业总会的高效快速反应以及一丝不苟的处事作风令人赞叹，一群功成名就的上流精英对社会长期锲而不舍的无私奉献，更让人肃然起敬。

　　面对一盘散沙的香港制造业，面对因一盘散沙而成的割据山头的内耗，这种比一盘散沙的无力感有过之而无不及的局面，任凭T总投入再多的资源及付出再大的代价亦事倍功半，回天乏术；面对程序正确以及政治正确下的一班"民主苍蝇"、面对"积极难作为"的港府的爱莫能助，工业总会的北望长叹的落寞难以言状。

首次应邀登台演讲

　　2008年6月20日，"拓荒者"应中华压铸网邀请，首次在公开场合以《中国压铸件供应商的生存与发展空间》一文，在全国性的上海采购大会发表演讲。随后，以《一溜烟，我走了》散文诗，再度悼念汶川大地震中殉难的同胞。

　　2008年9月15日，"拓荒者"应《中国铸造技术》杂志社的要求，将在上海发表的《中国压铸件供应商的生存与发展空间》一文补充编辑，之后以"精益控制，拓展中国压铸供应商的生存与发展空间"为题刊登于全国发行、极具权威的《中国铸造技术》杂志2008年第9期，并被誉为"对中国中小企业深具指导意义"。

精益控制，拓展中国压铸件供应商的生存与发展空间

　　随着经济全球化时代的来临，供求关系的"春秋战国"现象亦告出现。

市场板块无情漂移后重新划分，品质与价值概念的全新诠释，以及它们所带来的新旧管理模式的无情碰撞，将停留于粗犷与家族人治管理层次的企业推向生死存亡的边缘。

本文只是从一个普通的从事压铸加工的企业出发，以香港和珠三角营商环境的角度，探寻中国压铸件供应商在当今形势严峻、挑战与机遇并存的大时代下的生存与发展空间。

从本人遍及大江南北的考察来看，从与本厂合作的多家世界五百强企业如松下、艾默生、富士通等的反映所得，中国压铸行业具备高精度、高附加值的企业大多集中于长江以南一带。但长江以南一带的企业在全国所占比例却又位居少数。这一分布不均的布局无可避免地将制约中国压铸行业的发展：拥有庞大而廉价资源的一方，通过初级加工的廉价模式将价值拱让予买家，而拥有管理与技术的一方，因为面对廉价而无序的竞争，却反过头来受到制约，相对于外国买家这可以说是典型的内耗式的"渔人得利"。

尽管这种"得利"相对于要求高的买家，因为"可选择"的采购寻找成本居高，可能得不偿失。因为能通过先进管理体系如 ISO1400 及 TS16949 严格评审的企业只属少数，高素质的买家受品质标准的制约，亦难以"货比三家"。

缓和甚至消除南北之间的差距，通过合作交流，相携并进、互惠互利，让更多的从事压铸的企业转型以高精度、高附加值为主，本人认为此乃拓宽生存与发展空间的最佳途径。当"良""莠"态势向"良"性倾斜时，连锁的良性循环必将形成且逐步加快：

1. 当较高层次的企业成为主流时，一方面自身可摆脱纠缠式的竞争；另一方面可形成牵引效果拉动较低层次的企业进步，从而形成互补。

2. 行业人才的素质必将大大提升，优秀的群体自然会成为行业主流。

3. 产品的附加值亦将相应整体提高，非合理的价值拱送亦将逐步减少。

4. 提升"世界工厂"形象、减少资源浪费、降低能耗的同时，"市场大饼"因全球需求相对良性地大量增加，势必大大膨胀。

但是，"提升与转型"绝难一蹴而就。尽管"减少内耗、压缩内部成本、提高效益、提升管理层次"的口号响彻云霄，但是"冰冻三尺，非一日之寒"的客观现实终究要面对。当冷静过后，理清了头绪，本人认为：

其一，应先采取短期的"止血治标"的方法，从技术创新、优化工艺流程、清理各个工序权责到系统管理技术切入。

其二，待时机成熟再实行长期治本的企业文化导入，更新企业管理思维、摆脱任人唯亲的家族式落后管理模式，引入先进的管理体系，从而以制度取代人治，将企业纳入正轨。

相信此不失为较可取的循序渐进的稳重手段，在不对企业的承受程度造成太大冲击的前提下完成企业向更高层次的成功过渡。

压铸行业尤其是冷室铝合金压铸行业，相对于其他诸如塑胶、制衣、玩具甚至电子等高度成熟的行业有着特有的优势，主要在于这一行业较为冷门，投入大且技术含量高，将入行门槛自然拉高，因此形成了业内竞争相对较为温和（理论上应该如此），供求的筹码天秤起码不致太过倾斜。其次铝合金最具增值潜力的部分并不在压铸本身，而在于后续的精加工。后续的精加工不但富增值价值，且蕴藏着很大的议价回旋空间。

但是，世上并无免费的午餐，上天既赋予铝合金压铸的增值及议价空间，同样为之设下了前提：必须具备优良的加工工艺技术和流程设计能力，以及完善而精细的过程控制能力！更不能缺少严谨的制度与执行力！

纵观日本、欧美一些高精度、高标准，甚至零缺陷的产品，如汽车动力配件，现下全球买家已有逐步减少对华采购的趋势。中国企业有必要从中反省自身的散发性思维，以及缺乏制度与合作、服从性与自律的"习性"。这种与高度严谨的制度、精细无遗的工艺流程、丝毫容不得个人主义呈英雄背道而驰的"习性"，正在成为我们向世界先进同行拉近距离的羁绊与瓶颈。

现实中，"聪明"与"精明"比比皆是，"高明"与"英明"却寥寥无几，"小聪明"与"自以为是的精明"乃品质异常潜在的病灶，因为它们恰恰是"执行力"的"天敌"！不能不引起我们的深刻反省与正视。

从中国因经济高速发展自身的压铸件需求自然增长高逾百分之十二，

加上日本、欧美在中国市场采购量逐年增加（非高精端零缺陷等的产品）的趋势展望，压铸行业将大有可为。发展的前提是内部成本得到控制、效益提高的速度必须跑得比目前综合经营成本急剧猛涨的速度更快！否则除了有能力转嫁予买家外，形势不容乐观。

面对当今严峻的经营环境，珠江三角州的外资企业，其韧性与生命力较之内资企业的平均三年寿命强出许多。但在承受外部因素如材料价格飞涨、人民币持续大幅升值、石油价格暴升及美国市场需求疲弱等摧残的同时，更接二连三地遭受所谓"腾笼换鸟"的一系列内部政策的冲击，内外交困的致命煎熬，截至今年6月中已导致30%的企业相继倒闭，且仍在进一步恶化之中。

从倒闭的企业大潮中，本人发现了一种耐人寻味的现象：除了粗犷管理、缺乏增值能力、不具较强的适应性及生命力的企业倒闭外，一些管理特别精益的高科技电子产业行业，虽贵为高科技却反差地属于低增值，纯利仅及3.5%。这些占全国外贸出口比重37.6%的企业拥有最先进的管理体系（如"六西格玛"），面对如此狭隘的生存空间，在外部因素突变、内部可压缩的成本空间已到极致，价格优势几乎荡然无存的严酷形势下，不少此类高科技的大型企业也相继倒下。

从中可得出"血"的教训：粗犷管理也好，精益生产也罢，若将企业带入比拼价格的"红海"泥潭而难以自拔，则无疑是愚不可及的策略。将精益控制节省下来的资源用于拓宽生存空间、增加议价筹码、优化业务素质从而产生良性驱动，才是根本的生存发展之道。

协助商会组织呼吁政府出手相助困境的企业

2008年10月27日，"拓荒者"协助刚合并的香港压铸及铸造业总会新荣任的李远发会长，拟定在香港立法局会议上发表的演讲稿。这次演讲是应香港立法会工商事务委员会之邀，就制造业受到全球"金融海啸"冲击所出现的前所未有的危机紧急呼吁。

尊敬的主席，各位议员：

香港压铸及铸造业总会是由原香港压铸业协会和香港铸造业协会于今年7月份合并而成的，有400多家会员企业，代表着香港铸业的主流。

中小企业可能大批倒闭，将影响本港社会安定

本会的会员企业大多数仍属中小企业，原本的融资能力就相对较弱，金融危机使得这些企业的融资更加雪上加霜。最近我们做了一次针对会员的调查，结果显示很多企业都已经被银行收紧信贷额度，有的收紧了50%，个别甚至完全取消了信贷额度；同时，一些企业还反映银行提前催逼企业偿还贷款。

中小企业面临的现状是原材料价格上涨、劳动力成本上涨、欧美市场订单锐减、内地生产基地又面临人民币升值等困难。最近中央政府虽然紧急出台了帮助中小企融资的措施，却又因绝大多数中小企业均为加工贸易性质，并不具备法人资格而被拒之门外。所有这些已经将中小企业迫上绝路，而本港银行紧缩信贷的做法极有可能成为压垮企业的最后一根稻草。

本港已经接二连三地出现了企业倒闭事件，我们相信，这不是孤立的事件，并深信这仅仅只是开始。如果政府不高度重视并且立即采取强有力的措施，中小企业的倒闭会很快出现多米诺骨牌的恶性效应。

我们注意到，香港政府劳工及福利局局长张建宗在18日表示，由于经济转差，香港存在失业率回升的压力。如果接下来众多中小企业倒闭，大量失业人口的出现势将严重影响本港社会的和谐与安定。

各国或地区纷纷支持中小企业，值得港府借鉴

（一）中国内地：人民银行已经增加商业银行的信贷额度，并且定向支持小企业。

（二）韩国：为解决银行和企业的资金短缺问题，韩国政府计划向进出口银行和中小出口企业提供大约300亿美元资金。韩国银行23日上午举行金融货币委员会会议，讨论为支持中小企业而将总额限度贷款规模比现

在（6.5 万亿韩元）增加 2 万亿韩元的方案。

（三）法国政府与相关银行代表 21 日签署支持中小企业融资协议，总额 220 亿欧元（1 欧元约合 1.31 美元）的专项资金 24 日前将全部拨到各银行。

（四）巴西央行从其 2080 亿美元的外汇储备中直接出售 32 亿美元，为外贸企业提供贷款 16.2 亿美元，提供其他方面的贷款 37 亿美元。

还有更多的政府正在采取救助本区域中小企业的措施，我这里就不一一列举了。

实时采取有力措施，解决中小企业信贷困难

为了中小企业的生存，为了香港的繁荣和稳定，面对下个月及 12 月份的还贷、催款高峰期，我们香港压铸及铸造业总会呼吁政府即时采取以下措施：

（一）关于放宽、优化、扩大中小企业信贷计划

1. 将现有两项中小企业信贷保证计划，即 100 万元的备用信贷和 500 万元购置机器贷款合并，使得银行有信心继续支持中小企业。

2. 降低信贷门槛，放宽申请限制，使得中小企业更容易获得信贷支持。

3. 尽可能提高中小企信贷保证计划的保证额度。

（二）关于出口信用保险

1. 香港出口信用保险局当前应高度重视对中小企业的服务。

2. 增加对中小企业的业务量，简化程序、减少审批时间，增加对中小企业出口新兴市场的支持，缩短理赔时间。

香港压铸及铸造业总会会长　李远发

2008 年 10 月 27 日

2008 年 11 月 4 日，"拓荒者"与香港压铸及铸造业总会江汉波副会长

及永远名誉主席姜永博士协助香港压铸及铸造业总会拟定公开信，呼吁中央与香港地方政府在全球"金融海啸"猛烈冲击的非常时刻下，紧急出台措施拯救制造业。

致香港及内地两地政府的公开信

有关针对"金融海啸"政府政策我会的立场

敬启者：

随着国内外各因素的多重冲击，近年来内地营商环境正在急剧恶化，主要表现在：

1. 收紧来料加工政策；

2. 减少出口退税；

3. 基本工资每年双位数增长；

4. 人民币急速且大幅度升值；

5. 原材料价格大幅飙升；

6. 新劳动合同法实施；

7. 少数别有用心员工恶意状告资方；

8. 环保标准大幅提升；

9. 海外订单大量减少；

10. "金融海啸"下资金链断裂。

上述十项不利因素集中于短期内急速涌现，其破坏力远超过改革开放三十年来历次冲击的总和，导致众多厂商身陷生死存亡的危机之中。

香港压铸及铸造业总会的宗旨是推动香港及内地压铸及铸造行业之发展，总会现有企业会员总数超过400家。本会最近因应上述困局，展开了行业会员间企业调查，结果如下：

1. 现时计划结业者占9%；

2. 营运至年底才考虑企业存亡者占50%；

3. 认为收缩规模尚可勉强营运者占30%；

4. 认为可渡难关而长期营运者占11%。

综上所述，企业之营运陷于极度困难之中，尤其近月以来全球"金融海啸"爆发，所有银行以抵抗冲击为由几乎停止信贷融资业务，绝大多数企业今已岌岌可危。

近年铸造及压铸业有众多企业响应中国内地及香港政府之减排及清洁生产建议，大力投资在环保生产设备上，因而企业本身只有微利甚或陷于无利的状况，如今再加上银行切断资金链，营运立即陷入绝境之中。部分企业的客户虽已订大量货物，但因外国银行断了其资金链而无法提货，这更进一步切断企业的周转资金。归纳上述，企业正面临着史无前例的生存难题：

1. 营运成本急剧增加；

2. 资金链断裂；

3. 欧美订单大量流失及客户面临倒闭。

面对短期内可能有的大量企业倒闭，失业率必然大增，这一变化必定大大影响社会的稳定。经济问题无可避免地将演变成社会不安并且带来动荡，后果不堪设想。

鉴于"金融海啸"来得太急，大部分措手不及的企业已到了无以为继的边缘。为拯救企业于水火，本会强烈呼吁中央与香港政府，在迫在眉睫的非常时期推出果断的应急措施以避免企业、员工以及政府的三败俱伤惨剧不断蔓延。

本会具体建议如下：

1. 对于营运成本过高

香港方面：

暂缓缴纳2007—2008年度所得税及预缴，容一年后开始分两年摊还。

内地方面：

(1) 采取缓冲人民币上升速度的举措。

(2) 出口退税恢复2005年度水平。

(3) 停止在未来一年内再增加最低工资，直至全球经济复苏后再予以重新检讨。

（4）暂缓新《劳动合同法》实施，因此法施行引来了大量员工状告资方，引致企业经营者花费心力与时间在法律应诉上，不能集中力量于企业营运。倘若有其他因素影响而不能暂缓，亦恳请起码取消过往之长期追索权。新法由 2008 年 1 月 1 日起实施，此日期前之分歧不宜再予追究，以便劳资双方集中精力协力抵抗逆境，共度"寒冬"。

（5）实时停止一些杂费的缴纳，例如残疾人就业保障金、工会组织费、堤围费、土地使用费、地方管理费等等众多名目的费用。暂缓台账保证金制度的实施，恢复空转形式，以利企业集中资金作营运，直至全球经济正常化后再重新缴纳。

2. 解决资金链断裂

香港方面：

金管局与所有银行协商，鼓励银行以"金融海啸"前的评核标准及条件向所有健全企业商户积极作出信贷。必要时恳请香港政府为企业作担保，协助银行踏出三赢的重要一步。

内地方面：

（1）在港运作的中资银行有不可推卸之稳定香港金融特殊使命，中央政府可鼓励其放宽并恢复到"金融海啸"前向企业放贷的评审条件，以期带动所有香港银行紧随其后，让企业资金链得以恢复正常。

（2）放宽任何形式的港资企业在内地银行借贷，先决条件是：

①企业在内地必须正常营运超过 2 年。

②无任何不法记录。

③放宽任何港资企业以旧设备向银行作按揭。

④放宽因历史遗留而仍未获得土地房产证的申领条件，以资做抵押向银行借取资金，在这极度艰难时刻作周转运用。

⑤容许任何港资企业在内地销售其客户已订购但无能力提取的任何货物，并在售后再缴纳相关税项，此举可大大帮助企业回笼部分资金作营运。

3. 长远策略调整

国家应鼓励包括加工贸易企业在内的港企以国民待遇的同等条件内

销，以推动消费型经济模式，既可减少对外依赖兼刺激内部需求，符合国策，又可起到带动国内营运模式与国际接轨的作用。因信用状方式现时仍未大量普及，放账形式容易产生大量坏账，故内销一向被港人视为畏途。为此，建议国家出台两项措施：

（1）建立"中国自主"评级机构。今次"金融海啸"皆因次贷评级危机引致，评级机构掌握在外人手上，对我国极不公平。如果能建立中国评级机构，则可以对任何大小企业机构评级，企业在权衡放账与否时，也可作为评审依据。

（2）设立交易保险局。企业或机构间如有任何交易放账，可向该局购买保险，而该保险局因应评级机构之评级高低决定承保与否。

如此两机构之设立应可带动国内内需交投蓬勃健康发展，有利国民经济良性发展又符合国家长远战略目标。

以上为本会之建议，鉴于整个广东省内其他行业亦同样面对本行业相同的问题，只是受影响程度不尽相同而已。中国每年要新增职位约一千万个才能保证不推高失业率，保证社会不动荡。而整个广东省，据工业界估计，有约5000～6000家港资企业会在年底前后濒临倒闭，涉及直接员工约300万人。而这5000家港资企业的倒闭必定会牵连内地约1∶3比例的民企倒闭，等同约1.5万家民企倒闭。相信2万家企业的存亡，对社会造成的震动之大将不言而喻。

尤甚者，倘若不对这一大批企业施以援手，则极有可能产生骨牌效应，导致更严重的连锁倒闭。据估计，每100名内地员工，约直接配对1.5名港人工作，如上述情形不幸产生，香港失业率亦必大幅飙升，香港的繁荣稳定必将遭受打击。面对迫在眉睫的存亡之际，本会在此恳请中央政府和香港政府尽速关注上述建议，加快审核上述建议，抢救濒危企业，力挽狂澜，稳定社会为荷。

香港压铸及铸造业总会会长　李远发

2008年11月4日

在危难之际，商会组织尽了自己的义务，同时也让政府听到真正的来自中小企业的声音：不要闭门造车，制造恶果！

2008 年 12 月 22 日，应中国压铸网邀请在东莞论坛上演讲发表《"金融海啸"冲击下中小企业的反思与危机应对》一文。呼吁更新落后的经验管理思维，发掘内部长期隐藏的成本空间"金矿"，抵御"金融海啸"、安度"寒冬"。

"金融海啸"冲击下中小型企业的反思与危机应对

当世界经济走向一体化，中国取而代之成为世界工厂时，便宣告了安于一隅的区域经济模式的终结；当"春秋战国式"的无序竞争厮杀逐鹿于中华大地，因此形成的强弱悬殊、不对称竞争，以及游戏规则的逐步瓦解，国与国之间、地区与地区之间因经济与政治、文化、价值观纠缠碰撞带来的不可预测性，完全颠覆了长期安逸的、想当然的、已经固化的一切为了做强做大的膨胀式惯性思维。

面对"金融海啸"的猛烈冲击，不少仍然抱着企图以量累利而盲目扩张的企业，一旦资金链断裂便陷入了空前的生存危机。微利年代不幸降临，已负担不起以往自恃"无足挂齿"的折损，而任何想当然的"一失足"，均足以构成无法弥合的"千古恨"！

众多随波逐流盲目地在偏远山区扩张"做大"的业界朋友所面临的困境，印证了本人刊登于《香港铸造》2007 年春季号《柳暗花明寻"一村"》一文的预判。

面对空前的危机，与其惊慌失措坐以待毙，不如痛定思痛地冷静"拆招"，严阵以待！

首先，我们无须妄自悲观。冷静而逆向思考中国大多数的中小企业，这些被西方先进同行认为处于原始状态的落后企业，其实我们自身长期隐藏着潜在的"宝藏"，因为落后而仍然未被开采。

如果你从事压铸行业，并仍然为模具问题还是压铸问题纠缠不清；如果你仍然停留在原始粗犷型或"老板"管理的"封建社会",却仍有幸一路走来面对当下空前的"寒冬",那么在此本人首先郑重地恭喜你:其实你已将长期以来管理不善的成本,成功转嫁予你的客户,而自己不知不觉间埋下一个很大的"宝藏"。问题在于如何挖掘这份"宝藏"。

1. 无论从管理角度或技术角度剖析,事实均可印证:除去诸如擅自修改压铸参数及破坏既定程序等属于违规操作的因素外,所有压铸产生的产品质量问题包括披锋的形成累积、无序胀模飞料等无一例外全属模具质量不合格造成。只有消除模具制造者或维修者的懈怠思想集中精力查根探源,一旦"百源之首"的模具质量落实而大幅提升,减少了废品,杜绝了损耗通过各工序的不断扩大,可节省的成本何止15%?

2. 当"封建"管理模式导致工序效率"峰谷并存"、"小仓库"林立等现象,在引入名副其实的职业经理人管理精英而理顺清除后,可节省的成本又何止10%?

这25%的空间并不包括品质稳定后的检验成本的大幅下降、退货减少及客户满意度提高后带来的业务增加等的边际效应。

因此为今之计,本人认为企业应当从以下几点出发:

1. 先为企业审计诊断并设定基于现在的控制能力水平下的最低安全防线——盈亏平衡点,并以开源节流的各种手段致力达到,同时清查各流程的内耗及发掘各工序的增效潜能,以"持久战"的思维面对"漫漫寒冬"。

2. 不可预测的未来,注定实体企业必须在坚实基础的前提下"一步两个脚印"地向前迈进,且须保证"进可攻退能守"。盲目乐观而因循守旧地以过去"经验"假设未来的"蓝图"依惯性做大,已完全不合时宜,非反省不可。

3. 内部管理理念及思维必须与时俱进顺应革新。先夯实管理架构与基础,导入先进管理体系,力求去芜存菁,并作为复制的母体然后稳步壮大,否则试设想:在只能承受一层楼的地基基础上企图任意向上不断加建,且自以为是地认为可一边加建一边整固地基,这无疑是愚昧而危险的行为。同时这也是众多刚刚摆脱"一步四个脚印"(连滚带爬)仅靠着"第一桶金"发迹而盲目做强做大的粗犷型家族企业覆没的写照。

4. 经营企业更须讲究可持续发展，即所谓永续经营。围绕这一重点，传统的"为着累积更多财富而做大"的陈旧观点应予纠正，应把焦点放在"怎样让企业活得更久"上面。

5. 环顾许多历久弥新的"百年老店"的发展历程，无不经历过从一步四个脚印（摸索期的连滚带爬）——一步三个脚印（勉强站稳时弯着腰走）——一步两个脚印（步步为营地走）到一步一个脚印（稳步向前）乃至"踏雪无痕"的腾飞的四个不同阶段，都充分体现了唾弃急功近利行为、一脉相承地贯彻永续经营的高瞻远瞩战略思维。

6. 靠"第一桶金"或因长期"圈养"而囤积原始资本的企业，更应以积谷防饥的心态，利用既有的资源优势及时优化管理体系、提高层次，去面对历经"金融海啸"后必将更加变幻莫测的未来。

7. 随着"海啸"余波不断，在外部空间遭受史无前例的挤压下，内部空间的开发成为不二选择，但若将希望寄托于长年已将落后的"经验管理"手段合理化的"封建社会"的水平身上，则无异问道于盲。因此，现代职业经理人肩负的历史重担，比之前的任何时期显得更为沉重。

8. 虽然因为中国的现代职业经理人资格评审体制的不健全导致"滥竽充数"、造假横行，但精英也沉浮于其中。若得到政府或商会组织的"穿针引线"，直接到"盛产"职业经理人的"源头"高等学府物色聘请，相信会获得事半功倍的效果。事实上大多数诸如清华、北大的"尖子"出现的"待业"状况，恰恰与企业的需求渴望产生反差。如"嫁娶"得当，则可谓两全其美。

9. 香港、台湾和内地的中小企业，虽同样面对"金融海啸"危机但处境却有所分别。其一，台湾企业管理水平相对先进，但却用殚精竭虑、耗尽心血的方法以长单廉价竞争；其二，香港企业管理水平次之，但却凭借着传统的营销、技术、服务优势维持着较合理的价格；其三，虽因管理水平和营销、技术、服务方面属后起之秀，但大陆企业却用低劳动成本并凭借以降低赢利要求，获得从事较低增值的产品的加工机会。

三地企业相对互补，各取所需，并共同面对"寒冬"。虽采取的应对策略各有不同，但有一点可以一致：除了以精益控制能力作为筹码而力拓外部空间外，应将绝大部分的精力，致力于内部"宝藏"的挖掘，提升产品的附加值。

10. "团队精神"。在危机当下，更突显出众志成城的重要性。给予管理精英充分的尊重和更大的施展空间，从而发掘其潜能；以"利益共同体"及人性化理念推进企业文化的建设，如此才能最大限度地化解劳资双方矛盾，同舟共济克服现在乃至"寒冬"过后，重新洗牌后充满变数的各种挑战。

改写中国五千年历史的农村城市化建设大潮方兴未艾，酝酿及发酵着巨大的供需市场；中国 4 万亿刺激内需的庞大投资规模，更为寻找商机的中小型企业创造了千载难逢的机遇。

山重水复"西"无路，柳暗花明"东"一村，有道是：

西方不亮，东方亮！

蔡子芳
2008 年 12 月 28 日于东莞

2007 年中秋，应朋友的短信，首次用手机以短信形式对诗，并以"中秋快乐"作藏头诗一首。

中天挂皓月，
秋风祥云陪，
快意阳台上，
乐酌三百杯！

第三节　培训感悟

　　顺景非常重视技术方面的培训，自 2006 年 7 月的培训包括关键尺寸位置的重点控制方法后，全部以文件形式沉淀作为技术指标。"拓荒者"本以为已经落实推行，虽然过程中的异常仍然不断，但认为是执行不到位的原因。一直到 2008 年 6 月"拓荒者"才发现问题，即培训两年以来的技术指标竟然一直没有付诸执行！这也是"拓荒者"在进一步培训纠正业界存在的配制模具的上模与下模的传统错误方法时才发现的！

　　之后，"拓荒者"大加改革，公司的废品率也大幅减少了。这种变化的原因有两点：一是纠正了业界沿用了几十年的传统的错误配模方法，这是关键因素，二是 2006 年所做的培训教材得以认真推行，从而在源头的产品之母——模具的质量大幅提高后废品率随即自一直以来的 11% 上下，直线降低到 5% 左右（而顺景公司一年产值有 5500 万，5% 相当于 275 万，且是现金！），这也成了 2008 年赢利的最大功劳。

　　现在看来，若能严格执行培训教材的各项指标，绝大多数的技术问题均无须"拓荒者"亲自过问。因为所有的技术问题，属于"新的"寥寥无几，几乎全部是不断重复发生的，这是典型的管理沉淀的问题，而非业界绝大多数人错误认为的技术问题。

　　"拓荒者"与其余的管理层一样经常外出接受现代管理理念的培训。

知道观念培训的必须和迫切，新的管理理念层出不穷，一不小心便滞后。从客户层面的要求也可以看出，近年来客户的要求从 ISO9001、ISO1400 不断上升到 TS16949，亦是一个不断提高的过程。

2011 年 12 月 17、18 日，顺景进行了为期两天的"团队合作全封闭式培训"。培训以催人泪下的感恩教育，让一众经理层的心灵受到前所未有过的触动和洗涤，曾经经历 2005 年史无前例企业变革而对企业文化醍醐灌顶的兄弟连，再一次从心灵深处深深感受到优秀团队的巨大作用，这与传统的兄弟连冲锋陷阵有着"质"的区别。一众兄弟连的心态在两天之间发生了"顿悟"式的变化。他们怀着彼此互助、彼此感恩的心情，产生了自我鞭策、积极进取的意识。在先进的管理系统的驱动下，参加培训的经理层犹如每节车厢各自配备着动力但衔接为一体的列车，朝着共同清晰的目标携手共进。

四位参训的顺景的壮男：副总经理汪建军、副总工程师魏将华、PMC 经理张继清、技术部经理何天华当仁不让地成为 7 组团队中的 4 组的领袖，证实了培训老师口中的顺景团队最为杰出、最为优秀的评价。

一众兄弟连发自肺腑的训后感言让人感慨万千：

"领导力团队特训营"培训心得

感悟一

邓桂花

非常有幸参加了此次"标杆领导力团队特训营"的培训，它使我个人在此期间有了新的改变。无论待人接物，还是外在和内涵，都有了全新的改观。这次培训将是我工作和生活中的一盏明灯，不但指引了我快速迈向成功的道路，还告诉了我实现目标的方法。

此次培训经历了不同的环节，分别给了我不同的心得和感悟，在此做一简单的概括。

一、责任

在日常生活和工作中，我们往往会因为遭受挫折和打击而产生一时的不快，就开始指责他人或给自己找理由。这些看似平常的反应，却在心中根深蒂固。接下来就是埋怨，怨天尤人，好像大家都欠着我什么。培训过后，我知道自己完全可以用另外一种心态去解决上述问题。

不同心态的人同样遇到被老板指出问题的时候，想法是不一样的。消极的员工会想：怎么整天找我的事，给我安排这么多的事，烦死了；积极的员工会想：这是老板器重我，所以才不断地指出我的缺点，他让我在工作中不断提高自己，我应该努力工作。可能还有人会这样想：我已经享受了太多的舒适空间，殊不知自己却在原地踏步，毫无进步……

所以，心态不同，造就的结果势必不同。从此刻开始，我必须改变自己，在生活和工作中锻炼自己形成良好的心态，为以后更好地快速发展奠定坚实的基础！

二、领袖风采——承担

"报数"，从小到大我们经历过无数次了。在团队培训中也要"报数"，因为每个人都会做得很好，所以大家都理所当然地认为团队也应做得很完美。但结果证明团队合作不是想像的那么简单，总会有出现失误的时候。那么出现失误的时候，由谁来承担责任呢？培训告诉我们："没有个人的失误，只有领导的无方！"

无论过程是怎样的，最终的责任是要由领袖来承担。大家每次的失误，"换来"的是领袖几十甚至几百个俯卧撑的自罚，但为何领袖却没有任何怨言？因为，他是领袖。他的责任，就是必须为团队去承担责任。无论是谁的失误都将由领袖无怨无悔地来承担！这就是领袖的风采！期间，我曾忍不住流下了眼泪，但不是酸楚的眼泪，而是坚强的眼泪！所有的团队也都如此，所以我会积极地做好自己，同时为团队、为领袖去做出自己更多的努力和贡献。因为：团队是我，我是团队！

三、共好与双赢

红黑游戏的启示：在游戏中我也是坚持选择红方的，心想：只有这样才不会输给对方。当最后一局裁判宣布结果：我们选择红，而对方B组选择为黑时，我当时还开心得很。

可是我的一个队友当时大叫一声，"你们以为我们真的赢了吗？只有双方共赢才是真正的胜利!"真是一语惊醒梦中人,正如涂老师事后分析的那样,两队同时选黑的次数越多,最后的分值才越高。如果双方都坚持选红,结局就是两败俱伤!

四、沟通的方式

假如你和一个人背对背在交谈,会是什么样的感觉?假如你和朋友面对面地在沟通,但是距离却相隔三米、五米甚至十米之远,又会是什么样的感受?沟通的方式有很多种,有主观意愿也有客观因素,每个人的方法也都各不相同。但沟通最重要的不是你讲了多少,而是对方听进去了多少。换句话说,沟通不是单一的讲话。一个人的沟通结果,可能会使对方感觉昏昏欲睡,也可能会使其情绪高涨。沟通是一门学问,更多的是要学会察言观色,学会换位思考。在沟通的同时,要站在对方的角度考虑其感受,不断地进行换位思考,沟通效率才会最高!

五、感恩的心——感恩

"感恩的心,感谢有你,伴我一生,让我有勇气做我自己!"在培训临近尾声,涂老师让我们全部闭上眼睛准备接受神秘礼物,直到等到礼物才能睁开眼睛。当我睁开眼睛看到老板单膝跪地为我系上蓝丝带时,给我的感动与震撼无法表达,再次流下感动的泪水!最后,一首《感恩的心》把所有学员的心紧紧地连接在了一起,大家默默地祝福,真诚相拥,互相鼓励!

感谢公司领导给我这次培训的机会,使我在这两天里重新找到了自我,那个藏在内心深处同样具有影响力和爆发力的自己!感谢老板、感谢顺景给了我这个机会与平台,我会以热诚、积极的心态和行动去证明自己的价值,同时带动身边的每位队员,去实现整个团队的价值!

"领导力团队特训营"培训心得

感悟二

魏将华

　　两天一夜的培训下来，虽然很辛苦，但是我们学到了真正的知识。刚刚开始接受培训时，老师让我们做了一个撕纸游戏，还做了几道加减题。游戏后让我们看到每一个人的结果都不一样。老师讲到，如果是在工作中让员工自由发挥，也是一样的结果，即产品的质量也不一样。这充分说明我们大部分人都是只靠着惯性思维的方式来考虑问题及工作的。这个小游戏让我深受触动，深刻体会到我们需要的是行动一致。我们必须经过系统管理的方式来要求大家，在步调统一的前提下达到结果的一致。

　　在接下来的培训中重点讲到责任的分类：直接责任、间接责任和自我责任。当你在承担责任的同时就是在检讨及总结，而推卸责任就是在放弃机会。你现在所承受的责任有多大，你将来的成就就会有多大。（即"心有多大，责任有多大，你的舞台将来就会有多大"）。

　　培训前，老师将每个公司送去的培训人员全部分散，再与别的公司培训人员重新组成小组。而且事先老师也没讲要做什么，只是告诉你要全心地投入到本次的培训中去。

　　经过一天的培训有了初步的成绩，但各小组之间分数差别很大。第一天的培训让我体会到，作为团队的一员，我应该担任什么样的角色？怎样做，我们才能让团队做到更好？还有我应该承担什么样的责任等等。所有的这些，都让我充分体验到一个领导者和其领导力的关键作用。

　　第二天在培训领导者与领导力时，我知道了一个领导者应该具备的基本素质，比如应该如何建立团队目标、责任分工、调解冲突、充分利用多部资源、观察力、分析能力以及实现自我价值观等。这一天的培训让我明白，我在今后工作中应该如何去达成公司和个人的目标，别的部门的目标如果没有达成跟我有什么因果关系？因为我们是一个整体，当别人的目标没达成时，说明我的工作也可能存在欠缺。如果我主动为别人分担，其目标不也可以达到吗？因为公司是我们的！公司是我自己的！要想自己好，首先得让公司更好，这就是我培训后的心态。

另外，在培训的整个过程中我也体会到，我们要有一颗感恩的心，在此，我要说出我心里想说的话。我在公司能有今天，首先感谢我的亲人（爸爸和妈妈）让我来到世上；感谢我的老师教我文化；更要感谢我的老板给我机会，不但教我学习做事，还给了我一个展示自我的舞台。另外，还要感谢一起共事的同事，是他们让我在学习中成长，最后感谢我的老婆这么多年来默默地对我的工作做出的无限支持。

"领导力特训营"培训心得
感悟三
金莉

当我接到外训通知时，是有点不愿意去的。因为培训占用了我们周末个人休息的时间。之前我也参加过一些培训课程，感觉没什么实际意义，能用于工作上的技能很少。但是参加这次培训之后，体会完全不一样。此次培训不是说教式的，而是让你亲身参与到游戏中来，充当某一个角色去体会不同角色的不同感受，还让我对很多词语又有了新的认识。说实话，参加完这次课程后，周一到公司上班，看到谁都觉得亲切。

17日是星期六，早上本可以在家睡个懒觉的，可是因为培训，我就有点不情愿地起床了。7点55分赶到公司，8点就正式出发了。9点到达目的地，9点30分进入课堂。涂老师进来了，助教们向我们展示了斗志昂扬的队列训练（感觉有点好笑）。老师开始上课了："人"，一撇的下面是技（技能、技巧）、一捺的下面是道（道德、品质），那就从"人"开讲。

1. 每个人的生活、学习背景不一样，导致每个人的思维不一样，所以对事物的看法与处理方法都会不一样，没有谁对谁错的概念。（游戏是每人发一张纸，闭上眼睛，听老师的指挥，经过四次的撕纸过程后让大家将撕过的纸举过头，并观察周围每个人的纸是否一样。）

2. 自以为是。每个人都认为自己是对的，并在习惯思维中重复。（游戏是我们每人发了一张试卷，在我们做题前老师还强调说大家一定要认真地看题，拿到题目后看到的第一题也是"先将题目全部看完再做题"，但是等到时间到了时我们每个人都没有将试卷做完，这是为什么呢？我们自以为是地一个题接一个题地做下去，没有想到这份试卷的要求是只做某一题。当老师讲解时我们才恍然大悟，原来是这样的。）

（上午的时间很快就过去了，我们都感到饿了，这时已经是13：30分。）

3. 下午，我们分组组成不同的团队，每队先选出一名男队长与女队长，然后花30分钟的时间来进行队列训练。我被分到了第三队，我们的队名是"巅峰队"，口号是"巅峰、巅峰、勇攀高峰"。我们队开始训练了，在训练时我感觉大家都还没有认真放开自己，让自己进入状态，结果我们队得了最后一名，分数8分。但是这还没有引起大家的注意，记得助教也是如此（导致最后我们队得了最后一名）。

4. 被迫做事。体会到人在不情愿的情况下去做一件事与带着愉悦的心情去做这件事的不同结果。（游戏是让同学们找一个对象，并引导着对方说出如果这件事不做会有什么后果，一层一层地分析，被迫做的后果竟然是非常失败。）相反，我们如果主动而乐意地去做结果就完全不一样了。培训之前我也有着被迫去做事的经历，无一例外都事与愿违，而且闹得自己心情很不好，还对家人发脾气，连自己都不满意，但从来没想到如果我换一种心情去做事，将会带来不一样的结果。因为心态的改变，周围的一切都将因此而变得和谐和美好了。

5. 责任的概念。责任分三种情况：直接责任、间接责任和自我责任。前两者大家都不陌生，但对于自我责任的全新理解是以前从来都没有过的。它让我更加深入地了解到责任的意义。团队中的每一个人都有自己的责任，只不过每个人所承担的责任不一样而已。领袖们所承担的责任更大，更辛苦。（游戏是分出两队报数，先选出两位男女队长，并让输的队由队长做俯卧撑，越到最后数量就会越多，最后两个队的队长都要做200个，当队长们一个一个很艰难地做下去时，队员们看不下去了，都上来一起做，可是这并不能减轻队长的痛苦，这时我们才深深体会到原来领袖们也有说不出的苦，这种苦是我们在现实工作中体会不到的。）

晚上00：30，一整天的课程终于结束了，老师布置了作业，第二天的感恩墙需要团队一起完成，还有给自己的老板发一条短信，到家已经是第二天凌晨2：00。

18日早上带着疲惫的身心起床，7：30到公司，利用了25分钟的时间将作业做完，并写了两份感恩卡，9：20到达课堂，将自己的感恩卡贴在墙上后，课程开始了。

6. 助教们为每一队感恩墙评分，我们队又得了最后一名。

7. 双赢。能让自己赢得更多，就必须让对方也赢，否则赢的几率与多少会很低。（游戏是分为两队，由队中队员每人选择是红还是黑，总票要与人数一致，多数服从少数。）红黑游戏的启发是当我们在玩这个游戏的时候，我只想到了我们要赢，而且算计着如何打倒对手，却忽略了双赢。在一个公司内不同的部门就好比是不同的团队，大家应当互相进步，共同达到目标取得双赢，而不是相互钩心斗角，推卸责任，打倒对方。将公司看成是自己的，只有公司赢了我们也就赢了，我们应该与老板达成双赢。

8. 被评为最后一名团队，让我很羞愧，因为我们的不努力将我们助教赶出了教室，老师将我们的团标撕下扔向我们，那一刻我的心被狠狠地踩了一下，很痛苦。老师让我们去其他团队应聘，我不愿去，我觉得很丢人。但是我没有想到如果在现实生活中，因我的不努力、不尽心我时刻都会面临这种结局，就在这一刻，我也已下定决心，一定要尽力完成工作，对自己负责、对家人负责、对下属负责、对领袖负责。同时我也领悟到因为我的羞涩与胆小，让我失去了很多展示自己、让自己成功的机会。

9. 感恩。老师给我们讲述了很多关于感恩的故事，我们体验到亲情、恩情、爱情不同情感的感受。让我们更深层次地理解到，不但是要感恩我们的父母，而且还要感恩于我们公司的老板，是他们提供了这样的一个平台让我们可以生存并且很好地生活，我们需要的是更多的感谢而不是埋怨，如果觉得不好就可以选择离开，如果不离开就应该好好做事，认真做事，与公司一起共同发展。

最后一个互动环节，是让大家围成两个圈，人员面对面，作出四种人情（敌人、看不起对方的人、表面和气私底里不和的人、朋友），让我们与陌生人拥抱，特别是与异性相拥，这在我们看来很害羞的事情，没想到最后也很坦然地接受。

　　课程要结束了，老师要送礼物给我们，让我们同公司的人围成一个圈，闭上眼睛。老师给我们讲述了一个蓝丝带的故事。然后惊喜来了，给我们系上蓝丝带的人竟然是我们的老板，在那一刹那，我们每一个人都被感动了。同时也深知自己的责任，对公司的责任，对领袖的责任。

　　整个培训的主题虽说是领导力倒不如说是一堂讲述怎样做人的道德课。给我的启发是要做好一个领导者，必须具备有积极的心态、勇于承担、包容对方同时怀有一颗感恩的心。

第十二章
順景的管理制度

顺景简介

　　顺景铝合金模制造厂成立于 1989 年 8 月，当时以"逢源制模厂"的名字在香港注册。1992 年易名为"顺景铝合金模制造厂"，并在 1995 年以"顺景压铸制品厂"的名字在中国内地注册建厂。顺景厂区原坐落于深圳市宝安区观澜镇福民乡观澜大道田背村地段，后在 2010 年 6 月 25 日正式迁至同一社区的丹坑村"顺景园"中。顺景压铸制品厂是专业从事铝合金模具设计与压铸产品制造的企业，拥有员工近 500 人。主要业务领域以汽车、家电、电动工具和通讯行业为主，目前与多家世界级知名企业建立了业务合作关系，如松下、东芝、艾默生、班玛、富士通等。

　　建厂 20 年间，在"顺景人"真诚的付出和坚持不懈的努力下，顺景从一个默默无闻的无名企业逐步在业界崭露头角，发展到今天，顺景的模具设计技术更是一枝独秀，相继获得了各行各业的认可和赞誉。

　　1995 年成为香港压铸协会会员；

　　2002 年顺利通过 ISO9001:2000 国际质量管理体系认证；

　　2003 年成为深圳机械行业协会理事；

　　2004 年成为香港工业总会会员及香港铸造业协会永久性会员；

　　2005 年成为香港铸造业协会理事；

　　2005 年成功注册"顺景"压铸模具品牌；

　　2006 年获得 ISO14001:2004 环境管理体系认证；

　　2006 年 3 月，董事长蔡子芳先生被香港工业专业评审局评审为副院士，同年 4 月，当选为第十届香港压铸协会副会长，2007 年 6 月获选为铸造行业行业精英，2008 年 3 月晋升为香港工业专业评审局院士；

　　2008 年获得 ISO/TS16949:2002 质量管理体系认证；

2009 年获得香港模具协会年奖、卓越营运奖和管理及系统奖；

2012 年荣任中国铸造学会委员；

2012 年获得三项技术专利并分别在北京、上海及广东省发表"洒点式任意点浇口"突破技术极限的论文。

顺景权限表

文件编号：SK4－HR－052		版本号：A/1					编制/修订日：20060207	
项目	**内容**	投资审批权限						**备注**
		领班	主管	经理	副总经理	总经理	董事长	
投资（战略/项目/设备）	5000 以下		申请	审核	审核	批准		一次性请购 3 个月铝料用量也属投资项目
	5001～20000		申请	审核	会审		批准	
	20001～50000		申请	审核	总经办会审		批准	
	50000 以上			经理级会议会审			批准	
项目	**内容**	人事审批权限						**备注**
		领班	主管	经理	人资经理	总经理	董事长	
异动轮岗/晋升降职	经理级人员				申请	审核	批准	
	主管级人员			申请	审核	批准		
	领班级人员		申请	审核	批准			
	技工		申请	审核	批准			
	普工		申请	审核	批准			
	瓶颈岗位			申请	审核	批准		
招聘定薪/转正定薪	经理级人员				申请	审核	批准	
	主管级人员			申请	审核	批准		
	领班级人员			申请	审核	批准		
	技工		申请	审核	批准			
	普工		申请	审核	批准			
	瓶颈岗位			申请	审核	批准		

项目	内容	人事审批权限						备注
		领班	主管	经理	人资经理	总经理	董事长	
招聘解聘	经理级人员			合议			批准	经过合议的部门经理包括直属经理和与招聘岗位业务有关的经理、技术部技术员，以上人员辞工需经董事长批准
	主管级人员			合议			批准	
	领班级人员		审核	审核		审核	批准	
	技工		审核	审核		批准		
	普工		审核	批准				
	瓶颈岗位		审核	审核		批准		
转正评估	经理级人员			会审			批准	经过会审的经理不仅指直属经理，还包括其他部门经理
	主管级人员			会审		批准		
	领班级人员		审核	审核	审核	批准		
	技工		审核	审核	批准			
	普工		审核	批准				
	瓶颈岗位		审核	审核	批准			
加薪降薪一级	经理级人员			申请	审核	批准		一年中如果出现两次加薪的情况，第二次加薪必须经总经理批准
	主管级人员			申请	审核	批准		
	领班级人员			申请	审核	批准		
	技工		申请	审核	批准			
	普工		申请	审核	批准			
	瓶颈岗位			申请	审核	批准		

项目	内容	人事审批权限						备注
		领班	主管	经理	人资经理	总经理	董事长	
加薪降薪二级以上	经理级人员				申请	审核	批准	
	主管级人员			申请	审核	批准		
	领班级人员			申请	审核	批准		
	技工			申请	审核	批准		
	普工		申请	审核	批准			
	瓶颈岗位			申请	审核	批准		
招聘需求申请	补充定员编制		申请	审核	批准			
	增加编制			申请	审核	批准		
	增加经理级编制				申请	审核	批准	
奖惩考核	经理级人员			申请	审核	批准		单人次罚款50元以上者必须经总经理批准
	主管级人员			申请	审核	批准		
	领班级人员		申请	审核	批准			
	技工		申请	审核	批准			
	普工		申请	审核	批准			
	瓶颈岗位			申请	审核	批准		

项目	内容	人事审批权限						备注
		领班	主管	经理	人资经理	人资经理	总经理	
出差（3天以下者）	经理级人员			申请		审核	批准	
	主管级人员		申请	审核		批准		
	领班级人员		申请	审核	批准			
	技工		申请	审核	批准			
	普工		申请		批准			
	瓶颈岗位		申请	审核		批准		

项目	内容	人事审批权限						备注
		领班	主管	经理	人资经理	人资经理	总经理	
出差(3~7天者)	经理级人员			申请		审核	批准	
	主管级人员			审核		审核	批准	
	领班级人员		申请	审核	批准			
	技工		申请	审核	批准			
	普工		申请	审核	批准			
	瓶颈岗位		申请	审核		审核	批准	

项目	内容	人事审批权限						备注
		领班	主管	经理	人资经理	总经理	董事长	
出差(7天以上者)	经理级人员			申请	审核	审核	批准	
	主管级人员		申请	审核	审核	批准		
	领班级人员		申请	审核	审核	批准		
	技工		申请	审核	审核	批准		
	普工		申请	审核	批准			
	瓶颈岗位		申请	审核	审核	批准		

项目	内容	人事审批权限						备注
		领班	主管	经理	人资主管	人资经理	总经理	
请假(3天以下者)	经理级人员					审核	批准	申请人应为请假当事人，必须填请假单，急事事后必须补单
	主管级人员			审核		批准		
	领班级人员		审核	审核		批准		
	技工	审核	审核	审核	批准			
	普工	审核	申请	审核	批准			
	瓶颈岗位	审核	申请	审核		批准		

续表

项目	内容	人事审批权限						备注
		领班	主管	经理	人资主管	人资经理	总经理	
请假 (3~7 天者)	经理级人员					审核	批准	
	主管级人员			审核		审核	批准	
	领班级人员		审核	审核		批准		
	技工	审核	审核	审核		批准		
	普工	审核	审核	审核	批准			
	瓶颈岗位	审核	审核	审核		审核	批准	
请假 (8~14 天者)	经理级人员			申请	审核	审核	批准	
	主管级人员			审核	审核	批准		
	领班级人员		审核	审核	审核	批准		
	技工	审核	审核	审核	批准			
	普工	审核	审核	审核	批准			
	瓶颈岗位	审核	审核	审核	审核	批准		
请假 (14天 以上者)	经理级人员				审核	审核	批准	
	主管级人员			审核	审核	批准		
	领班级人员		审核	审核	审核	批准		
	技工	审核	审核	审核	审核	批准		
	普工	审核	审核	审核	审核	批准		
	瓶颈岗位	审核	审核	审核	审核	批准		
派车	货车		申请	审核	批准			
	商务车			申请	审核	批准		

项目	内容	人事审批权限						备注
		领班	主管	经理	人资主管	人资经理	总经理	
放行条签发	普通员工上班时携带行李出厂		审核		批准			申请人应为当事人
	初级职员上班时携带行李出厂		审核		批准			
	中级职员上班时携带行李出厂			审核		批准		
	高级职员上班时携带行李出厂					审核	批准	
	供应商送完货车上仍有剩货		审核		批准			
	携带金额500元以下货物出厂（出货和产品，模具外发除外）		审核		批准			
	携带金额3000元以下货物出厂（出货和产品，模具外发除外）			审核		批准		
	携带金额3000元以上货物出厂			审核		审核	批准	
	设备外修		申请	审核		审核	批准	
	仪器外校		申请	审核		审核	批准	

续表

项目	内容	人事审批权限						备注
		领班	主管	经理	PMC经理	人资经理	总经理	
加班（计时制）	平时晚上加班		申请	批准				固定上班时限则无需写加班申请
	平时加班（超过3个小时）		申请	审核	审核	批准		
	周末加班		申请	审核	审核	批准		
	节假日加班		申请	审核	审核	审核	批准	
签卡	经理级人员			申请		审核	批准	申请人应为当事人，领班级（含）以下人员签蓝卡，部门经理批准即可
	主管级人员		申请	审核		批准		
	领班级人员	申请	审核	审核		批准		
	技工		审核	审核		批准		
	普工		审核	审核		批准		
	瓶颈岗位		审核	审核		批准		
申请邮箱				申请		审核	批准	
申请上网				申请		审核	批准	

项目	内容	生产计划审批权限						备注
		领班	主管	经理	副总经理	总经理	董事长	
	存货生产MO金额小于10000		申请	审核	审核	批准		
	存货生产MO金额大于10000		申请	审核	审核	审核	批准	

项目	内容	请购审批权限						备注
		领班	主管	经理	副总经理	总经理	董事长	
计划性生产物料请购	5000元以下	申请	审核	批准				1. 请购是指单项请购金额，以下同 2. 请购主要审核数量和需求
	5001~50000元	申请	审核	审核	批准			
	50000元以上		申请	审核	审核	审核	批准	
计划性生产辅料请购	2000元以下	申请	审核	批准				
	2001~20000元		申请	审核	批准			
	20000元以上			申请	审核	审核	批准	
计划外生产物料请购（补料）	1000元以下	申请	审核	批准				
	1001~10000元		申请	审核	审核	批准		
	10000元以上			申请	审核	审核	批准	
产品外发请购	20000元以下	申请	审核	批准				
	20001~200000元		申请	审核	批准			
	200000元以上	申请	审核	审核	审核	审核	批准	
产品外发请购（计划外）	2000元以下	申请	审核	批准				
	2001~20000元		申请	审核	批准			
	20000元以上	申请	审核	审核	审核	审核	批准	

续表

项目	内容	请、采购审批权限（需求部门请购）						备注
		主管	经理	设备主管	技术经理	副总经理	董事长	
模具外发加工请购	2000元以下	申请			批准			1. 董事长出差期间，涉及大额款项，总经理和副总经理合签可代理董事长权限，以下同 2. 采购是指单批次请购金额，以下同 3. 海外采购需董事长批准 4. 采购主要审核供应商和价格
	2000～5000元	申请			审核	批准		
	5000以上或整套模具外发	申请			审核	审核	批准	
设备维修请购	500元以下	申请	审核	审核	批准			
	501～5000元	申请	审核	审核	审核	批准		
	5000元以上	申请	审核	审核	审核	审核	批准	

项目	内容	请购审批权限（需求部门请购）					备注
		主管	经理	品保经理	副总经理	董事长	
测量器具请购	300元以下	审核	审核	批准			
	301～3000元	审核	审核	审核	批准		
	3000元以上	申请	审核	审核	审核	批准	
测量器具仪校请购	300元以下	审核	审核	批准			
	301～3000元	审核	审核	审核	批准		
	3000元以上	申请	审核	审核	审核	批准	

续表

项目	内容	请购审批权限（需求部门请购）						备注
		主管	经理	人资经理	副总经理	总经理	董事长	
办公总务用品请购	100元以下	申请	审核	批准				单据、报表等印刷品请购必须经总经理批准
	101~5000元		申请	审核	审核	批准		
	5000元以上			申请	审核	审核	批准	

项目	内容	请购审批权限（需求部门请购）					备注
		主管	经理	人资经理	副总经理	董事长	
工程装修请购	5000元以下	申请	审核	审核	批准		
	5000元以上	申请	审核	审核	审核	批准	

项目	内容	采购审批权限						备注
		主管	PMC经理	品保经理	技术经理	总经理	董事长	
供应商开发	C类物料供应商开发	申请	会审	批准				一般要求5家以上供应商比价，选择3家供应商议价
	B类物料供应商开发	申请	会审	批准				
	A类物料供应商开发	申请	会审（包括副总、总经理）				批准	
	办公用品供应商开发	申请	会审（PMC、行政人资经理）				批准	
	设备供应商开发和议价	申请	会审（包括副总、总经理会审）				批准	

项目	内容	财务审批权限					备注
		部门经理	人资经理	财务经理	总经理	董事长	
差旅费报销	100 元以下	审核	审核	批准			申请人应为当事人，当事人为批准人时，需要上一级主管批准
	101～2000 元	审核	审核	审核	批准		
	2000 元以上	审核	审核	审核	审核	批准	
费用报销	100 元以下	审核		批准			
	101～2000 元	审核		审核	批准		
	2000 元以上	审核		审核	审核	批准	
请购申请借支、提款	2000 以下	审核		审核	批准		工伤可以补批手续
	2000 元以上	审核		审核	审核	批准	
非请购申请借支、提款	300 元以下	审核		审核	批准		
	300 元以上	审核		审核	审核	批准	
员工借款	300 元以下	审核		审核	批准		
	300 元以上	审核		审核	审核	批准	
供应商现金付款	200 元以下	审核		批准			
	201～5000 元	审核		审核	批准		
	5000 以上	审核		审核	审核	批准	

项目	内容	呆滞物品处理审批权限						备注
		主管	PMC经理	技术经理	品保经理	副总经理	董事长	
压铸毛坯回炉	500 元以下或200pcs 以下	申请	会审（包括制造经理）		批准			不知道金额时以数量为标准，但大件产品必须以金额为准，回炉以每一MO结案为一回炉批次（MO制造时间长者，可定期清理）
	501～5000 元或201～500pcs	申请	会审（包括制造经理）			批准		
	5000 元以上或500pcs 以上	申请	会审（包括制造经理）				批准	

项目	内容	呆滞物品处理审批权限						备注
		主管	PMC经理	技术经理	品保经理	副总经理	董事长	
制程半成品回炉	300元以下或100pcs以下	申请	会审（包括制造经理）		批准			
	301～5000元或101～500pcs	申请	会审（包括制造经理）			批准		
	5000元以上或500pcs以上	申请	会审（包括制造经理）				批准	
外发品/成品回炉	300元以下或100pcs以下	申请	会审（包括制造经理）		批准			
	301～5000元或201～500pcs	申请	会审（包括制造经理）			批准		
	5000元以上或500pcs以上	申请	会审（包括制造经理）				批准	

项目	内容	设备报废处理审批权限					备注
		主管	品保经理	制造经理	技术经理	副总经理	董事长	
设备仪器报废	3000元以下	申请	会审			批准		
	3000元以上	申请	会审				批准	

项目	内容	销售业务审批权限				备注
		工程师	经理	副总	董事长	
客户报价		申请	审核	审核	批准	

项目	内容	采购业务审批权限				备注
		主管	PMC经理	副总经理	董事长	
新物料报价		申请	审核	审核	批准	

续表

项目	内容	采购业务审批权限					备注
		主管	PMC 经理	副总 经理	董事长		
外协 报价		申请	审核	审核	批准		
供应商 升价		申请	审核	审核	批准		
供应商 降价		申请	审核	批准			
		采购 专员	设备 主管	副总 经理	董事长		
设备 报价		申请	审核	审核	批准		

项目	内容	不合格品处理权限					备注
		领班	QE	品保 经理	技术 经理	PMC 经理	副总
	10 件以下	申请	批准				
	内容	不合格品处理权限					
		主管	QE	PIE	PMC 主管	QE	
	11～100 件	审核	会审（包括制造 主管）			批准	
	内容	不合格品处理权限					
		主管	品保 经理	技术 经理	PMC 经理	品保 经理	
不合格 品处理	101～500 件	申请	会审（包括制造 经理）			批准	
	内容	不合格品处理权限					
		主管	品保 经理	技术 经理	PMC 经理	副总	董事长
	500～1000 件	申请	会审（包括制造经理）			批准	
	1000 件以上	申请	会审			批准	

续表

项目	内容	技术审批权限						备注
		工程师	工程师	品保经理	技术经理	副总	总工	
模具、夹具、测具设计与制造	模具设计方案	申请	会审		批准			重要模具、夹具方案须副总、总工参与会审
	夹具设计方案	申请	会审		批准			
	测具设计方案	申请	互审	批准				

项目	内容	技术审批权限					备注
		项目工程	PIE	QE	开发主管	技术经理	
工程设计	工艺流程、规范	申请	会审			批准	

内容	技术审批权限				
	PIE	项目工程	QE	PIE主管	制造经理
工序作业指导	申请	会审			批准

内容	技术审批权限				
	QE	PIE	项目工程	QE主管	品保经理
工序检验指导	申请	会审			批准

项目	内容	流程裁决权限（后一个可以否决前一个意见）			备注
		主管	经理	总经理	
		申请	会审	批准	

顺景行政管理体系

序号	文件名称	文件编号	版本	密级	生效日期	发行日期
1	《文件编写管理办法》	SK3－HR－001	A/0	C	20050829	20050826
2	《会议管理办法》	SK3－HR－002	A/3	C	20051210	20051209
3	《食堂管理办法》	SK3－HR－003	A/0	C	20050901	20050830
4	《月薪制员工薪酬福利管理办法》	SK3－HR－004	A/2	B	20060701	20060626
5	《日薪制员工薪酬福利管理办法》	SK3－HR－005	A/2	B	20060701	20060626
6	《职务等级划分管理办法》	SK3－HR－006	A/1	C	20051001	20051021
7	《宿舍管理办法》	SK3－HR－007	A/0	C	20051101	20051103
8	《物品放行管理办法》	SK3－HR－008	A/0	C	20051201	20051130
9	《员工人事档案管理办法》	SK3－HR－009	A/0	C	20051108	20051104
10	《厂服管理办法》	SK3－HR－010	A/1	C	20051110	20051107
11	《员工互助管理办法》	SK3－HR－011	A/1	C	20051201	20051118
12	《员工出差管理办法》	SK3－HR－012	A/0	C	20051201	20051130
13	《目标管理与绩效考核管理办法》	SK3－HR－013	A/0	C	20051201	20051202
14	《保安管理办法》	SK3－HR－015	A/0	C	20060101	20051229
15	《员工考勤管理办法》	SK3－HR－016	A/0	C	20060101	20051229
16	《员工奖惩管理办法》	SK3－HR－017	A/0	C	20060101	20051229
17	《招聘录用管理办法》	SK3－HR－018	A/0	C	20060101	20060106
18	《5S 管理办法》	SK3－HR－019	A/0	C	20060106	20060106
19	《员工试用与转正管理办法》	SK3－HR－020	A/0	C	20060108	20060107

序号	文件名称	文件编号	版本	密级	生效日期	发行日期
20	《员工人事调整管理办法》	SK3 – HR – 021	A/0	C	20060306	20060303
21	《员工离职管理办法》	SK3 – HR – 022	A/0	C	20060313	20060310
22	《车辆管理办法》	SK3 – HR – 023	A/0	C	20060320	20060316
23	《员工表现评估管理办法》	SK3 – HR – 024	A/0	C	20061001	20060927
24	《劳动用品管理办法》	SK3 – HR – 025	A/0	C	20070625	20070612
25	《部门职能表》	SK4 – HR – 051	A/2	C	20060207	20060205
26	《权限表》	SK4 – HR – 052	A/2 第1页、A/3	C	20060207	20060205
27	《定员编制表》	SK4 – HR – 053	A/2	C	20060207	20060205
28	《工时效率管理办法》	SK3 – PD – 001	A/0	C	20051201	20051130
29	《制造部日薪制员工职级考核管理办法》	SK3 – MF – 002	A/0	C	20060401	20060329
30	《制造部计件工资管理办法》	SK3 – MF – 003	A/1	C	20060701	20060622
31	《制造部工作交接管理办法》	SK3 – MF – 004	A/0	C	20060601	20060518
32	《货仓管理办法》	SK3 – PM – 001	A/0	C	20051208	20051209

顺景质量管理体系

章节编号 及名称	本公司 文件编号	本公司 文件名称	对应 ISO – 9001 体系要求
4.0　品质管理 体系	QP – QM – 0001	文件资料控制程序	4.2
	QP – QM – 0002	品质记录控制程序	4.2
5.0　管理职责	QP – QM – 0012	管理评审程序	5.6
6.0　资源管理	QP – HR – 0001	培训控制程序	6.2
	QP – TE – 0004	设备控制程序	6.3
7.0　产品实现	QP – MD – 0001	订单评审控制程序	7.2
	QP – MD – 0002	客户服务控制程序	7.2/8.2
	QP – TE – 0001	工程变更（ECN）控制程序	7.3
	QP – TE – 0002	模具设计制造程序	7.3
	QP – TE – 0003	样品制作及试产控制程序	7.3
	QP – PM – 0003	采购外协控制程序	7.4
	QP – PM – 0005	供应商评估程序	7.4
	QP – PM – 0002	物料控制程序	7.4
	QP – PM – 0001	生产计划控制程序	7.5
	QP – PD – 0001	生产过程控制程序	7.5
	QP – QM – 0009	产品标识与可追溯性控制程序	7.5
	QP – MD – 0003	客户提供物品控制程序	7.5
	QP – PM – 0004	物料储运保管包装防护交付控制程序	7.5
	QP – QM – 0005	测量和监视装置控制程序	7.6
8.0　测量、分 析和改进	QP – QM – 0011	内部品质审核程序	8.2
	QP – QM – 0002	来料检验控制程序	8.2、7.4
	QP – QM – 0003	制程检验控制程序	8.2
	QP – QM – 0004	成品及出货检验控制程序	8.2
	QP – QM – 0006	不合格品处理程序	8.3
	QP – QM – 0008	数据分析与持续改进程序	8.2、8.4
	QP – QM – 0007	纠正/预防措施程序	8.5

顺景经理素质模型

1. 营销部经理		
素质类别	**素质要求**	**备注**
文化素质	市场营销类，大专或大专以上	
职业素质	1. 有敬业精神，对企业忠诚 2. 积极、主动 3. 诚实、机敏、勇敢、勤勉有自信 4. 态度和蔼，有亲和力 5. 团结协作 6. 感恩、关怀 7. 有令则行 8. 前瞻思维 9. 有同理心 10. 严守公司机密 11. 公平公正，清正廉洁 12. 尊重顾客与竞争对手	
知识素质	岗位专业知识： 1. 熟悉本公司生产技术、产品结构和制造工艺 2. 了解本行业技术发展的动向与行业的发展趋势 3. 熟悉管理学、企业管理学、领导学的原理与方法 4. 熟悉现代市场营销管理技术与方法（精通售前、售中与售后的技能与方法） 5. 懂市场营销环境分析 6. 懂消费者市场行为分析 7. 懂组织市场与购买行为分析 8. 懂营销调研与预测 9. 懂竞争性市场与目标市场战略管理 10. 产品、品牌、商标、包装与定价策略管理 11. 渠道策略管理 12. 营销组织计划与控制 13. 外贸（海外营销）、电子商务、网络营销与电话营销知识 14. 顾客关系管理 15. 营销职业礼仪	

素质类别	素质要求	备注
	16. 会一门外语（英语六级以上） 岗位扩展知识： 1. 组织行为学、心理学、经济学、法学（劳动法、海关法、税法等）、税务、生产管理学、战略管理、供应链管理、项目管理、财务管理、成本控制、统计学与会计学原理 2. 质量管理知识，如：质量成本管理、质量改进、供应商质量控制、顾客投诉管理、田口方法、六西格码、QCC、TQM、ISO14001、ISO/TS16949、QMS、ISO9001：2008、ROHS、PAHS、OHSAS18001 3. 人力资源管理知识（招聘、培训、用人、留人、绩效考核、薪酬管理与激励、人力资源规划等） 4. 行政管理学（行政组织理论），制定制度规章能力 5. 企业文化管理	
能力素质	核心能力： 1. 计划能力 2. 组织能力 3. 领导能力 4. 控制能力 5. 创新能力 6. 沟通能力 7. 洞察力 8. 分析能力 9. 决策能力 10. 执行力 扩展能力： 1. 影响力 2. 学习能力 3. 自我反省能力 4. 自律能力 5. 判断能力 6. 思考力 7. 激励和关心部属能力	

素质类别	素质要求	备注
性格素质	沉稳、细心、富胆识、积极、大度、诚信、敢担当	
观念素质	1. 市场观念。以市场为出发点和落脚点 2. 经济效率观念。同等条件下产出最大化 3. 均衡生产观念。市场分布合理并不断优化 4. 不断创新观念 5. 成本观念。让每一分投入都能增值并实现效益最大化 6. 全局观念。看问题不要限于本部门，应放眼公司、市场与未来 7. 企业价值最大化观念。不追求个人利益最大化，只追求企业价值最大化	
考核（KPI）	销售额，顾客满意度，利润额，市场分布与市场份额	

2. PMC 部经理		
素质类别	**素质要求**	**备注**
文化素质	物流专业，大专或大专以上	
职业素质	1. 有敬业精神，对企业忠诚 2. 恪守企业信条，尊重员工 3. 积极与主动 4. 团结与协作 5. 感恩与关怀 6. 有令则行 7. 前瞻思维 8. 有同理心 9. 严守公司机密 10. 公平公正，清正廉洁 11. 尊重顾客与合作伙伴	
知识素质	岗位专业知识： 1. 熟悉本公司生产技术、产品结构和制造工艺 2. 熟悉管理学、企业管理学、领导学的原理与方法 3. 熟悉现代 PMC 管理技术与方法，如：ABC 管理法、FIFO 管理法、MRPⅡ与 ERP 等 4. 供应链管理基础理论	

素质类别	素质要求	备注
	5. 业务外包知识 6. 供应链的构建理论 7. 供应链合作伙伴选择的方法论 8. 供应链信息管理技术支撑体系 9. 生产计划与物料控制 10. 仓储作业管理与库存控制 11. 采购管理与物流管理知识 12. 供应链业绩评价与激励机制构建 13. 供应链企业组织架构整合与业务流程重组知识 14. 要求英语四级 岗位扩展知识： 1. 组织行为学、心理学、经济学、法学（劳动法、安全生产法等），市场营销学、电子商务（ERP）、生产管理学、战略管理、项目管理、财务管理、成本控制、统计学与会计学原理 2. 质量管理知识，如：工序质量管控、来料质量管控、质量成本管理、质量改进、供应商质量控制、顾客投诉管理、田口方法、六西格码、QCC、TQM、ISO14001、ISO/TS16949、QMS、ISO9001:2008、ROHS、PAHS、OHSAS18001 3. 人力资源管理知识。（招聘、培训、用人、留人、绩效考核、薪酬管理/激励、人力资源规划等） 4. 行政管理学（行政组织理论），制定制度规章能力 5. 企业文化管理	
能力素质	核心能力： 1. 计划能力 2. 组织能力 3. 领导能力 4. 控制能力 5. 创新能力 6. 沟通能力 7. 洞察力 8. 分析能力	

素质类别	素质要求	备注
	9. 决策能力 10. 执行力 扩展能力： 1. 影响力 2. 学习能力 3. 自我反省能力 4. 自律能力 5. 判断能力 6. 思考力 7. 激励和关心部属能力	
性格素质	沉稳、细心、富胆识、积极、大度、诚信、敢担当	
观念素质	1. 市场观念。以市场为出发点和落脚点 2. 经济效率观念。同等条件下产出最大化 3. 均衡生产观念。生产有序按计划进行，充分利用生产资源 4. 不断创新观念 5. 成本观念。让每一分投入都能增值并使效益最大化 6. 全局观念。不要局限于本部门，应放眼公司、市场与未来 7. 企业价值最大化观念。不追求个人利益最大化，只追求企业价值最大化	
考核（KPI）	采购、外协及时回货率、降价率、仓储账实相符、出货及时率、存货周转率、库存金额	

3. 技术部经理		
素质类别	素质要求	备注
文化素质	机械工程（模具专业）类，大专或大专以上	
职业素质	1. 有敬业精神，对企业忠诚 2. 恪守企业信条，尊重员工 3. 积极与主动	

素质类别	素质要求	备注
	4. 团结与协作 5. 感恩与关怀 6. 有令则行 7. 前瞻思维 8. 同理心 9. 严守公司机密 10. 公平公正，清正廉洁	
知识素质	岗位专业知识： 1. 熟悉本公司生产技术、产品结构和制造工艺 2. 了解本行业技术的发展动向与行业的发展趋势 3. 熟悉管理学、企业管理学、领导学的原理与方法 4. 熟悉现代技术管理的新工具新方法，如：APQP、PPAP、FMEA、CAD、Pro. E、UG 等 5. 熟悉压铸原理 6. 精通压铸模具、工装设计与机械加工原理 7. 熟悉金属材料热处理方法与工艺 8. 机械制图与识图知识 9. 制造工艺学知识（加工原理、切削、电加工、表面加工、装配与工艺文件制定） 10. 精通项目管理知识（项目计划、时间、质量与成本管理） 11. 熟悉 IE 相关知识（防错、动作经济性研究、价值工程分析、人机工程与工效学等） 12. 熟悉公差与配合，形状与位置公差知识 13. 要求英语四级 岗位扩展知识： 1. 组织行为学、心理学、经济学、法学（劳动法、安全生产法等），市场营销学、电子商务（ERP）、战略管理、供应链管理、财务管理、成本控制、统计学与会计学原理	

素质类别	素质要求	备注
	2. 质量管理知识，如：工序质量管控、来料质量管控、质量成本管理、质量改进、供应商质量控制、顾客投诉管理、田口方法、六西格码、QCC、TQM、ISO14001、ISO/TS16949、QMS、ISO9001：2008、ROHS、PAHS、OHSAS18001 3. 人力资源管理知识（招聘、培训、用人、留人、绩效考核、薪酬管理/激励、人力资源规划等） 4. 行政管理学（行政组织理论），制定制度规章能力 5. 企业文化管理	
能力素质	核心能力： 1. 计划能力 2. 组织能力 3. 领导能力 4. 控制能力 5. 创新能力 6. 沟通能力 7. 洞察力 8. 分析能力 9. 决策能力 10. 执行力 扩展能力： 1. 影响力 2. 学习能力 3. 自我反省能力 4. 自律能力 5. 判断能力 6. 思考力 7. 激励和关心部属能力	
性格素质	沉稳、细心、富胆识、积极、大度、诚信、敢担当	
观念素质	1. 市场观念。以市场为出发点和落脚点 2. 经济效率观念。同等条件下产出最大化	

续表

素质类别	素质要求	备注
	3. 均衡生产观念。生产有序按计划进行，充分利用生产资源 4. 不断创新观念。不断改善生产条件，提高生产力 5. 成本观念。让每一分投入都能增值并使效益最大化 6. 全局观念。看问题不要限于本部门，应放眼公司、市场与未来 7. 企业价值最大化观念。不追求个人利益最大化，只追求企业价值最大化	
考核（KPI）	项目质量、成本与交期，工装一次制作合格率，成品率	

4. 制造部经理		
素质类别	素质要求	备注
文化素质	工商企业管理或机械工程类，大专或大专以上	
职业素质	1. 有敬业精神，对企业忠诚 2. 恪守企业信条，尊重员工 3. 积极与主动 4. 团结与协作 5. 感恩与关怀 6. 有令则行 7. 前瞻思维 8. 有同理心 9. 严守公司机密 10. 公平公正，清正廉洁	
知识素质	岗位专业知识： 1. 熟悉本公司生产技术、产品结构和制造工艺 2. 了解本行业技术的发展动向与行业的发展趋势 3. 熟悉管理学、企业管理学、领导学的原理与方法 4. 熟悉现代生产管理技术与方法，如：JIT、TPM、TPS、IE、价值工程、工效学与人机工程分析 5. 熟悉压铸原理、压铸模具、工装设计与机械加工原理 6. 制造工艺学知识（加工原理、切削、电加工、表面加工、装配与工艺文件制定）	

素质类别	素质要求	备注
	7. 机械制图与识图知识	
	8. 熟悉公差与配合、形状与位置公差知识	
	9. 生产计划与物料控制	
	10. 生产运营管理（生产管理学）	
	11. 生产能力规划与生产能力预测	
	12. 工序工作设计	
	13. 熟悉安全生产管理	
	14. 英语四级	
	岗位扩展知识：	
	1. 组织行为学、心理学、经济学、法学（劳动法、安全生产法等），市场营销学、电子商务（ERP）、供应链管理、战略管理、项目管理、财务管理、成本控制、统计学与会计学原理	
	2. 质量管理知识，如：工序质量管控、来料质量管控、质量成本管理、质量改进、供应商质量控制、顾客投诉管理、田口方法、六西格码、QCC、TQM、ISO14001、ISO/TS16949、QMS、ISO9001：2008、ROHS、PAHS、OHSAS18001	
	3. 人力资源管理知识（招聘、培训、用人、留人、绩效考核、薪酬管理和激励、人力资源规划等）	
	4. 行政管理学（行政组织理论），制定制度规章能力	
	5. 企业文化管理	
能力素质	核心能力： 1. 计划能力 2. 组织能力 3. 领导能力 4. 控制能力 5. 创新能力 6. 沟通能力 7. 洞察力 8. 分析能力 9. 决策能力 10. 执行力	

素质类别	素质要求	备注
	扩展能力： 1. 影响力 2. 学习能力 3. 自我反省能力 4. 自律能力 5. 判断能力 6. 思考力 7. 激励和关心部属能力	
性格素质	沉稳、细心、富胆识、积极、大度、诚信、敢担当	
观念素质	1. 市场观念。以市场为出发点和落脚点 2. 经济效率观念。同等条件下产出最大化 3. 均衡生产观念。生产有序按计划进行，充分利用生产资源 4. 不断创新观念。不断改善生产条件，提高生产力 5. 成本观念。让每一分投入都能增值并使效益最大化 6. 全局观念。看问题不要限于本部门，应放眼公司、市场与未来 7. 企业价值最大化观念。不追求个人利益最大化，只追求企业价值最大化	
考核（KPI）	生产计划按时完成率，设备 OEE，不良率，工伤安全事故，人员流动率，批量退货与报废，不良品质成本，批量返工率	

5. 其他经理（略）

6Point 法则

（6 点法则）

静一点（quiet）

注解：

1. 办公场所保持安静，不大声喧哗，注意自身涵养，不影响他人办公——安静。

2. 工作场所不喧哗，不随意走动，不人为分散他人工作注意力，工作专注——集中。

3. 在会议室、集会所、食堂、宴会等公共场所，言行举止应端庄得体，不粗俗——文静（第 5S 素养）。

4. 静下心来做好自己的本职工作，位子决定脑袋，不心烦意乱，不好高骛远，脚踏实地做事，认真务实做人，活在当下——静心（阳光心态，知足常乐）。

5. 每天利用一点时间静下心来进行自我反省——顺景之镜。

6. 静下心来计划，先谋而后动。

净一点（cleanly）

注解：

1. 讲究个人与公共卫生，不乱扔垃圾，随手捡起垃圾，监督他人——养成习惯。

2. 办公室、车间、宿舍、食堂、厂区等应保持干净整洁，全员监督维护——全员参与管理。

3. 工作岗位、办公台、各区域应符合 7S 标准要求，不存放不用或杂乱物品——标准化。

4. 下班前点检并计划工作，今天的工作做完了吗？明天的工作有计划吗？——1 – 1 = 0，1 + 1 > 2 效应。

尽一点（endeavour）

注解：

1. 尽心尽力、尽职尽责对待工作——老板心态。

2. 尽心于 Q，C，D，M，S（品质、成本、交期、士气、安全）。

3. 勇于承担责任、工作，少说多做——积极心态。

4. 善于自我激励与自律——自我管理。

5. 恪守承诺，忠于职守。

禁一点（forbid）

注解：

1. 上班时禁止游戏、QQ、小说、网游等。

2. 上班时不闲聊，不做与工作无关的事情。

3. 不做有损公司形象、同事利益、声誉等事。

4. 严禁腐败，不居功自傲，不搞裙带关系，不拉山头，不违章指挥，不袒护下属。

5. 模范遵守规章制度，成为他人楷模。

6. 敢于披露腐败现象，维护公司利益。

敬一点（respect）

注解：

1. 敬重自己，热衷于工作——爱岗敬业。

2. 敬重他人及他人劳动成果。

3. 敬重上司，敬重女同事，关爱部属。

4. 敬重顾客、供应商、合作伙伴与竞争对手。

5. 敬重制度流程，敬重实事。

6. 与他人友善、合作，给予帮助与支持。

7. 感恩与关怀，团结与互助，宽容与诚信。

进一点 （advancement）

注解：

1. 知识多学一点——超越自我。

2. 技能提高一点——精益求精。

3. 理念创新一点——敢于创新。

4. 思维超前一点——前瞻思维。

5. 观念改变一点——抛弃陈旧。

6. 向标杆看一眼——自我定位。

附：如何衡量总经理？

作者　高中和，深圳市天工管理咨询公司

一、关于总经理

在讨论衡量问题之前，我们先看看总经理是干什么的和你希望他干什么。这个问题清晰了，企业更换总经理的频率会相对变低。

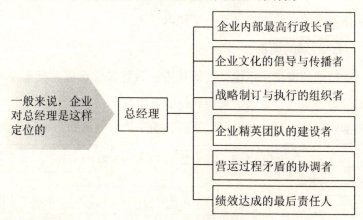

一般来说，企业对总经理是这样定位的 → 总经理
- 企业内部最高行政长官
- 企业文化的倡导与传播者
- 战略制订与执行的组织者
- 企业精英团队的建设者
- 营运过程矛盾的协调者
- 绩效达成的最后责任人

1. 总经理的定位

不管是什么样的总经理，有一点很重要，就是总经理不是处理单一职能范畴事务的人，而是领导人和管理者，否则就成了职能经理了。那么，顺景对总经理有什么期望呢？是希望他承担上面的部分角色，还是全部角色，还有其他方面的要求无？这些都是我们衡量总经理时首先要考虑的。

2. 总经理的责任

在顺景中，担当既定的角色，就要承担相应的责任。

但是，如果这些角色对应的工作都要靠总经理一个人亲力亲为，那么，只会以失败告终。一个成功的总经理，关键在于他是否有能力让别人（员工）心甘情愿地把总经理角色所承担的大量作业或任务按时、按质、按量地完成。

这样一来，总经理能否承担这样的责任，就转化成了能否组织和建设这样一个自觉并擅长替他做事的团队，即用人所长，聚人之心。所以，一个人即使有再强大的能耐、再高新的技术，如果不具备以上两点，也会无法承担总经理的重任。

可见从承担责任方面来看，总经理的选择首先不是看他掌握了多少客户资源，也不是他拥有什么样的产品技术，擅长多么难的公关作业，而是看他在这些优秀之处的背立面——品德和态度。一个总经理只有在品德和态度上让大家（董事会和员工）真心接纳后，才有可能获得事业的持久成功，难怪现如今很多管理学家和名企 CEO 们都说："成功的总经理 80% 来自于品德和态度，20% 才是来自于知识与能力的。"

3. 对总经理的衡量

对总经理的衡量，不能只按他是否能做好某件事或某类事来判断，而应看他是否具备较为全面的素质和技能。

根据前面的分析，我们可以从两方面来进行分析和归纳：

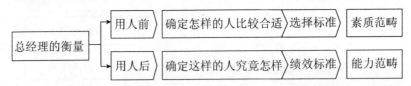

结合顺景的实际情况，我们应确定一个合理的衡量标准，发现并真正用好适合目前发展阶段的企业领导人，并对其做出尽可能客观的评价，这才是对顺景发展影响深远的一项战略举措。因此，对总经理的衡量标准，应首先从素质范畴和能力范畴来考虑。

二、选择标准

企业用人前，需要确定什么样的人是比较合适的。这就是选择标准的问题，基本属于素质范畴内。

为了考察方便，顺景的选择标准可以归纳为两类：基本条件（品德与态度）和专业能力（知识与技能）。

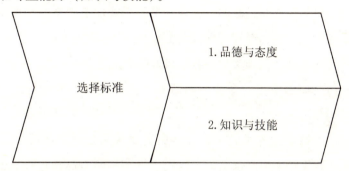

1. 基本条件（品德和态度）标准

品德和态度	主要正面表现	主要反面表现
正直诚实	敬业、谦虚、负责、公正、忠诚、尊重他人	自私自利、唯我独尊、怕担责任、损害公司利益、难以信任
成熟稳练	作风民主、任人唯贤、喜怒有节、荣辱不惊、抑扬有度、顺逆稳定	自卑、易激动、我行我素、不能与同事融洽相处、归罪于外、缺乏威信、缺乏魅力
宽容大度	严于律己、宽以待人、勤奋进取、乐观豁达、有同理心、有爱心	以自我为中心、自尊心太强、爱批评、猜疑、拒绝不同意见、口碑差
开放进取	精力充沛、进取创新、热情勤恳、毅力坚韧、兴趣广泛	墨守成规、知难而退、忽视技能传承和在职训练、孤陋寡闻
职业观念	重视工作流程和员工、倡议和自我管理、无障碍沟通 具有整体思维，能更多地让员工独自承担责任	拘泥于组织结构和上下级关系；下级不愿自动自发地开展工作，解决工作问题；不善沟通，上下心存隔阂；职责履行和政令执行靠发号施令和监督

关于基本条件的考察（品德和态度）：

①在面试中通过观察、沟通等做出初步判断。

②不管是在国内，还是在国外，如果总经理候选人的品德和态度任何一方面存在缺陷，可以一票否决。

候选人只要存在明显缺陷，是很难带领企业成员把企业推上发展的平台，甚至还会让企业的经营管理氛围受到难以弥补的损伤。

③不同的企业处境和文化，对候选人的要求也不相同。

创业初期或困境中的企业可能需要个别"能人"打开局面，以力挽狂澜。

有一定市场基础的发展中企业，更需要善于建设各职能团队的领导人，带领所有工作人员发挥出最大的积极性和生产力，要能和企业与员工共同进退，有让优秀员工感受尊重与成长而不忍离开公司的人格魅力。

以关爱和谐的利益共同体文化为主导的企业，更倾向柔性风格、善察言观色、懂人情的候选人。

强调变革文化的企业，则倾向于手段强势、有既定影响力的候选人。

④关注永续经营的企业选人时，特别重视候选人的品德和态度这一软性因素。毕竟一个企业、公司不是由总经理一个人撑起来的，主要还是靠他带领全体员工共同达成企业发展目标。所以说，如果总经理人选缺乏同仁的信任、尊敬、效忠和合作，企业就会变得没有凝聚力和战斗力，如何生存下去，就会成为企业的压力。

有道是，轻财足以聚人，身先足以率人，律己足以服人，量宽足以得人。也就是说，得人心者得天下，强调的还是领导人的品德和态度。

2. 专业能力（知识与技能）标准

知识与技能	结　构	主要内容
专业知识	公共范畴	哲学、心理学、管理学、社会学、领导科学
	职能范畴	战略管理、人力资源管理、经营决策与计划、行政与公关、财务与成本管理、生产与安全管理、现场与质量管理、市场营销管理、信息系统和控制、法律法规
	经验知识与技能	
工作技能	逻辑思维能力	理解能力、分析判断力、洞察力、创意能力、灵活性和适应性
	领导统驭能力	影响力（对个体的领导、对团队的领导）、授权的技巧、沟通的技巧、团队建设
	管理技术	战略决策管理、计划与目标管理、时间观念、会议管理、激励的技巧、绩效评估、执行与改善能力、培养人才的能力

关于专业能力的考察（知识与技能）：

①考察内容在招聘广告上不需要写出，否则会增加招聘的难度和效率。

②学历不能说明一切。一个人的学历并不能成为具体量化的标准，我们还要从其他方面作出判断。例如，哲学。哲学中一些看似无关紧要的知识，对最高决策者来说是十分重要的，是其他知识和技能的基础。而且，一般的大学生们都学过哲学，在面试的时候聊一聊哲学的话题，就能看出他们懂不懂、会不会用。一般来说，理工科的应聘者在公共范畴知识、领导统驭、管理技能等方面相对于文科来说弱一些。

③相同或类似的岗位经历也不能成为应聘者一定能在目标岗位上取得成功的充分且必要条件，是否具备上表中的知识和技能才是最为重要的。只有总经理具有突出的环境适应能力、洞察能力、熟练的激励技巧、沟通技巧，其解决经营管理问题时才会驾轻就熟。

④作为一位企业领导人应具备较为全面的知识和技能，这些知识和技能不是院校培养出来的，而是靠自己不断学习、磨炼和深思后逐步形成

的。因此，是否具有强大的自主学习能力和自我认知能力，是应聘者能否具备这些知识和技能的集中体现。我们相信，既有远见卓识，又高效务实的总经理，一定是善思力行者。有道是因势利导，游刃有余，知己知彼，方能百战百胜。

3. 关于衡量标准观点的补缺

不同类型的企业在不同的发展阶段、不同的内部环境或决策风格下，对总经理的领导和管理风格的要求也会不同。

在创业或发展时期，员工素质和技能较弱，在董事会认可的情况下，多倾向于命令式、独裁型或授权式的总经理。

在大中型企业或小型企业发展时期，企业战略发展需要时（如为了提高员工技能，或培养管理精英，或弥补决策风格等），我们可能会选取教练式、支持式的总经理。

对于候选人风格定性的判断，要在整个选择过程中认真观察，一些测试只是参考，不能完全依赖。

确认一位总经理，不应局限于他曾经做过什么，而是要看他能够为我们做好什么！

三、绩效标准

1. 国外衡量 CEO 的主要指标

国外衡量 CEO 是否称职，有两个主要指标：

指标	外部客户满意度	内部客户满意度
过程	产品质优、销售畅通	领导得体、管理得法
结果	利润贡献率高、品牌忠诚度高	营运流程顺畅、团队士气高涨

2. 四个角度衡量总经理业绩

从企业阶段性发展来看，我们可以借鉴平衡记分卡模式，从四个维度来衡量总经理的工作业绩：

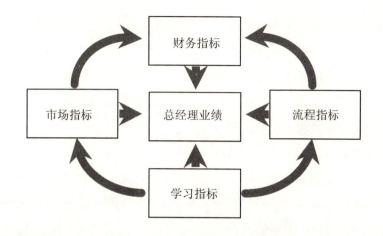

3. 可供参考的衡量总经理业绩的模式

衡量角度	基本范畴	指标举例
财务层面	·经营规模 ·利润目标 ·成本结构 ·周转速度	利润目标、净资产收益率、资产负债率、投资报酬率、总销售收入达成率、总销售收入增长率、新顾客销售收入、新顾客销售收入增长率、销售利润率、应收账款周转率、存货周转率、成本降低率、人均产能等
流程层面	·产品开发流程 ·顾客需求管理流程 ·订单执行流程 ·支持与协作流程 ·计划与控制流程 ·变革有效性 ·预算管理	新产品销售额比重、开发费用与营业利润的比例、首次设计可完全满足客户要求的产品比重、采购周期、库存周转率、产品生产周期、产品质量（良品率、废品率、返工率）、产品成本、故障反应时间和处理时间、作业安全、客户付款的时间、计划准确率、职能小组活动等
顾客层面	·快速响应 ·客户结构 ·顾客满意度 ·品牌影响	市场份额、客户增长率、客户留存率、客户开发成本、新客户收入比重、交货周期、订单完成率、客户投诉率、客户满意度、客户贡献率等
学习层面	·领导能力 ·组织学习 ·文化认同	敬业精神、领导艺术、文化认同、沟通激励、标准与规范的建立和完善程度、员工满意程度、员工保持率、精英培养与员工培训、信息系统反映的时间、考核合格率、管理与技术的自主创新和自我改善数量、员工提建议的数量、采纳建议的数量等

4. 关于衡量模式的补充说明

上述指标仅供说明问题时使用，哪些适用于顺景，哪些项目欠缺，要具体了解了顺景的战略发展安排和目前经营重点后才能确定。

上述绩效评价标准，不只局限于一些结果指标或数量指标，也应考虑影响业绩的关键过程与活动的指标或质量指标。

不管怎样，我们不仅要看总经理现在能为顺景创造多少价值，更要看他未来能为顺景创造多少价值、积累多少无形资产，既要关注现在的效益，又着眼未来的发展。不仅要看他在财务方面的绩效，还要看他带出了一支什么样的团队，是否能为企业带来持续发展，是否有创造价值。特别是那20%的精英团队，如果他是成功的，即使他离开了，公司也能正常营运和健康发展。